달의 계단

달의 제단

심윤경
장편소설

문학동네

차 례

돌아오던 날

어둑한 사당 안에서 넓은 심의深衣 자락이 둥글게 부풀어오르는가 싶더니, 어느새 할아버지의 두 손은 공손히 땅을 짚고 있었다. 흑립黑笠을 쓴 이마가 땅을 대하는 동안 할아버지의 등뼈는 단단히 긴장되어 둥그스름한 곡선을 그렸다. 뻐꾸기가 두 번 울음을 울 만큼 기다린 할아버지는 땅에서 이마를 떼고 몸을 일으켰다. 한 마리 단정학이 움직이는 것 같았다.

"정유 금일 효손 상룡 귀 자군역 감현丁酉 今日 孝孫 尙龍 歸 自軍役 敢見." 오늘 정유일, 효손 상룡은 군역을 마치고 돌아왔기에 감히 뵈옵나이다.

나는 향합을 열어 몇 자루 향화를 올렸다. 가느다란 연기는 곧게 하늘로 오르는가 싶더니 금방 고르지 않게 흩어졌다. 재배再拜하여 머리를 조아리는 내 등줄기 위로 할아버지의 형형한 눈빛이 쏟아졌다. 먼 산에서 뻐꾸기가 울면 이쪽 산에서 답하는 뻐꾸기 소리도 들렸다.

출입고出入庫는 간단하게 끝났다. 할아버지가 앞에 서고 나는 말없이 뒤를 따랐다. 조용히 병역의 의무를 수행한 이 년 조금 넘는 세월 동안 효계당이나 할아버지는 별로 변한 점이 없었다. 언덕 아래 펼쳐진 효계당의 검은 지붕들은 어두운 파도처럼 넘실거렸다. 가느다란 실도마뱀 한 마리가 뜨겁게 달구어진 검은 기왓장 위를 촐랑촐랑 달려갔다.

내가 처음 효계당에 왔을 때는 아주 어린 나이였다. 희미하게 색깔이 바랜 채로나마, 나는 효계당에 처음 오던 날의 기억을 간직하고 있었다. 높직한 죽담 위에 올라앉은 효계당은 당당하고 어딘지 위압적인 모습이 여전했다. 그날 어린 나를 놀라게 했던 것은 푸른빛으로 이글이글 불타오르는 효계당의 용마루였다. 유난히 높고 쏟아질 듯이 물매가 싼 효계당의 지붕 위에는 나를 경풍하게 만든 알 수 없는 푸른빛이 불길처럼 일렁이고 있었다. 집어삼킬 듯한 불길이 거세고 무서워, 나는 그만 자지러지게 비명을 지르며 울기 시작했다.

날씨가 스산하게 흐린 날이나 달빛조차 없이 칠흑 같은 밤이면 아직도 효계당 지붕에는 인광燐光이 보였지만, 옛날처럼 나를 겁먹게 하지는 않았다. 그것은 뜨거운 것도 차가운 것도 아니었고, 또 누구를 집어삼키거나 다치게 하지도 않았다. 하늘에 구름 한

점 찾을 수 없고 땡볕이 대지를 달구는 오늘 같은 날에는 인광이 희미하게 잦아들기 때문에, 나는 푸른 기운을 찾기 위해 눈을 가느스름하게 떠야 했다.

정오를 갓 넘긴 8월 오후의 태양은 뜨거웠다. 심의를 입은 할아버지는 벌써 저만큼 멀어져가고 있었다. 나는 인광에서 눈길을 거두고 보폭을 넓게 하여 얼른 할아버지의 등뒤 두 걸음쯤 되는 곳으로 따라갔다. 밤나무 잎사귀 사이로, 새알을 뒤지러 올라간 족제비가 암갈색 꼬리를 내두르는 모습이 언뜻 보였다.

조금 전, 군복 차림 그대로 효계당의 솟을대문을 열었을 때, 나는 사랑 마당에서 할아버지에게 허리를 굽혀 보였을 뿐 제대로 된 인사를 하지도 못했다. 할아버지는 나를 보자마자 벽에 박힌 못에서 도포부터 끌어내렸다. 출입고를 마친 뒤에야 나는 할아버지의 방으로 따라 들어가 큰절을 올리고 꿇어앉았다.

할아버지의 거처에서 칠기류의 화려한 가구는 찾아볼 길이 없었다. 오래된 경상經床과 쌍문갑은 오로지 사람이 문질러서 광택이 생긴 것일 뿐 모서리에 철 장식 한 조각 붙어 있지 않았다. 방 귀퉁이에 놓인 사방탁자에도 문구文具 이상의 것은 없었다. 집안에 청화백자가 화분처럼 흔하게 널렸건만 할아버지의 침소에는 한 점도 들여놓지 않았다. 저녁이면 낡은 감색 방석과 경상을 한쪽으로 치운 후 반침半寢을 열고 이부자리를 내렸다. 할아버지의 본성을 닮아 무섭도록 간결한 이 방은 할아버지가 내뿜는 강력한 위압의 기운이 아니었다면 자칫 초라해 보일 수조차 있었을 것이다.

한편 할아버지가 접객하는 사랑방은 따로 있었다. 그곳에는 기천만원을 호가하는 호피虎皮 보료가 놓였다. 안석案席에도 호피를 댔지만 할아버지는 어디에든 등허리를 기대는 법이 없었다. 쏘아보는 듯한 눈빛과 항시 꼿꼿한 허리야말로 할아버지에게서 가장 쉽게 연상되는 것이었다. 장침 옆에 있는 먹감나무 연상硯床은 상품 우각牛角과 흑단으로 아亞 자 문양을 촘촘히 흑백 입사入絲해 넣은 것으로, 옛 물건에 대해 좀 아는 사람이라면 찬사를 바치기도 하지만 어떤 이는 선비의 방에 있기엔 너무 호사스러운 물건이라고 눈살을 찌푸리기도 했다. 검약의 극단이건 호사의 극단이건, 어느 쪽에 속해 있어도 할아버지의 모습은 자연스러웠다. 검약의 방에서는 선비의 풍모가 꼿꼿이 살아 있었고 호사의 방에서는 할아버지의 재력과 세도가 투사되어 상대방을 제압했다.

이 년의 세월 동안 할아버지는 앞머리 선이 조금 올라가고 머리칼이 좀더 희어진 것을 제외하고는 별로 변하지 않은 모습이었다. 품이 넉넉한 모시 저고리를 입은 할아버지의 모습은 꼿꼿함과 유연함이라는 대비되는 양면성이 원래 하나였던 듯이 천연하게 어우러져 있었다.

할아버지라는 인물은 원래 그러했다. 당신의 인생은 확실히 셀 수 없이 많은 구성 요소로 이루어졌고 그중에는 불균형하거나 치

명적인 부분도 분명 존재했다. 하지만 할아버지에게는 그 많은 요소들을 모두 제압하여 하나로 뭉뚱그리는, 범속한 사람의 수준을 훨씬 뛰어넘는 강력한 압착의 능력이 있었다. 도무지 이음매라고는 없이 치밀하게 하나가 되어 있어서, 어느 쪽으로 바라보아도 내가 끼어들 틈새라고는 애초에 찾을 길이 없었다.

나에게 압착의 능력 따위는 손톱만큼도 없었다. 나는 내 인생을 구성하는 범상한 요소들조차도 하나도 범상하게 거느리지 못했다. 유난히 중뿔나고 웃자란 요인들이라면 당연히 버거웠다. 나는 손맵시 없는 사람이 어설프게 지어놓은 나뭇짐같이 늘 어성버성하고 불안정했다. 할아버지 앞에서 무릎 꿇은 지금도 마치 온몸의 뼈들이 제 갈 길을 찾아 뛰쳐나가려는 것처럼 여기저기 불근거려서 나는 말없이 앉아 있는 것조차 몹시 피곤하고 초조했다.

어린 시절부터 쓸데없이 예민하고 소심했던 내가 할아버지에게는 얼마나 성에 차지 않았을지, 그건 굳이 말할 필요조차 없는 일이겠다. 할아버지는 나를 노려보다가 쩟 하고 쓴 입맛을 다시며 고개를 돌리곤 했다. 그럴 때면 할아버지의 입안에 감도는 쌉쏠한 기운이 내 혓바닥까지 쉽게 전이되었다.

내가 해월당 어머니의 친아들이었다면 할아버지의 태도가 달라졌을까? 존재의 위치라는 개념에 대해 어렴풋이 깨닫기 시작한 순간부터 내 머리를 떠나지 않던 질문이었다. 대개 답은 '아니다' 쪽에 가까웠다. 할아버지가 나를 마뜩잖아 하는 것은 내가 절반의 적자嫡子에 불과한 까닭도 있었지만 그것이 전부라고는 할 수 없었다. 할아버지의 친아들이며 수많은 결점에도 적출의 정통성만은 의심할 길 없었던 나의 아버지에게도 할아버지는 경멸을 감추지 않았다. 이 부분은 내가 태어나기 이전의 일이지만 많은 목격자들이 공통으로 증언하는 점이니까 굳이 내 말을 의심할 필요는 없다.

할아버지가 아버지를, 또 나를 불신하고 있다는 사실을 수시로 확인시키는 것이 당신이 실천한 훈육 철학의 핵심이었다. 그것은 이 가문의 후계자가 될 사람에게 당신의 과감한 결기를―그것이 아니라면 질 낮은 오기라도―물려주기 위한 채찍질이었을 것이라고 나는 이해하고 있다. 이해한다는 것이 곧 받아들인다는 뜻은 아니어서, 나는 노상 상처받고 괴로워했다. 나에게 이런 소심한 성격을 물려준 나의 불쌍한 아버지도 마찬가지였으리라. 아버지가 처했던 그 괴로운 정황을 이해하지 못하는 것은 아니나, 적어도 아버지의 처지는 지금 내 처지보다는 좀 나은 것이 아니었을까 혼자 생각해보곤 한다. 물론 우리 부자는 이런 대화를 나누어볼 기회가 전혀 없었다. 아버지는 내가 효계당에 오기 몇 달 전, 스스로 목숨을 끊었다.

할아버지의 일생은 이런 참척의 아픔조차도 강력하게 압착해낸 것이었다. 흰 모시옷을 입고 두꺼운 안경을 쓰고 서안書案 위에 놓인 것을 내려다보고 있는 할아버지의 눈빛에서는 그 어떤 상처나 회한의 그림자도 찾을 길 없었다. 당신의 인생을 이삼십 년 전으로 돌이킬 수 있다 하더라도 바꿀 일은 아무것도 없다는 듯이 보였다.

"보아라."

할아버지는 서안 위에 놓였던 물건을 비단 방석에 얹어 내 앞으로 밀어놓았다. 아청鴉靑 물로 염색한 모시 보에 싸인 그것을 나는 무릎 앞으로 끌어당겼다.

보 안에 든 것은 십여 통의 언찰諺札들이었다. 세월의 때가 묻어 가장자리가 닳은 여린 종이에 손을 대기 위해서는 용기가 필요했다. 오종종한 글씨로 보아 여성의 내간인 듯하였는데 탁월하지는 못하나 그런대로 고졸古拙한 멋이 엿보였다. 맨 위에 놓인 언찰의 겉봉에는 '1.경오庚午 계하季夏 스무닷새'라는 메모지가 붙어 있었다.

"황명산 자락 일부가 군부대에 수용되었다. 그곳에 모셨던 봉분들을 수습하여 이장하다가 발견한 것이다. 내 짐작이 맞다면 나의 팔 대 조모, 네 십 대 조모 되시는 안동 김씨의 유품인 듯하다. 집안에 사손祀孫이 국문학을 공부하고 있으니 해독을 위해 남의 손을 빌릴 필요가 없을 것이다."

거의 모든 말머리가 '문/안 알외옵고……'로 시작되는 것으로 보아 일상적인 문안서인 듯했으며 편지글의 테두리 여백에 짤막짤막하게 다른 필체로 답장이 덧붙여진 모습이 특이했다.

"함부로 소문을 내지 말도록 해라. 우리 집안을 음해하려는 세력이 무슨 삿된 수작을 펼칠지 알 수 없는 일이다. 몸가짐을 무겁게, 신중히 해야 한다."

"제가 국문학을 전공한다 하나 이제 겨우 학부를 마치지도 않은 실력이니 옛 편지를 온전히 해석하기에는 실력이 부족할 듯합니다. 더구나 이런 편지는 희귀한 문화재일 텐데, 관청에 먼저 알려야 하지 않겠습니까. 법률에 따라 전문가가 다루도록 하는 것이 옳을 듯합니다."

"땅에서 나온 출토물이 개인의 소유가 아니니 나라의 법으로 다루어져야 한다는 말에 일리가 있기는 하다. 하지만 이 일은 앞으로 우리 집안의 운명을 결정지을 수도 있는 중요한 일이다. 혹여 집안의 명예에 해악이 될 말이 섞여 있을 줄 누가 짐작하겠느냐? 사람의 앞일은 짐작할 수 없는 것이다. 더구나 가문의 운명이 좌우될 만한 일이라면 할 수 있는 데까지 조심해보는 것이 온당하다. 네가 능력 짧은 줄은 나도 알겠으나 일단 힘닿는 데까지만이라도 애벌 해석을 해본 연후에 전문가의 손길을 빌려도 늦지는 않을 터이니."

할아버지는 언찰 중의 하나만 나에게 맡기고 나머지는 다시 보에 곱게 싸서 반닫이에 넣었다. 인사를 올리고 그 앞을 물러나려고 할 때에는 이미 할아버지가 안경을 찾아 끼고 다른 서류에 관심을 돌린 다음이었다.

나는 방으로 돌아와서 언간을 무릎 위에 내려놓고 문간에 앉았다. 장지문을 한껏 열었으나 서늘한 바람은 들지 않았다. 그늘 밑에서조차 공기가 익어드는 폭염이었다. 성긴 나뭇가지 아래 붉은 석류가 조롱조롱 매달리고 수도가의 잔돌 틈새로 푸른 고사릿대가 한들거리는 안마당의 정경만은 왠지 모르게 서글픈 마음에 위로가 되었다. 나는 한 팔을 문지방에 걸치고 몸을 비스듬히 문틀에 기대어 안마당을 내다보았다.

떠날 때와 마찬가지로 효계당의 안채는 먼지 하나 찾을 수 없이 정갈한 한편, 사람 사는 곳이라고 하기엔 너무나 피할 수 없이 적막한 느낌을 주었다. 플라스틱 바가지나 합성섬유로 된 수세미 같이, 가볍고 생활에 편리를 주는 가재도구들을 찾을 수 없는 것이 효계당의 특징이었다. 할아버지는 그런 물건들이 공통적으로 가지는 원색의 색채를 혐오했다. 그러므로 효계당의 안채에는 박속을 긁어낸 바가지와 뒷밭에서 키워 말린 수세미, 속돌을 갈아 만든 고석매와 통나무를 깎아낸 함지박의 문화가 아직까지 살아 있었다. 피치 못하게 사용해야 하는 고무호스나 엘피지 가스통 같은 최소한의 물건들은 되도록이면 색채가 강하지 않은 것으로, 보이지 않는 곳에 잘 숨겨두었다.

석류나무 뒤로 보이는 정짓간에서 어두운 그림자가 어른거렸다. 군대에서 돌아온 아들 같은 나를 위해 오늘 저녁으로 갓 지은 따뜻한 밥에 아홉 가지 나물 반찬을 차려주려는 다정한 달시롯댁의 모습이었다. 이제 갓 쉰을 넘겼건만 노인처럼 허리가 굽었고, 곱슬거리는 머리칼은 벌써 잿빛을 띠고 있는 여인네였다. 달시롯댁의 먼 그림자로, 정물 같던 안채에 약간이나마 생기가 더해졌다.

제대하여 집에 돌아온 지 아직 한나절도 채 지나지 않은 시각이었다. 군대에서 느끼는 향수는 이상하도록 효계당을 향했다. 학교나 옛 애인이나 친구들을 그리워한 일은 한 번도 없었다. 병장 조상룡이건 효계당의 17대 종손 조상룡이건 갑갑하고 옥죄이기는 매한가지였건만. 막사 뒤편 잡풀 우거진 개늪에서 소복 귀신 같은 물안개가 축축하게 피어오를 때면 나는 항상 효계당이라는 이름을 입안에 굴려보곤 했다. 입안에서 구르는 그 이름이 그리움이었을까, 외로움이었을까, 군대에 가서조차 헤어나지 못한 속박이었을까.

군 생활 내내 답을 얻지 못한 그런 질문 따위는 어찌 되든 좋다. 나는 지금 내 눈에 보이는 것이 내가 그리워하던 바로 그것이라고 단정지었다. 고요하고 아름다운 효계당, 정짓간에서 느릿하게 움직이는 달시롯댁의 그림자, 사랑채에서 가끔씩 들려오는 할아버지의 칼칼한 기침소리. 효계당은 세월을 훌쩍 뛰어넘은 존재였다. 그 무엇으로도 흐트러지지 않는 효계당의 고요와 우미優美는 인간에게 마치 종교와도 같은 경외와 침잠沈潛을 경험하도록 하는 마력을 가지고 있었다.

스쳐가는 바람에 여린 고사리 잎이 흔들렸다. 할아버지의 일생을 관통한 그 열정과 확신이 과연 무엇에서 비롯되었는지, 어린 고사리 잎은 온몸을 흔들면서 나직한 바람 소리로 이야기했다. 오늘, 이 순간, 효계당의 풍경은 그런 종류의 깨달음을 주기에 가장 적합한 모습을 갖추고 있었다. 어쩌면 나는 알 수도 있을 것 같았다. 그것은 자취를 좇기 어렵도록 미약하고 가느다란 실마리라서, 나는 눈을 가늘게 뜨고 정신을 집중했다. 일생에 단 한 번도 느껴본 적 없는 할아버지와 나의 정서적 연결고리를, 어쩌면 오늘 찾을 수 있을지도 모른다. 무릎 위에 얹힌 오래된 언간과 문밖에 펼쳐진 정물 같은 고택의 풍경, 그리고 대상을 알 수 없는 그리움 속에서 지낸 이 년의 시간은 분명 모종의 상호작용을 해내고 있었다. 나는 주먹을 지그시 그러쥐었다. 내 안에 일기 시작한 작은 파문이 거대한 폭풍으로 자라나 마침내 나를 함몰시켜주기를 간절히 소망했다.

끼이이이이거억.

오랫동안 기름칠하지 않은 쪽문이 비명 같은 소리를 내질렀다. 안마당과 뒷밭을 연결하는 작은 문 뒤에서 느리고 기름진 형체가 나타났다. 시커멓고 기다란 치마 앞뒤 섶이 온통 흙물로 얼룩져 있어도 부끄럽거나 서두르는 기색이 아니었다. 살더미에 파묻혀 이목구비는 물론이고 팔다리도 구분되지 않을 지경이었다. 그 비둔한 몸뚱이를 받치기에는 애처로울 정도로 가느다랗고 게다가

멋대로 비틀리기까지 한 두 발목도 그대로였다. 정실은 문기둥을 붙잡고 넘어지지 않도록 조심하면서 쪽문이 미어지지 않을까 우려스러운, 거대한 몸뚱이를 안마당 쪽으로 들여놓았다.

함부로 불어댄 풍선처럼 살집에 겨운 얼굴이 내 쪽을 향하더니, 짤막한 눈꼬리가 꼬부라지면서 웃는 표정을 지었다. 두툼한 입술을 헤벌리고 웃는 정실의 모습은 오감을 불쾌감으로 채우기에 충분할 만큼 추비醜卑했다. 순간, 나는 얼어붙은 듯 그 못생긴 얼굴을 바라보았다. 정신을 차리자마자 얼른 방문을 닫았으나 장지문을 넘어오는 거침없는 목소리까지 막을 방법은 없었다.

"옴마! 상룡이 왔네. 자아가 언제 왔드노?"

"사랑에 으른 기시다. 조용조용해라."

"옴마, 이거 돼지고기 삶을라 카는 기가? 상룡이 줄라꼬? 내 뒷밭에서 쌈 뜯어 오까."

"됐다. 생저러기겉절이 무칠 거이까네. 니는 거 앉아가 마늘이나 까라모."

"군대 갔다 와도 내나 각시 같다 아이가."

달시룻댁이 정실의 머리통을 쥐어박았는지 더이상 말소리는 들리지 않았다. 잠시 뒤에는 한가로운 콧노래 소리가 안마당을 떠돌았다. 나지막하나 귀에 몹시 거슬리는 킬킬거리는 소리, 씩씩거리는 소리, 발을 질질 끄는 소리 때문에 효계당의 우아와 고요는 여지없이 손상되었다.

내 방에는 안마당 쪽을 향하지 않고 열 수 있는 창문이 없었다. 나는 두 팔을 뒤로 돌려 목뒤에 받치고 그대로 누워버렸다. 폭염과 뒤섞인 알 수 없는 짜증이 내내 방안을 거세게 감돌았다. 의도적으로 내 방문 쪽으로 접근하는 기름진 그림자의 기척 때문에 낮잠조차 이룰 수 없었다. 나는 꼼짝 않고 누워서 빛바랜 천장 벽지의 꽃다발 무늬만 세었다. 내 배 위에 얹힌 한 통의 언찰, 그 겉봉에는 '1.경오 계하 스무닷새'라는 메모지가 붙어 있었다.

한마님 전 상살이*

문

안 알외옵고, 일기日氣 부조不調하온데 근체筋體 강일康佚하옵시며 합내閤內 제절諸節 균안均安하옵신지 아압고저 사념思念 간절하옵내다.

존구尊舅* 생신 맞잡시어 족족유여足足有餘한 하물賀物, 이바지 마련해 주셨사오니 물물이 하갈동구夏葛冬裘*오 목목이 정긴精緊 숙요淑要라 존구고尊舅姑 내외분 기쁨 크셨사옵내다. 효두曉頭

---

* 상살이 : 올려 말씀드림.
* 존구 : 시아버지를 이르는 존칭.
* 하갈동구 : 여름의 서늘한 베옷과 겨울의 따뜻한 가죽옷, 곧 격에 맞는 물건을 이름.

아직 밝지 않은 무렵 소바리로* 오동궤悟桐櫃 얹은 득수 아비 들어서고 동고리* 모재비* 이고 온 반빗간치* 정연하게 숙설熟設*하매 그 움직임이 제제창창濟濟蹌蹌, 일체 군더더기 없으니 한마님 정완貞婉하신 가르치심이 역연歷然한지라 일가 비복들의 칭송이 높았사옵내다.

풍성하되 과하지 않고 범절凡節 한끝 어그러짐 없는 생신상과 하물賀物 받으시고 존구 크게 흡족하시어 "내 평소 부아婦兒 승순承順하고 숙정肅靜한 모습을 어여쁘게 보았더니 다 사돈 안어른 가르치심이 반듯한 덕이라. 충의로 이름 높은 소산素山의 안동 김문, 범절도 막불탄복莫不嘆服이로다" 하시고 각별히 괴오시니 한마님 영등 같은* 보살피심에 소손녀 만 가지 부족함이 다 가려지옵나이다. 상차림이 흐웍하여* 걸음 닿을 만한 친지들과 이웃, 아랫것들에게까지 넉넉히 반기頒器살이*하였사오니 받는 이마다 감탄하고 놀라지 않는 이가 없었다 하옵내다.

---

* 소바리로 : 소에게 등짐을 지어.
* 동고리 : 동글납작한 버들고리.
* 모재비 : 네모난 모양의 큰 그릇.
* 반빗간치 : 음식 만드는 일을 맡은 계집 하인.
* 숙설 : 잔치 음식을 만드는 일.
* 영등 같은 : 구석구석 빠지지 않고 짜임새 있는.
* 흐웍하여 : 흡족하고 윤택하여.
* 반기살이 : 잔치 음식을 목판에 담아 동네 사람들에게 나누어줌.

존구 성정 괄하시어 일가 비복婢僕들에게는 엄색嚴色 잦으시나 이 몸에게는 과람過濫한 자애 베풀어주시오며 존고尊姑* 유덕하시어 자부子婦에게 모자람 수다數多하여도 "애, 이것 왜 이렇게 하니" 하고 나무라는 일 없이 무릎 당기어 나시 보여주시고 존조리 깨우쳐주시오니 부족한 몸이 시집을 왔어도 마음 고된 줄 모르고 지내옵내다. 사랑舍廊 또한 인정 깊어 구고舅姑께서 내침內寢 허許하시는 저녁에는 "반가班家에서 내외간에 과히 친압親狎함도 몰풍沒風이라 하였으나 졸부拙夫 칠 대에 독신으로 났으니 다남다녀多男多女 두고자 함이 어찌 흉이 되리오. 부인의 완용婉容을 자주 접하여도 조선祖先께 폐롭지 아니할 것이니 누대累代 독신 종손으로 난 것이 이런 때는 다행이외다" 하고 밤 늦도록 두런두런 정담 나누오니 손녀 덕은 크게 부족하오나 복은 넘치게 타고났는가 하오이다. 오로지 소손녀 생남生男하여 계습繼襲할 책임이 막중할 따름이옵내다.

숙맥菽麥도 구분치 못하는 졸눌拙訥한 이 몸이 조씨 가문의 종부 되어 봉제사奉祭祀 사구고事舅姑 막중지임을 감당하게 되었사오니 용렬한 두 어깨 심히 무겁사오나, 한마님 누누세세히 훈계하신 염검廉儉하고 돈목敦睦하는 부녀지도婦女之道를 억념憶念하옵고 만목萬目에 부끄럽잖을 내행內行 배웁고자 향원向願하옵

---

* 존고 : 시어머니를 이르는 존칭.

내다.

소손녀 시어른 자애로 시집살이 고된 줄 모르고 지내오며 어
섯눈도 뜨지 못해 어른 뵈옵기 무렴無廉할 때 있더라도 차차 시
간이 흐르면 미립날* 것이오니 과히 분별치* 마옵소서. 교전轎
前에 따라온 거둘이 아금받고* 배채* 있어 크게 의지 되옵내다.

소손녀 유시幼時로부터 한마님 아끼시는 존총尊寵 각별하오
셔 "저것이 삼 세에 어미 잃었어. 어미 잃었어" 하시며 오라비
들에 앞서 빈사과, 만두과 쥐여주시고 어린 응석 받아주시던
기억이 여작일與昨日 하온데 어느덧 출가하여 조씨 가문 사람 되
었으니 그리운 한마님 전 엎드려 절 올리고 자애하신 음성 귀
에 담고 싶으나 유의막수有意莫遂일 따름이옵내다.

득수 아비 돌아갈 물건 다 챙기어 쇠잔등에 얹고 글월 마치
기만을 기다리고 있사오니 두서없는 말씀 이만 줄여야 하겠나
이다. 오늘 생신연生辰宴 차리러 온 소산 얼굴들 모두 면숙面熟
인지라 그리운 친정의 인연 한끝 어루만져본 듯 반갑고 유정有
情하옵내다. 아까 정지에서 만난 해순 어멈이 "마님께옵서 시

---

* 미립날 : 경험으로 요령이 생길.
* 분별치 : 걱정하지.
* 아금받고 : 다부지고.
* 배채 : 어떤 일을 하기 위한 꾀.

시時時로 권권眷眷*하시니 아씨 부공婦功 겨르롭지* 못할지나 자주 글월 올리십서. 일꾼 걸음 빠르니 소산 오가는 데 하루면 가할 것이외다. 다과茶菓 올리오면 이것도 조실이 좋아했느니 이것도 조실이 좋아했느니 하오시니 곁에서 뵈옵기 애련哀憐하옵내다" 하여 눈물이 앞을 가리더이다.

만단정회萬端情懷 가슴에 사모치나 이만 눈물로 봉서封書하옵고 복월伏月 혹서酷暑는 넘기었다 하오나 아직 여염餘炎 맹악猛惡하오니 어느덧 기로종심耆老從心에 이르신 한마님 귀체 보중하옵시기를 손녀 엎드려 바라옵나이다.

경오 계하 스무닷샛날 손녀 살이.*

조실 보아라.

애고 내 아해야 상시 단발 영아로 무릎 아래 둘 줄 알았더니 내여 보내고 앉아 그리워하는 날이 엇지 이리 빠르던고. 네 숙좌叔座* 낳던 시절은 서壻가 여女의 집에 거하며 정리를 나눔이 흔하더니 오늘의 시속은 옛 같지 아니해, 보내고 그려하는 마음이 날마다 더하여라. 손에 설은 살림 배오느라 한가치 않을

---

* 권권 : 가련히 여기어 늘 생각하고 마음이 쏠림.
* 겨르롭지 : 한가하지.
* 살이 : 말씀드림.
* 숙좌 : 아버지의 형제들.

지나 다만 두어 자라도 종종 적어 늙은 눈을 깃브게 하라.

경오 유월 스무이렛날 할미 씀.

초열기焦熱記

　양정공襄靖公 조춘억曺瑃億. 나의 17대조 할아버지이자 서안 조
씨 가문의 중시조다. 양정공은 선조대왕이 의주로 몽진蒙塵할 때
옹위擁衛했던 무관으로, 평안도 선천宣川 부근에서 왜적의 뒤쫓음
이 급박해지자 왕공대인王公大人들을 먼저 떠나게 한 후 적은 수의
군사와 매복했다가 왜군을 습격했다. 수적으로 압도적이었던 왜
군에게 이들은 곧 몰살당했으나 선조 일행은 조금 더 멀리 피신
할 시간을 벌 수 있었다. 전란이 끝난 후 선조대왕은 공에게 양정
이라는 시호와 불천위 교지를 내렸는데 양襄은 어떤 일에 공이 있
음因事有功을, 정靖은 몸가짐이 신중하고 말이 적음恭己鮮言을 뜻한
다고 했다.
　임금을 위해 목숨을 바쳤으니 이는 위신봉상危身奉上에 해당하
는 큰 공로였다. 시호에 충忠 자라도 넣어 기리어주었다면 광영이

더했을 것이었다. 그러나 시호를 추증하고 불천위 교지를 내리는 일에 오로지 개인의 업적과 공과만이 고려되는 것은 아니었다. 공의 고요하고 우직한 품성과 몸 바친 충의를 인상 깊게 기억했던 선조대왕께서 시호와 불천위 교지를 내리시겠다는 성지聖旨를 밝히셨을 때, 조정의 관료들은 공의 생전에 품계가 높지 않았던 것을 이유로 크게 반대하였다 한다.

결국 봉상시奉常寺에서 올린 시망諡望 삼안三案에는 시법諡法에 맞는 글자 중에서도 상대적으로 순위가 높은 충忠, 문文, 무武, 성成, 열烈 등의 글자가 하나도 들어 있지 않았다. 양정공 이전에 이렇다 할 고관대작을 배출하지 못했던 우리 집안에서는 이런 경멸 어린 대우마저 감내하고 '어떤 일에 공이 있었고 사람이 점잖았다'는 뜨뜻미지근한 시호나마 감사히 받아들일 수밖에 없었다.

불천위, 그것도 나라에서 교지한 국불천위 조상을 모신 광영스러운 가문이었지만 우리 집안은 크게 융성치 못했다. 양정공의 여영餘榮으로 그 직후 몇 대 선조가 중앙 정계에 진출했을 뿐 이후로는 오랫동안 향당鄕黨에 머물렀다. 거유巨儒 장상將相이 흔하고 골목마다 명문 종가가 늘어섰던 이 고장에서는 임란 후에 격식도 다 갖추지 못하고 급히 받은 불천위 교지로는 행세할 거리가 되지 못했다.

무엇보다도 자손이 귀해서 대를 걸러 양자를 들이기 바빴다. 8대

독자였던 9대조 길재吉齋 할배가 세 아들을 두었던 것을 제외하고 이전에나 이후에나 아들이 두셋 되는 일이 드물었다. 종가宗家뿐 아니라 지손支孫들도 사정은 마찬가지라서 윗돌 빼다가 아랫돌 괴듯이 서로서로 아들 꾸어다 메우기 비빴다.

학문이 깊었고 기개가 활달했던 14대조 원찬沅璨 할배가 판서 벼슬을 지낸 후 낙향해 효계당을 중건할 무렵이 우리 집안의 최대 융성기였다. 원찬 할배 이후로는 10대조 준몽俊夢 할배까지 진사과 급제 이상의 높은 벼슬을 한 이가 없었지만 원찬 할배가 워낙 거부巨富를 이루었던지라 향반鄕班으로나마 위신을 세우고 있었다.

하지만 그뒤로는 오랜 세월에 걸쳐 보이지 않게 조금씩 가세가 위축되었다. 거듭거듭 양자를 들이는 과정에서 아마도 급격히 줄어들었던 것 같기도 하다. 나라가 일제 치하에 들어갈 무렵엔 이미 불천위 제사도 유명무실해졌으며 당시 종손이었던 나의 증조할아버지는 효계당을 비워두고 민촌에 따로 집을 얻어 상민이나 다르지 않은 생활을 하고 있었다고 한다. 양자로 들어온 증조할아버지는 가난에 지친 촌로였을 뿐 서안 조씨 14대 종손으로서 역할과 책임을 자각할 만한 의식 세계에 이르지도, 교육을 받지도 못했다. 봉제사奉祭祀 접빈객接賓客은커녕 입에 풀칠하기조차 어려운 살림이었다.

쇠락할 대로 쇠락한 효계당을 오늘날처럼 융성케 한 장본인은 나의 할아버지였다. 할아버지는 나면서부터 귀족적인 취향을 지니고 있었고 지나간 옛 시대에 대한 그리움, 자신이 이어받은 고귀한 핏줄에 대한 자부심으로 고양된 일평생을 살았다. 가난할지언정 명문가의 후손다운 몸가짐만은 지켜야 한다는 강박은 일평생 할아버지의 뇌리를 떠난 일 없었고 그 간절한 일념의 바람직한 모범이 되어주지 못한 증조할아버지에 대해서는 거의 분노에 가까운 감정을 품었다.

증조할아버지와 할아버지의 관계를 일부나마 목격한 사람은 이십여 년 전 타계한 나의 할머니 김유식이었다. 할아버지가 결코 기억 속에서 꺼내고 싶어하지 않는 효계당의 옛일들을 할머니는 특유의 푼수기로 종종 끄집어냈고 이 이야기들은 주변 사람들의 입을 통해 생명력을 이어갔다. 증조할아버지는 할아버지가 농사를 돕지 않는다는 이유로 여러 번 매질을 했고 종가다운 체통을 유지하는 일이 중요하다는 호소에는 코 풀기로 답했다고 한다. 훗날 할아버지가 큰돈을 번 뒤로는 증조할아버지도 아들을 함부로 대하지 못했지만 부자간의 냉랭한 사이는 증조할아버지가 별세할 때까지 여전했다.

"효계당이 이래 번하게 될 줄 누가 알았겠노. 웅이 아배_{할아버지}가 첨에 금붕어, 벌건 잉어, 그런 거를 사다가 저기 뒷마당 연못에 풀어놓으이까네 고마 시아바니가 돌뻉이를 던지가 몇 마리를 직이뿌린 기라. 벌건한 거이 돌아다이니까네 꿈자리 사납다고. 그래가 팔뚝만한 것들이 둥둥 떠다이니까네 아깝어가, 내가 건지다가 끓이 묵었제. 웅이 아배는 무식하거로 그거를 끓이 묵고 자빠짓다고 팔팔 뛰어쌓고, 쓸개가 터짓는지 고마 국물은 맵은탕이 아이라 쓴은탕이 돼버리고, 내 참말로 그때 부자 사이에 끼이가 욕묵은 거 생각하믄 자다가도 진땀이 난데이."

할머니가 낄낄거리며 털어놓은 증조할아버지의 비단잉어 사냥 사건은 효계당 일대에서는 모르는 사람이 없는 일이었다. 집안에서 식구끼리 의견이 맞지 않아 토닥거리는 소리가 나면 "참말로, 느그도 효계당 쓴은탕 끓일 기가" 하고 우스개를 던질 지경이었다. 물론 할머니가 돌아가시고 효계당의 엄숙과 위의가 완전히 자리잡은 오늘날에는 이런 소리들이 담장 밖으로 넘어가 할아버지의 귓전을 어지럽히는 일이 없어졌다.

할아버지는 효계당의 종손이라는 자부심을 원동력으로, 믿기지 않는 자수성가의 일생을 살아냈다. 할아버지는 가난한 것이 싫어서 돈벌이에 뛰어든 사람이 아니었다. 그에게는 뚜렷한 소명의식이 있었다. 어린 시절에 이미 할아버지는 잡풀이 무성하게 쇠락해버린 효계당을 다시 일으켜세우겠다는 포부를 세웠다. 일거리를 찾아 포항에 자리를 잡은 할아버지는 맨손 막노동에서부터 시작해 정기미定期米 거래에 뛰어들어 한밑천을 움켜쥐었고, 수완과 정력으로 재산과 세력을 불려갔다. 할아버지에게는 돈과 권력의 흐름을 놓치지 않고 짚어내는 타고난 감각이 있었다.

전후戰後의 궁핍하고 혼란스러운 시기는 오히려 그에게 뭉칫돈을 안겨주었다. 할아버지는 전후 삼십여 년 동안 건설업체와 상호신용금고를 운영했고, 장년에 접어들면서 건설업체를 처분한 뭉칫돈으로 알짜배기 부동산을 곳곳에 확보했다. 아무도 할아버지의 총재산 규모를 상세히 알지 못하지만 적어도 일천억원 가까이 될 것이었다.

어느 정도 재산을 모으자 할아버지는 전국 각처에 뿔뿔이 흩어져 연락조차 되지 않던 일가들을 모아 종가로서의 위신을 세웠다. 오랫동안 돌보는 이 없이 이리저리 흩어진 선산의 묘지들을 정리한 것도 할아버지였다. 지칠 줄 모르는 정열로 족보를 뒤지고 인근 원로들의 희미한 기억까지 낱낱이 더듬어내 복원한 황명산 자락의 가족 묘원은 이제 인근 사람들이 경외하는 명소가 되었다.

할아버지가 공격적으로 사업을 확장하던 시절에도 주말이면 빼놓지 않는 것이 있었으니 안동, 봉화, 예천, 양동 등을 중심으로 경북 일대에 흩어진 유서 깊은 종가들을 순례하며 그들이 소중히 간직하고 있는 전통과 의례를 체득하는 일이었다. 할아버지 당신이 서안 조씨 15대 종손이라 하나 쇠락한 효계당이 덩그러니 남아 있을 뿐 이미 종가로서의 기능은 끊어진 지 오래였으므로 이 지방의 내로라하는 명문가 사이에서는 같은 반열로 대우받지 못하는 처지였다. 하지만 전통이 살아 숨쉬는 영남 내륙 정서의 특성상 명맥이 끊어진 종가를 오늘에 복원하려는 할아버지의 노력은 따뜻한 환영과 많은 격려를 받았다.

효계당 중건이 진행되기 시작하면서 할아버지는 영남 내륙을 벗어나 전국적으로 종가 순례의 범위를 확대했다. 경북의 종가 의례가 범절을 중시하고 그 위의가 영영한 것에 비해서는 제물과 제수가 간결한 것이 할아버지의 마음에 차지 않았기 때문이었다. 할아버지가 꿈꾸는 것은 정갈하고 소박한 멋스러움보다는 영롱하고 색채감 넘치는 아름다움에 가까웠다. 할아버지 당신은 간결하다못해 척박해 보일 만큼 금욕적인 생활을 했지만, 세인의 정신적 지주가 되어야 할 종가와 종가 문화는, 말린 어포조차 살결한 가닥 한 가닥을 실처럼 곱게 풀어 억새꽃처럼 하얗게 보풀리는 그만한 공력으로 치장되어야 한다고 믿었다.

당신이 꿈꾸는 종가의 도원경을 현실화하기 위해 할아버지가 가장 공들여 선택한 것이 며느리인 해월당 유씨였다. 할아버지 당신의 배필이자 나의 할머니였던 포항댁 김유식은 집안이 가장 쇠락했을 때 어른들의 뜻에 의해 맺어진 배필로서 순박한 촌부에 가까웠을 뿐 명가의 종부다운 품격은 갖추지 못한 양반이었다. 그녀는 평생 할아버지의 굄을 받지 못했으나 그래도 손이 귀한 집에서 아들을 낳았으므로 종부로서 체면치레는 한 셈이었다. 할아버지는 당신의 배필로 종부의 격에 맞는 사람을 구하지는 못했으나 아들의 배필만은 사귀 모자람 없는 방짜 며느리를 얻기 원했고 오랜 고심 끝에 발탁한 여인이 풍산 유씨 소종가의 규수였던 해월당 유씨였다.

붓으로 그린 듯 선명한 눈썹이나 결기 있는 입매는 해월당 유씨의 아름다움 속에 아무도 건드릴 수 없는 단단한 속알이 숨겨져 있음을 은연중에 내비치고 있었다. 생토란즙으로 풀을 먹여 곱게 치송한 연보랏빛 한복을 입은 해월당이 말없이 안채 대청마루에 서 있기만 해도 효계당의 아취는 스무 배로 증폭되었다.

그 자신 명가의 종녀宗女였던 해월당 유씨는 시아버지의 열정과 친정에서 내림받은 가르침을 모아서 오늘날과 같은 명성을 획득한 서안 조씨 특유의 아름다운 상차림을 이룩했다. 오징어포를 얇게 오려 봉황과 불로초, 옥잠화의 모양을 만들어 얹은 해월당의 육포는 음식이라기보다는 예술작품이라고 여겨질 만큼 섬세했고 종가 문화를 조명하는 공중파 방송의 다큐멘터리 프로그램에도 몇 번 소개되었다. 지금 해월당 어머니는 타계하고 안채는 임자 없는 빈집이 되었지만 할아버지가 열망했던 품격 높은 제례 의식은 달시롯댁과 정실의 손을 빌려 풍성하게 유지되고 있었다.

그러나 그토록 아름답고 재능 있던 해월당 어머니와 아버지의 사이는 더할 수 없이 냉랭하였다. 사람들이 말하기로 아버지는 해월당 어머니의 옷고름도 만진 일이 없다고 했다. 나는 아버지를 기억하지 못하지만 영정사진 속의 아버지는 아주 지쳐 보이는 모습이었다. 원숭이처럼 이마가 좁고 눈이 작고 입술이 얄팍한 젊은 이십대 남자는 태어나면서부터 염세厭世의 고질을 앓고 있었는지 모처럼 사진기 앞에 서서도 웃을 줄을 몰랐다. 해월당 어머니와 함께 찍은 결혼사진 속에서도 마찬가지였다. 못생기고 왜소한 남자는 부용꽃처럼 아름다운 신부와 혼례상을 앞에 두고서도 하나도 기쁘지 않은 표정이었다. 텅 빈 눈길로 앞을 바라보고 있을 뿐이었다. 그렇듯 속을 짐작할 수 없는 눈빛으로 몇 달 동안 결혼생활을 하다가, 어느 날 아버지는 돌연 자살해버렸다. 유서 한 장 남기지 않았다고 한다.

혼자서 해보는 짐작일 뿐이지만 아버지에 대한 할아버지의 경멸은, 그가 태어나던 순간 할아버지를 단박에 실망시킨 그 오종종한 외모에서 비롯된 것이 아닐까 싶다. 할아버지는 보기 드문 미남자였다. 깎은 듯한 이마며 반듯한 콧날이며 깊숙한 눈망울에서 뿜어나오는 형형한 눈빛 하며, 어디 한구석 이지적이고 준수하지 않은 곳이 없었다. 젊은 시절 모든 여인네들의 마음을 설레게 했던 그 수려한 용모는 나이가 들어갈수록 원숙하고 고적한 분위기만을 더했을 뿐 일흔을 넘긴 오늘에 이르러서도 한 점 흐트러짐이 없었다.

하지만 할아버지의 피를 이어받은 유일한 혈육이었던 아버지는 체구도 왜소하였을뿐더러 할아버지의 수려함은커녕 할머니의 수더분한 외모조차도 닮지 못했다. 짙은 눈썹 바로 위부터 빽

빡하게 돋아난 숱 많은 머리칼은 아버지를 더욱 원숭이처럼 보이게 했다. 그는 어린 시절부터 음울하고 소심한 성격이었다고 하는데, 아마도 단호하고 격한 할아버지의 기세에 짓눌려서 그렇게 되었을 것이라고 생각한다. 아무러하든, 아버지는 용모로 보나 기질로 보나 재능으로 보나 어느 한구석 할아버지의 마음에 차지 않는 자식이었다.

모자람이 많으나마 부모의 말에 거역할 줄은 모르는 소심한 성품이던 아버지가 급격히 변한 것은 서울로 유학을 떠난 뒤였다. 대학을 졸업한 후 당연히 고향으로 내려와 종통을 이으라는 할아버지의 명령을, 그는 보란 듯이 거역하고 서울에서 취직했다. 할아버지의 짐작대로 아버지의 변화 뒤에는 한 여인이 있었다. 서영희, 나의 생모였다.

유아기에 헤어진 후 한 번도 만나지 못했으므로 생모에 대한 추억은 거의 없다. 내가 기억한다고 여기는 것조차 사실은 이리저리 주위들은 풍문을 조합하여 하나의 영상으로 지어낸 것일 확률이 높다. 중학교 미술교사였던 것으로 알려진 생모는 얼굴이 갸름하고 입술이 붉은 미인이었다. 젊은 시절의 할아버지를 쏙 빼닮았다고 칭찬을 듣곤 하는 나의 그럴듯한 외모는 기실 생모쪽에서도 상당 부분 이어받았을 것이라고 생각한다. 하지만 그런 말을 입 밖에 내는 사람은 아무도 없었다.

나를 훈육할 책임을 맡았던 해월당 어머니는 아버지에 대해 여러 가지 이야기를 해주었지만 생모에 대해 직접적으로 이야기한 일은 한 번도 없었다. 그러므로 내가 생모와 아버지의 관계에 대해 귀동냥한 것은 정실을 통해서였다. 아버지는 당장 관계를 정리하고 내려오라는 할아버지의 엄명을 정면으로 거역하고 생모와 정식 혼인신고를 하는 엄청난 일을 저질렀다. 소심하고 유약하던 아버지가 감히 그런 짓을 하리라고는 그 누구도 상상조차할 수 없었던 끔찍한 반역이었다.

사랑을 지키기 위해 절연絶緣마저 불사할 것을 온몸으로 시위하던 종손은, 그러나 이 년 후 효계당으로 돌아와 할아버지가 정해준 현숙한 여인, 해월당 어머니와 순순히 혼인을 했다. 내가 막돌을 넘겼을 무렵이었다.

"느그 어매가 불여시라 카더라. 느그 할배가 한재산 쥐여준다 카이까네 두말 않고 느그 아배랑 이혼을 했다 안 카드나. 느그 아배가 그래 울고 매달리도 곁눈 한번 안 줬다 카대. 느그 아배는 불쌍커로 그 불여시한테 혼을 뺏기가 죽은 기라."

정실의 입을 통해 전해지는 생모에 대한 세간의 평판은 이러했다. 할아버지는 나의 생모를 며느리로 인정하지 않았듯이 나를 종손으로 인정할 생각도 없었다. 하지만 아버지의 자살로 이야기가 달라졌다. 양자를 들일 인척도 마땅치 않았다. 아버지가 자살한 뒤, 생모와 할아버지 사이에는 모종의 추가적인 거래가 이루어졌던 것 같다. 어느 날 나는 효계당으로 오게 되었고 해월당 어머니는 만 두 살을 바라보던 나의 양육자가 되었다.

당시 해월당 어머니는 강력하게 양자를 들일 것을 주장했다고 한다. 아버지와 생모가 법적으로 정식 혼인신고를 했다 하나 할아버지와 해월당 어머니의 정서상 나는 서자庶子에 속했다. 서자를 승적承嫡시켜 제사를 받들게 하는 것은 불천위 신위를 모신 종가에서뿐 아니라 일개 서민 집안에서조차 부끄럽게 여기고 기피하는 일이었다.

당시만 해도 일가가 많지 않던 시절이기는 했다. 하지만 총명이 남달랐던 소년 상필은 종손의 재목으로 단연 돋보였다. 촌수가 다소 멀기는 했지만 지파가 다른 집안에서 양자를 데려오는 일도 종종 있었으니까 아주 무리한 일은 아니었다. 할아버지가 왜 상필을 제치고 나를 종손으로 삼았는지, 그 뜻은 지금까지 아무도 알지 못한다. 우리 집안에서 나의 출생에 관한 이야기를 모르는 사람은 아무도 없지만, 그 일을 공공연히 말할 수 있는 사람도 없었다. 나에 관한 이야기는 모두 할아버지가 없을 때, 나직한 목소리로 은밀히 오갔다. 내가 할아버지를 너무 많이 닮았기 때문에 핏줄이 당기는 것을 어쩌지 못하고 받아들였다고 말하는 사람이 많았고, 평생 냉담한 관계를 벗어나지 못했던 아버지에 대한 일시적인 회한으로 나를 받아들였다고 하는 사람도 있었다. 내 의견은 후자 쪽에 가깝다.

할아버지가 나를 종손으로 낙점한 것은 어찌 보면 아버지와 생모의 결혼을 합법적인 것으로 인정한 것이었고, 이는 해월당 어머니가 한평생 삶의 버팀목으로 삼아야 할 자존심에 돌이킬 수 없는 상처를 입힌 일이었다. 해월당 어머니는 불교 신앙에 몰두하여 정신적으로는 이 세상을 절반쯤 떠나버린 상태로 남은 평생을 살았다. 해월당 어머니가 나를 노려보며 지옥 이야기를 할 때면 나는 눈을 뜬 채로 가위에 눌려 식은땀을 흘리곤 했다.

"살아서 무릇 몸을 바르게 가져야 한다. 본성이 천비하며 상품 上品의 오역십악五逆十惡을 범하면 지옥계에 떨어지나니, 살부, 살모 하는 극악 말고도 부처님의 말씀과 법도를 해하면 오역을 범하는 것으로 무간지옥無間地獄에 떨어지는 벌을 받느니라. 또한 불살생不殺生, 불투도不偸盜, 불사음不邪淫 하는 것이 십선十善 중에 가장 중한 첫 세 가지 계율이니 남의 목숨을 빼앗고, 자기 것이 아닌 것을 취하고, 자기 배필이 아닌 사람을 탐하면 지옥계에 떨어지느니라. 오역십악의 죄를 지은 자들은 지옥계에 갇혀 이 땅에서 감히 상상할 수 없는 극악한 괴로움으로 징벌당하느니라. 적법한 배필에게 성실을 지키지 아니하고 짐승처럼 쾌락을 좇아 음행을 일삼은 자들은 중합지옥衆合地獄의 옥졸들이 쇠로 만든 절구 속에서 참기름을 짜듯이 눌러 짜고, 규환지옥叫喚地獄에서 철퇴로 아가리를 찢은 뒤 피 흘리는 입으로 펄펄 끓는 구리 물을 마시게 하고, 초열지옥焦熱地獄에서는 시뻘겋게 달군 쇠다락에 가두어 온몸이 구워져 가죽과 살이 익어 터지게 한다. 투도와 음행을 거듭하여 착한 사람을 더럽힌 자는 이 모든 지옥보다 무서운 소적지옥燒炙地獄에 떨어지는데 여기서는 죄인을 쇠꼬챙이에 꿰어 맹렬한 용암에 처넣기를 반복하느니라. 이곳의 고통은 너무도 가혹하므로 아무리 독하고 극악한 죄인이라도 살려달라고 울부짖지 않는 자가 없다 하니 음행하고 투도하지 않도록 할지니라. 음행함이나 투도함을 넘어서, 아비와 어미를 죽이고 부처님이나 아라한을 해한 오역 죄인은 무간지옥에 떨어지느니 여기서는 인간이라 할 수 없는 극악 말종들의 살가죽을 벗겨서 불꽃과 쇳물에 넣어 온몸을 불태우고 쇠로 만든 매가 날아와서 눈알을 파먹게 하느니라. 이생의 삶은 길어야 백 년을 넘기지 못하지만 지옥에서의 생은 수명이 팔천 세에 이를 때까지 계속되는데, 이곳의 하루는 화락천和樂天의 팔천 년이고 화락천의 하루는 인간계의 팔백 년이니 가히 끝도 없이 이어지는 고통이니라. 무릇 몸을 정결히 가지고 남에게 죄를 짓지 말지니라."

팔열 지옥에 대한 해월당 어머니의 가르침은 날이 갈수록 세부적인 곳까지 자세하고 치밀해졌다. 사내를 꼬드기는 음탕한 입술과 혓바닥이 어떻게 짓이겨지고 갈가리 찢겨나가는지, 음행한 여인의 아랫도리가 어떻게 지져지고 송두리째 뽑혀나가는지, 모든 것이 눈앞에서 벌어지는 일을 묘사하듯 낱낱하고 샅샅하였다.

나는 초등학교 시절 해월당 어머니가 말하는 정결치 못한 자들에 대한 징벌을 듣고 학교 미술수업 시간에 '지옥의 풍경'이라는 그림을 그렸다. 아마추어 시인이었던 나의 담임선생은 깜짝 놀라 미술을 전공한 친형에게 내 그림을 보여주었고 그분은 "어린아이의 작품이라고 믿을 수 없을 만큼 색감과 세부 묘사가 뛰어나지만 이 아이의 정서적인 측면은 정신과 상담을 받아보아야 할 것 같다"고 조언했다. 해월당 어머니는 학교에 와서 담임선생과 상담을 하고 갔지만 그 이후로도 해월당의 지옥 불꽃은 여전히 극한의 비명을 지르는 음남녀淫男女들의 살가죽을 불태워 검은 기름을 짜냈다.

분지에 고여든 무거운 공기처럼, 효계당의 하루하루는 새로운 것으로 바뀌는 일 없이 늘 똑같았다. 나는 점도가 높은 액체 속을 헤엄치는 비정형 생물처럼 느리게 팔다리를 움직이며 살았다. 상필은 일류 대학교에 합격했다는 낭보를 전해왔다. 비록 촌수가 먼 조카 손자에 불과했지만 할아버지는 상필의 교육에 필요한 모든 비용을 부담했다. 상필이 다녀간 날은, 그가 남기고 간 총명과 활기의 편린들과 대비되어 내 모습이 더욱 느리고 소심해 보였다. 해월당 어머니의 당숙이자 당대의 서화가로 명망 높은 해목 유성인 선생은 그런 내 모습을 늘 안타깝게 생각해, 할아버지와 바둑판을 함께하면서 넌지시 내 이야기를 꺼내곤 했다.

"상룡이는 요즘 아이들 같지 않아. 침착하고 공손한 것이. 하지만 한창 나이의 사내아이가 저렇게 조용하기만 해서 쓰겠는가.

큰 집에서, 부대낄 식구조차 없이 사는 것이 상룡이에게는 많이 외로울 듯하네. 저 아이에게 활력을 찾아주어야 하지 않겠는가. 내 무어라 말하기는 어렵네만 상룡이를 집에만 가두어두지 말고 넓은 세상을 맛보게 하는 것이 낫지 않겠는가."

"내 결코 상룡이를 가두어 키우고자 함은 아니네. 내 꿈이 무엇인지 아는가. 활달하고 눈이 넓은 혈손을 큰물에서 교육하는 것이네. 상필을 보게. 내 곧 그 아이를 해외에 보내 세계를 경영할 재목으로 키우려 하네. 집안에 사내아이 낳는 경사가 있으면 집안이 잘되기를 바라시는 조상의 음덕이라, 경영학을 가르쳐 세상을 경영할 재목으로 키우면 얼마나 보람차고 뿌듯한 일일 것인가. 아니면 법학을 공부하여 관직에 올라도 광영일 것이네. 오늘날 관계와 재계에서 목소리 높이는 인사들도 그 근원을 따져보면 대개 시정잡배들 아닌가. 이 나라의 유구한 뿌리를 이은 명문의 자제들은 다 무엇을 하는가? 하나 저 아이와 조금만 이야기를 해보면 내 가슴만 답답해지네. 젊은 아이가 도무지 패기가 없어. 옛날 우리는 열대여섯 살만 되면 한 집안을 이끄는 기둥으로서 스스로의 역할을 자각했건만, 요즘 세태가 그렇게 늦된 것인가? 도무지 제 인생에 대해, 집안에 대해 진지한 생각을 할 줄 모르니 무엇을 믿고 맡긴단 말인가? 상룡이가 할 일은 조용히 이 종사를 지키는 일이네. 사회를 이끌어가는 중책을 맡고 혼탁한 이 시대에 진정한 명문의 힘, 수천 세대를 이어 온 빛나는 정신의 힘, 그것을 보여줄 재목은 상필이네. 상필이와 상룡이는 분명히 그 그릇이 다르고, 나는 두 아이를 다르게 훈육하고 있네."

"그릇은 크기가 다를 뿐 아니라 종류도 각양각색이네. 상룡이를 너무 몰아세우지 말게. 소심하다 하나 심성이 고운 아이 아닌가. 자네가 원하듯 우두머리로 무리를 이끌 재목이 아니라 하여도 쓰임새가 있는 법이네. 내 보기엔 상룡이가 서화를 보는 눈이 무디지 않은 듯하더구먼, 자네는 그쪽으로 상룡이의 재능을 키워줄 생각은 없는가?"

"저 아이의 몸뚱이에 흐르는 불측스러운 핏줄을 나더러 부추기라는 말인가? 저 아이가 서화 시문에 뜻이 있다면 당장이라도 자네의 문하에 맡길 것이네. 하지만 제가 원하는 것은 환쟁이가 되는 것이야. 극장의 간판 칠이나 하지 않으면, 격조 없는 색깔과 난잡한 형태로 공순치 못한 생각을 세상에 퍼뜨리는 것이 저놈의 하려는 일이네. 그것을 내가 북돋워야 한다는 말인가? 조상께 누를 끼치고 집안에 먹칠을 한 것은 제 아비 하나로 족하네. 상룡이까지 그렇게 놔둘 수는 없네."

할아버지의 단호한 말맺음으로, 나는 생모에게서 물려받은 미술적 재능을 펼치고 싶었던 꿈을 깨끗이 접었다. 하지만 할아버지가 원하는 법대나 경영대에 진학하지도 않았다. 우리가 어렵사리 절충한 지점은 국문학과였다. 할아버지에게는 국문학이 쓸모없으나마 선비의 일에 가장 근접한 학문이었고, 나에게는 혹시

먼 훗날에라도 예술비평으로 전공을 바꿀 수 있지 않을까, 은밀한 꿈을 키울 수 있는 실낱같은 기회였다.

대학생이 됐어도 해방감은 없었다. 만족스럽지 않은 전공이라서 학우들과 동질감을 나누지도 못했고, 친구들과 술집에 가거나 당구를 치는 등의 소소하고도 평범한 사교활동조차 할아버지의 금욕적인 사고방식으로는 절대 용납할 수 없는 일이었다. 할아버지가 인문대 학장과 교유하며 내 시간표를 모두 꿰뚫고 있었으므로 나는 말없이 수업만 듣고는 허겁지겁 집으로 돌아와야만 했다. 연애도, 동아리 활동도, 취미생활도 그 무엇도 허락되지 않았다.

우리 과에는 여학생들이 많았다. 명문가 종손이라는 내 배경이나 잘생긴 얼굴에 관심을 표하는 여학생도 적지 않았다. 하지만 연애를 해본 것은 딱 한 번뿐이었다. 소진은 서울에서 태어나고 자랐지만 성적에 맞추어 지방대로 유학 온 아이로, 언니들과 오빠들은 모두 서울 일류대에 다닌다고 했다. 그녀가 품고 있는 열패감이 얼굴에 스산한 그림자를 드리웠다. 나는 처음부터 그녀에게 관심이 있었지만 어떻게 다가가야 할지 몰라 늘 지켜보기만 했다.

어느 날 나는 집으로 돌아가는 길에 트레이닝복 바지를 입고 옥탑방 계단을 내려오는 소진을 보았다. 그녀의 얼굴은 창백했고 손에는 꽃다발과 작은 케이크 상자가 들려 있었다. 소진은 나를 알아보지 못하고 계단을 끝까지 내려오더니 마당 안쪽에 놓인 50리 터짜리 쓰레기 봉지에 꽃다발과 케이크 상자를 쳐넣어버렸다. 노란색 장미의 허리를 묶고 있던 리본이 쓰레기 봉지에서 비어져나와 '엄마, 아빠가'라는 글씨를 나풀나풀 흔들어댔다. 나는 그녀의 자취집 마당으로 들어가 쓰레기 봉지에 처박힌 꽃과 케이크를 물끄러미 바라보았다. 가파른 계단의 꼭대기까지 거의 다 올라가 있던 소진이 문득 고개를 돌렸고 나와 눈이 마주쳤다. 나는 묻지도 않고 그녀의 옥탑방으로 따라 올라갔다.

"저 꽃, 왜 버렸니?"

"왜 남의 일에 참견하니?"

그녀는 나를 쏘아보았지만 눈에는 눈물을 가득 담고 있었다. 나는 아무 말도 하지 못하고 현관에 그대로 서 있었다. 나를 멀거니 서 있게 내버려 두고 소진은 말없이 흐트러져 있던 집안을 정리했다. 손바닥만한 창문을 가리고 있던 옷걸이를 치우자 방안에 한 뼘 저녁 햇살이 들어왔다. 먼지가 부유하는 어둑한 공기를 지나쳐 햇살은 거침없이 침대에 쏟아졌다.

소진이 나에게 바짝 다가오더니 등을 돌리고 고개를 숙였다. 나는 무슨 뜻인지 몰라 한순간 몹시 당황했다. 흰 목덜미에 검고 긴 머리칼이 가로세로 어지러운 빗금을 그렸고 맑은 금빛의 가는 사슬이 가로질러 있었다. 섬세한 금빛 사슬을 풀어내는 내 손은 몹시 떨렸다. 내 손가락이 소진의 목덜미에 살짝 닿을 때마다 그녀의 몸에 흘러내리는 작은 파동도 함께 전해졌다. 그녀는 내가 벗겨낸 목걸이를 받아들더니 그것도 미련 없이 쓰레기통에 던져버렸다.

"너 잘할 줄 아니?"

"응."

침대에 누우면서 소진이 조그맣게 속삭였고 나는 무조건 그렇다고 해버렸다. 소진의 가슴은 밋밋했고 엉덩이는 자그마했다. 아직 무르익지 않은 몸뚱이었다. 잘할 수 있을 거라고 생각했지만 섹스는 야한 잡지에서 읽은 것처럼 일사천리로 진행되는 일이 아니었다. 나는 그녀에게 들어가는 입구를 찾지 못해 오랫동안 진땀을 흘렸다.

"너 처음이구나?"

"응."

마찬가지로 경험은 전혀 없었으나 나의 허둥거리는 모습을 보며 약간의 여유를 찾을 수 있었던 소진이 몸을 조금 움직여 나를 도와주었다. 학교에서는 개인적인 이야기를 나눈 일이 한 번도 없는 사이였지만 그때는 그것이 그냥 자연스러웠다. 그녀의 방에서 한 시간 정도를 보내고 나는 허겁지겁 가방을 챙겨 효계당으로 달려들어갔다. 첫 경험을 무사히 마쳤다는 안도감과 사랑에 빠졌다는 기쁨, 혹시 그녀가 임신을 하면 어떻게 하나 하는 두려움이 비슷한 강도로 꿈속을 헤집었다.

정작 학교에서는 연애하는 기색을 비칠 수 없었다. 학장과 교수들의 눈길이 항상 나를 쫓고 있었기 때문이었다. 학과 친구들도 믿을 수 없었다. 학교에서는 늘 따로 다녔다. 그러다가 수업이 비는 시간이면 살그머니 그녀의 옥탑방으로 스며들었다. 집에 돌아오면 전화마저 할 수 없었으므로 열정적으로 편지를 썼다. 그러면 조용히 공부하고 있는 것처럼 보여서 좋았다. 뜨거웠지만 미숙했던 사랑의 결과로 소진이 임신을 하기도 했다. 하지만 그녀의 부모가 보내주는 넉넉한 용돈으로 몸과 마음에 큰 상처를 입지 않고 일을 처리할 수 있었다.

　소진이 다시 대학수학능력시험을 봐 서울에 있는 유명 대학에 합격하면서 우리의 사랑은 끝났다. 그녀가 나와 사랑을 하면서 수능 준비를 했다는 것 자체가 충격이었다. 하긴, 무단히 그녀의 방을 드나들면서 책꽂이 한번 훑어보지 않았으니 할말은 없었다. 나는 수업 시간 이후 그녀의 생활에 대해서는 아무것도 알지 못했다. 소진은 여전히 사랑한다고 했고 함께 서울로 떠나자고도 했다. 하지만 나는 단 며칠도 고민하지 않고 입대를 택했고, 그녀가 떠나기 전에 먼저 학교를 떠났다. 지독했던 사랑만큼이나 지독한 배신이었기 때문에 나는 신병 교육 훈련이 끝나기도 전에 그녀를 깨끗이 잊었다. 적어도 나는 아버지처럼 불쌍하게 죽고 싶은 생각은 없었다.

한마님 전 상살이

문

안 알외옵고 수일數日 일기 고로압지 못하온데 한마님 곽란癨
亂으로 와석臥席하신 지 날포 되었다는 말씀 전하여 듣삽고 천
만 뜻밖 하정下情의 민망 놀랍사온 복모伏慕 부리압지 못하와 하
압나이다.

기체氣體 미령靡寧하옵신 와중에 비 거스렁이* 급하오니 달려
가 뵈올 수 없는 이 몸 원처遠處에서 심간心肝이 에이는 듯 동동
憧憧 민연憫然한 마음 어찌 다 적사오리까, 곽란 심하지 아니하
며 곧 쾌차快差하시리라 전언傳言 들었사오나 혹여 먼뎃사람이
라 숨기시는가 하여 심사心思 지정止靜치 못하옵내다. 부디 바
라옵건대 잡수심을 조심 착실히 하시옵고 신섭愼攝하시어 하루
빨리 하리시옵기를* 경경哽哽하옵내다. 오라비댁의 시탕侍湯 극
진할 것을 알고 있사오나 초박焦迫*한 마음이 별스러이 간절하
여 이리 말씀을 구구히 올리옵나이다.

미령하시어 누운 자리 편안치 아니하시겠기에 긴 말씀 줄이
고 다만 문안 아룀이 쾌차 바라옵는 도리에 가可한 줄 아오나
어린 마음에 소손녀 몸 달라졌다는 말씀 전하오면 한마님 깃거

---

* 거스렁이 : 비가 온 후 기온이 급격히 떨어지고 날씨가 궂어지는 것.
* 하리시옵기를 : 병이 나으시기를.
* 초박 : 애처롭고 급박함.

우시매 소성蘇醒* 이르실까 바라옵내다.

사날 전 아침 존구께 초조반상 들여가다가 문득 사위四圍를 분별할 수 없고 정신이 몽중夢中인 듯 허릇하여 소반을 놓치고 울거미 문골*을 붙든 채 주저앉고 말았사옵내다. 삼가고 조신해야 할 첫새벽부터 소란을 피웠으니 크게 꾸짖음 들어 마땅하다 하였으나 존고께서는 한마디 궂은 말씀 아니하시고 어서 방에 누우라 하시더니 그길로 의원을 불러들이셨삽내다. 의원 진맥하더니 "손 귀한 댁에 태맥胎脈 짚이니 참으로 경하드릴 일이외다" 하매 구고 깃거움 이루 말할 수 없었사오며 이 모든 일이 한마님께옵서 이 몸의 회태懷胎를 지성으로 빌어주신 덕인가 하옵나이다.

존구 대희大喜하시어 "내 영기말 누이님 댁 환갑연에서 옥곤금우玉昆金友* 이손離孫*들이 여덟이나 줄줄이 절 올리는 모습을 보고 칠 대에 독신 이어진 우리 가문 생각하며 속으로 피눈물을 흘렸더니 아가, 네가 문운門運을 펴주려느냐. 부디 옥섬玉蟾* 같은 아들 낳아 늙은 팔에 안겨다오" 하시었삽고 존고께옵서도

---

* 소성 : 큰 병에서 회복됨.
* 문골 : 방문의 가장자리를 두른 테두리.
* 옥곤금우 : 옥 같은 형과 금 같은 아우. 준수한 형제들을 칭찬하는 말.
* 이손 : 여자 형제의 손자.
* 옥섬 : 달에 산다는 두꺼비.

"종부宗婦는 득남得男하기 전까지는 사람 구실을 하지 못함이나 다름없니라. 아들 낳아 돛대같이 위세 세워 근친 가면 소산 안 어른이 얼마나 기뻐하실꼬" 하시었삽나이다.

남녀가 만나 부부의 예를 갖추었으면 잉태하여 만대萬代까지 계계승승繼繼承承함이 순당順當한 이치이겠으나 열쭝이 같은 이 몸은 어찌 된 일이온지 큰일을 저지른 듯 가슴이 벌렁벌렁하여 사랑 앞에서 고개를 들지 못하겠삽내다. 사랑 또한 아비가 되는 기쁜 내심보다는 만 가지로 착잡함이 앞서는 듯 가만한 눈길만을 보내어주었는데 그 눈빛이 옹용雍容하면서도 한편 처연함마저 느껴지옵기, 사랑의 가슴속에 혹여 이 몸은 알지 못하는 심뇌心惱라도 있는가 하여 일순 두려웠삽나이다.

하오나 이는 혼인한 지 아직 한 해도 되지 않았기 지아비를 바라는 마음이 과하여 드는 잡스러운 생각인가 하오며, 옛사람이 이르기를 다정도 병이라 하였사오니 이제는 태중에 천금 같은 생명을 품고 있는 어미로서 경솔 망령된 생각을 버리고 항시로 자중하며 오로지 긍긍업업兢兢業業함이 도리에 가可한 줄 아옵나이다.

한마님 환후患候 있으시다는 말씀 듣자옵시고 존고께옵서 "곽란엔 노야기의 생즙을 내어 마시면 좋으나 먼길 가기에 적합지 않으니 삼십 년 재워둔 매실고 나누어 보내라. 약수저로 한술 드시면 곽란 가라앉히고 입맛 돌아오는 데 특효가 있더

라. 그 밖에도 사돈 안어른 무엇을 특별히 좋아하시는지 네 아
는 대로 챙겨 보내라" 하오시니 감사할 따름이옵내다. 환구患口
에 혹여 받으실까 하여 율초栗炒*와 어란魚卵 거둘이 편에 보내
오니 비박菲薄*한 졸성拙誠이오나 받아주시옵고 모쪼록 한마님
소성하옵시기만을 바라와 망배望拜 천만이옵나이다.

　　　　　　　경오 납월* 넘이念二일* 손녀 살이.

　조실 보아라.

　엇지 글월 자조 못하는고 삼사 삭 넘게 기다렸더니 오늘 깃
븐 소식 전하려 그리하였구나. 네 큰올케가 날포 전 꿈에 털빛
고운 장끼 보았다 하니 서푼만 내고 꿈 사도 좋을레라. 큰아이
는 이미 삼 형제 두었으니 아들 꿈 팔은들 관계하랴. 노둔老鈍
한 몸이 식탐食貪을 하는지 거머먹다가 어린 손부孫婦에게 낯부
끄러이 배앓이를 하였으나 본질本疾* 아니고 노축으로는 강건
한 편이라 곧 나았으니 분별치 말라. 부끄러운 일을 어찌 구고

---

* 율초 : 밤을 달게 졸인 음식.
* 비박 : 너무 적어 변변한 것이 없음.
* 납월 : 음력 12월.
* 넘이일 : 22일.
* 본질 : 본래부터 있어 아주 낫지 못하고 때때로 도지는 병.

에게까지 발설하였는고. 앞으로는 생심도* 그리 말라. 어란과 율초가 입에 맞아 병구病口에 개위開胃*가 되었으니 그리 알외고 숙사肅謝하라. 거둘이 갈 길 총총해 이만.

경오 십이월 념삼念三일 할미 씀.

---

* 생심도 : 절대로.
* 개위 : 입맛이 돌고 식욕이 생기게 함.

유월장逾月葬

내가 눈을 떴을 때는 아직 여섯시도 되지 않은 시각이었으나 벌써 사위는 대낮같이 밝았다. 서둘러 양치를 하는 동안 할아버지는 이미 사당에 신알晨謁을 마치고 언덕을 내려오고 있었다. 나는 도리 없이 러닝셔츠 차림에, 입가의 치약 거품만 대충 씻어낸 모습으로 할아버지께 고개를 조아렸다. 할아버지의 흰 도포 자락이 내 곁을 스쳤다.

제대할 당시만 해도 일찍 일어나는 것에는 자신이 있었다. 군대에서 단련된 건강한 신체를 오래 유지할 겸 아침마다 간단한 운동을 하고 할아버지가 사당에 새벽 인사를 올리는 길에 동행하겠노라고 나름의 계획을 세웠지만 그것은 쉽게 실천되지 않았다. 신알 길에 동행한 것은 단 한 번뿐이었고 그 이후 나의 기상시각은 점점 더 늦어졌다.

세수를 마치고 나는 할아버지와 함께 아침상을 받았다. 입대하기 전에 그랬듯이, 할아버지와 나는 기역자로 비껴앉아 각각 독상을 받았다. 할아버지의 지인들은 내가 어리다 하나 차종손이니 이제는 겸상을 하든지 마주앉기라도 하라고 권했지만 할아버지는 젊은 축과 어른 사이에 분별을 두는 옛날 방식을 선호했다. 젊은이들이 어른 얼굴을 똑바로 바라봐서는 안 된다는 것이 할아버지의 지론이었다.

장아찌와 나물 몇 가지가 얹힌 소찬素饌에서는 달시룻댁의 곰삭은 손맛이 여전했다. 짜기만 하던 군대 밥의 악몽에서 완전히 벗어나지 못한 나는 입맛에 맞는 담백한 밥상을 받을 때마다 감격스러웠다. 식사를 마칠 무렵 달시룻댁이 양은주전자에 담아온 구수한 숭늉을 마시며 할아버지가 입을 열었다.

"어제 늦은 저녁에 겸숙공께서 별세하셨다고 기별이 왔다. 식후에 일찌감치 함께 가볼 것이다. 네가 그곳에서 배울 점이 많을 터이니 상례를 치르는 동안 틈틈이 드나들며 격식과 품격을 익히도록 해라."

의성 김문門 현암공파 14대 종손이었던 겸숙공 김규필 옹은 정확히는 모르지만 아마도 일백 세에 가까운 어른으로, 오래전부터 숙환이 있어 거동이 불편하였다. 그러므로 실질적인 종손의 역할은 15대 김승균 회장이 도맡은 지 오래였다. 할아버지보다 삼 년 연상인 송평 김승균 회장은 공학을 전공하고 젊은 시절 도미渡美

해 기업용 컴퓨터로 시작하여 1세대 개인용 컴퓨터 개발에 이르기까지 세계적으로 주목받는 최고의 엔지니어로 활약했다. 이십여 년 전부터 겸숙공이 환후로 자리에 눕는 일이 잦아지자 미국에서 이룩한 기업체를 매각하고 한국으로 들어와 국내 IT 산업계의 대부로 군림하는 인물이었다.

명문가의 종손이 실업가로서 성공해 거부巨富를 이루었다고 하면 흔히들 집안의 경제적 뒷받침이 지대하였을 것이라 짐작하지만 실제는 정반대였다. 일제시대에 일족들이 독립운동에 적극 가담하여 풍찬노숙도 마다 않음은 물론이요, 뭉텅이 뭉텅이 독립운동 자금을 대면서 의성 김씨 가문의 경제적 쇠락이 시작되었다면, 해방 이후 좌익운동으로 집안의 동량들이 굴비 두름 꿰듯이 무더기로 붙잡혀가 일부는 죽고 일부는 사라지고 일부는 미쳐버리면서 인적 쇠락마저 겹쳐졌다. 김승균 회장은 월사금을 내지 못해 제도권 교육의 수혜조차 제대로 받지 못하는 극빈의 환경에서 어린 시절을 보냈다. 집안에는 수시로 감찰의 구둣발이 들이닥치는 통에 성한 책 한 권 보존하기 힘들었다.

가난한 고학생이었던 김승균이 검정고시로 대학에 합격하면서 전공을 공학으로 택했던 것은 정치로 쑥대밭이 된 집안 환경상 그 밖의 선택을 할 수 없어서였다. 공부로는 누구에게도 뒤지지 않는 수재였던 그는 결국 한국에서 연좌의 그물을 벗어날 길이 없음을 깨닫고 과감히 미국행을 택했다. 이후 김회장이 일구어낸 믿어지지 않는 자수성가 스토리는 굳이 자세히 설명할 필요를 느끼지 않는다.

전통사회에서 기대하는 역할을 충실히 수행하면서도 산업화, 정보화 사회의 첨병으로서 세계적인 명성을 떨친 김승균 회장은 언제나 할아버지가 존경해마지않는 어른이었다. 나도 김회장을 뵙고 몇 번 인사드릴 기회가 있었다. 유가의 종손으로서 연상되는 완고함이나 자수성가형 기업가로서 연상되는 날카로움이 보이지 않는, 온화하고 자애로운 어른이었다.

오후가 되기 전에 도착한 상가喪家는 전국에서 몰려든 문상객으로 이미 분주했으나 정연한 모습이었다. 문상객의 종류도 다양하여 지역의 유가에서 찾아온 갓 쓴 노인 군群이 사랑채 한 편을 채우고 있는가 하면, 김승균 회장과 오랜 사업관계를 맺어온 중장년의 기업인, 정치인 들도 다수를 차지했고 유서 깊은 종가의 전통 상례를 참관하고 기록으로 남기려 찾아온 각계의 교수, 학생, 문화인, 방송국 촬영팀까지 몰려들어 드넓은 고가의 마당이 온통 북적북적했다.

김승균 회장과 그의 형제들이 빈소에 앉아 있다가 할아버지와 내가 들어서는 모습을 보고 상장을 짚고 일어나 곡했다. 할아버지는 단정히 두 손을 모으고 애곡한 후 영전에 재배 분향했다.

"망극지통罔極之痛을 어이하시려오."

일곡을 마친 할아버지는 상주인 김회장에게 위로의 말씀을 건

넀다. 육단肉袒하여 한쪽 어깨를 드러낸 김회장은 어이어이 곡하면서 상장을 눕히고 이마가 땅에 닿도록 깊이 답배答拜했다. 키가 크고 얼굴이 흰 김승균 회장은 건강이 좋아 보였지만 그 또한 여든에 가까운 노인이었으므로 곁에 있던 형세와 아들들이 염려하여 고두叩頭를 만류하고 틈틈이 음료를 마시도록 신경을 쓰는 모습이었다.

빈소에서 나오는 길에, 중문 밖에 자그마한 초막집이 세워진 모습이 눈에 띄었다. 비어 있는 듯했지만 평상복을 입은 학생들과 촬영팀들이 그 앞에 유난히 많이 모여 사진을 찍기도 하고 수첩에 뭔가를 적기도 했다.

"저것이 무엇인지 아느냐?"

"……"

"상주가 거할 여막廬幕이다. 부모를 여읜 대죄인이라, 편하고 고운 자리에 눕지 아니하고 저곳에 거하는 것이다. 옛 법대로라면 상주는 빈소를 지키는 것이 아니라 여막에 머물러야 하고, 문상도 저곳에서 받아야 한다. 하지만 김승균 회장을 찾는 문상객이 워낙 많기 때문에 요즘 하는 식대로 상주가 빈소에서 문상을 받는 것이다. 김회장은 법도에 충실한 양반이기 때문에 밤에는 여막에서 거할 것이라고 한다. 그것이 법도에 맞고말고."

할아버지가 여막 앞에서 잠시 발걸음을 멈추었다. 키가 큰 김회장이라면 허리를 한참 굽히고서야 들어갈 수 있을 만큼 지붕이

낮고 좁은 초막이었다. 어두컴컴한 초막 안쪽으로 거친 거적자리 위에 둥근 짚베개인 고침藁枕이 아무렇게나 뒹굴고 있었다. 한여름이라고 하지만 한데나 다름없는 곳에서 팔순이 가까운 김회장이 며칠이나 지낸다니 모두들 걱정하지 않을 수 없었다. 하지만 그의 효심을 존경하고, 아련하게 먼 옛 시절의 기억과 풍습 들을 그리워하는 마음으로 여막을 바라보는 노인들의 눈빛은 한결같이 깊고도 고즈넉했다.

"오일장五日葬을 하니더. 집안의 격을 세면 순장旬葬을 넘기는 것이 맞겠지만, 날이 더워 그리는 못하고요. 아쉽지만 어짜겠니겨. 그래도 오늘이 음력 스무여드렛날이라, 오일장을 하여도 유월장逾月葬이 되니까 마음이 좀 낫지요. 격에 맞추자면 사실 오일장이 한참 모자라지요. 우리 집안의 행사하는 것을 보려고 공부하는 학생들까지 이래 많이 온 것을 보소. 이 사람들이 공부가 되려면 사실 우리가 더 격을 갖추어야 하는 건데, 아무래도 아쉽게 되었니더. 하지만 송평이 저렇게까지 효를 다한다니 요즘 세상에는 참말로 보기 드문 일일시더."

상복을 입은 것으로 보아 꽤 가까운 일가인 듯한 한 노인이 여막 앞에 모인 사람들에게 조용조용한 목소리로 상례의 절차며 일정 등을 이야기하고 있었다. 아마도 농사를 짓는 촌로인 듯 피부가 거칠고 주름이 깊게 팬 그의 나직한 목소리에는 집안에 대한 긍지가 가득 배어 있었다.

빈소가 차려진 사랑방의 대청마루 건너편 널찍한 건넌방에는 할아버지 연배의 어르신들이 모여 앉아 이야기를 나누고 있었다. 다들 모모 한 종가의 종손 어른들로 평소에도 이런저런 자리에서 교유가 잦은 사이였으므로 할아버지는 자연스럽게 그 자리에 섞여들었다. 마당에 홀로 남아서, 나는 낯익은 당혹감을 느꼈다. 다들 자신이 있을 자리와 할 일을 알고 있는데 나 혼자만 어찌할 바를 모르는 듯한 불안감이었다.

사랑 마당에는 불볕을 가리기 위한 차일이 쳐졌고 문상객들을 위해 간단한 음식을 차린 상이 놓였다. 잠시 어물거리던 나는 기어이 천막을 묶고 음식을 나르는 일을 거들기 시작했다. 몸뚱이라도 바쁘게 움직이면 내 뒷등을 찌르는 할아버지의 눈길을 얼마간이라도 잊을 수 있었다. 몸이 재빠르고 손놀림이 예민한 나는 집안일을 하나, 들일을 하나 언제나 환영받는 일손이었다. 그러나 할아버지는 언제나 허드렛일을 자청하는 내 모습을 늘 못마땅하게 여겼다. "천골賤骨이다" 하는 할아버지의 탄식이 귓전에 울리는 것 같았다.

"상룡이 아이가. 니, 제대했다나?"

"안녕하셨니껴. 메칠 돼가니더."

반갑게 인사를 차리는 사람은 삼십대 초반의 의성 김씨 차차 종손 재학이었다. 아직 미혼으로 서울에서 박사과정을 밟고 있는 그는 너그럽고 화통하여 이 지역의 젊은 종손들 사이에서 맏형 노릇을 하고 있었다. 상복 차림이었지만 상제답지 않게 얼굴엔 은은한 미소까지 띠고 있었다.

"니도 문상객인데 이래 궂은일을 하고 있나. 니도 저어서 찌짐이나 묵고 앉았제."

"배가 안 고파가……"

"니 내랑 저기 쫌 앉아가 있자. 아이고, 참말로 정신이 없다."

어젯밤부터 계속된 초상치레에 다소 지쳐 있었던 재학은 나를 만난 것이 반가운 듯 가까운 차일 아래로 들어가 앉았다.

"불의의 흉사에 얼마나 애통하십니까."

품격 있는 집안의 자제답게 행동해야 한다는 생각에 나는 배운 대로 인사를 차렸다. 찬물 한 잔을 달게 들이켜던 재학은 물을 내뿜을 뻔했다.

"니 지금 교과서 읽나, 어이?"

또다시 나는 어떤 행동을 해도, 또는 하지 않아도 언제나 부자연스럽고 적절하지 않다는 자책감에 빠져들었다. 그러나 상제답지 않게 얼굴에 웃음기를 띤 재학은 크게 비웃는 것 같지는 않고 나의 고지식함을 재미있게 생각하는 것 같았다. 나는 얼굴이 붉어져서 손을 내저었다.

"고마 하이소, 형님. 김회장님은 진짜로 저거 초막에서 주무시니꺼?"

"아마 그래 하실 기라."

"말려야 안 하겠니껴."

"할배 말씀이 말이다, 인자 당신 대에서 끝이니까네, 다음 대에서는 이어지지 않을 일이니까네 당신이 마지막으로 여한 없이 다 해보고 싶으시단다. 할배 당신께서 직접 한 시대를 마무리하시는 거라."

중문 밖에 차려놓은 여막에서 사흘 밤을 보내는 것이 다음 세대에게 모범을 보이는 의미일 것이라고 지레짐작하고 있던 나는 마무리라는 표현에 다소 충격을 받았다. 증조부의 상을 당한 차차종손이 얼굴에 미소를 거두지 않는 비례非禮를 저지르고 있으나 몸에 밴 알 수 없는 자연스러움이 조금도 손상되지 않는 것도 이해하기 어려웠다.

"형님 서울에서 하시는 일은 잘되니껴."

"되고 말고가 뭐 있노. 얼른 박사 학위 받아야제."

"학위 받고 나면은 뭘 하실 건데요."

"하긴 뭘 하노. 얼른 결혼하고 그담에는 충헌당에 돌아와야제."

쉽고 명쾌한 그의 대답에 나는 조금 실망했다. 대학교에 진학할 때에도 고향을 벗어날 생각을 해보지 못했던 나는 재학과 상필이 서울에 홀로 올라가서 누리는 자유를 늘 부러워했다. 박사 학위까지 받고 나서도 결국은 집에 돌아와야 한다는 그의 말은 또하나의 올가미가 되어 내 목을 졸랐다. 그러나 김재학 본인의 얼굴에서는 조금의 회한이나 아쉬움도 찾을 수 없었다.

"내가 하고픈 거는, 말하자면 문화사업이라. 종가 문화 보존사업. 너거 집도 그렇고 우리 집도 그렇지만 종가라고 하는 곳이 이제 참말로 희귀한 공간이 되었거든. 이 건물도 그렇고, 이 속에서 사람이 살아가는 방식도 참말로 희한하다 아이가. 요새 이래 사는 사람이 어데 있노. 일 년에 스무 번씩 제사 지내고. 전국에서 할배들 모여들고. 새북에 법석대고 절하고 상 차리고. 한데 그런 생활 방식에 이제는 한계가 있어요. 당장 내부터 봐라. 장가를 못 들고 있잖나. 누가 내한테 시집을 와가 이 살림을 꾸리고 살 기라 하겠노. 또 내가 장가를 들어가 아이를 놓아도, 당장 내부터도 힘든 일을 내 아들더러 하라 하면 금마가 곱게 한다 하겠나. 대번 안 한다 할 기그든. 한마디로 이 종가 문화라 하는 거이 풍전등화다 이 말이다. 지금은 이 근동에서나 몇 집 옛날 방식을 이어가고 있지만 이삼십 년 지나면 그나마도 끝나버리거든. 혼례는 벌써 신식이 다 휩쓸어버렸고, 이래 복잡하고 격식 차리는 상례도 거의 끝이고, 남은 거는 제사 지내는 거, 그거 하나뿐인데 내는 그것도 얼마 안 간다고 본다. 근데. 울 할배랑 아배랑 할매랑 어매랑, 그래 소중커로 지켜온 거를 갖다가, 그래 뚝 끈치 없애는 거는 참말로 아깝은 노릇이거든. 어떻게든지 지켜볼 거라 노력은 해야제. 근데 옛날 방식 그대로는 인제 자생력이 없어. 내는 그렇게 봐. 그러니까네 새 방식을 도입해야제. 그거이 내가 꿈꾸는 문화사업이다."

"새 방식은 어떻게 하는 건데요?"

"한마디로 이 전통생활 자체가 기업이 되는 거라. 지금은 생활이잖아. 가까운 근친들만 공유하는 혈연 기반이고. 그거를 더 넓혀야 한다. 여러 사람이 공유할 수 있어야 하고, 그 문화가 자산이 되어야 하는 거라."

"전통 의례 체험 공간, 그런 거 말이니껴?"

"좁게 말하면 그거지. 하지만 우리가 이 집을 전통생활 체험 공간으로 개방해서 돈을 번다, 그것만을 말하는 거이 아니다. 이 종가 문화에 관심을 가지는 사람들이 모두 운영 주체로 참여할 수 있게 그 기반을 넓혀야 한다, 이 말이다."

"성씨 다른 사람들도 종가 살림에 참여를 한다고요?"

"그기 젤로 중요한 기다."

"형님, 너무 과격한 거 아이니껴. 가가례家家禮라 카는데, 집집마다 다 다른 게 범절이고 관습인데 그거를 어떻게 남의 집 사람들이 다 섞여서 같이 하겠니껴. 다 뒤죽박죽 섞이고 엉망 되면 우짜는데요."

"봐라. 너거 집 제사하고 우리 집 제사하고 다르제. 근데 니랑 내랑 같이 일을 할라믄 다 섞여버리제. 그라믄 망치는 거제. 그러니까네 망치지 않게 조심을 해야 한다. 집집마다 다 특색이 있고 철학이 있는 그거를, 아주 섬세하게 보존해야 하는 거제. 그리고 그걸 공유하기 위해서는 아주 작은 하나하나까지 다 기록하고 측량을 해야 한다. 그래서 앞으로, 잘 모르는 사람이 함께 일을 하게 되더라도 그 기록하고 측량한 자료로 교육을 받을 수 있어야 한다 말이다. 봐라. 우리 집안끼리, 김씨들끼리 내동 하던 그대로 이어서 하니까네 아무도 기록을 안 해. 측량을 안 해. 옛날에 할매 하든 거 보고, 할배 하든 거 보고 그렇게 이어오거든. 근데 이제는 아무도 같이 살지를 않아. 살면서 보고 배울 기회가 없어. 이어받질 못하니까 할매, 할배 죽어뿔만 고마 끝이야. 하지만, 잘 모르는 남들도 가르쳐서 같이하려면 원형이 뭔지, 왜 그렇게 하는지 연구를 하고 기록을 해야 해. 그 과정이 바로 발전과 보존의 제일 든든한 밑받침이 돼줄 거라, 내 말은 그기다. 외연을 확대하면서 내실을 함께 다져가는 거지. 지금 이 상태를 봐라. 그나마 너거 집이나 우리 집은 할배가 워낙 사업에 성공하셔서 형편이 좀 낫다만, 다른 종가에 가면은 참말로 힘든 집들 많다. 젊은 사람들은 다 도시에 나가서 공부하고 취직하니까, 그 문화를 이어받을 사람이 없어. 시간도 없고 돈도 없어. 고마 마지막으로 그 전통을 전수받은 노인네 부부 단둘이서 뼈빠지게 고생해가면서 덩그러니 놓인 종가를 지킨다 말이다. 그러다가 노인네 부부 딱 돌아가시믄, 그 집 문화는 그걸로 고마 끝인 기라. 젊은 사람이 내려와가 어찌어찌 이어가면 다행이고, 안 이어가면 끈치뿔고 마는 거고. 봐라. 니도 종손이니까네 좀 알 거 아이가. 니 혼자서 이 시골에 파묻히가 지금 너거 어른 하시는 것처럼 고대로 이어받아 살아갈 자신 있나? 그기 혼자서 감당하기 쉬운 일이가? 옛날처럼 일가친척들이 가까이 살면서 보종保宗을 열심히 하는 것도 아니고, 일개인이 혼자 힘으로 감당해내기 어렵은 일이다. 인제는 핏줄에만 의존하지 말고, 뜻이 맞는 사람들끼리 모이가 이 문화를 지켜내야 한다. 이 복잡한 일들을, 의무로 하지 말고 기쁨으로 재미로 그래 해야 한다 이 말이다. 그라지 않으면 다 잃고 만다."

박박 민 군인 머리가 채 자라지도 않은 나는 주로 그의 말을 경청하며 조용히 마주앉아 있었다. 재학 형이 물을 들이켜느라 잠시 이야기가 끊긴 사이, 그의 휴대폰이 울렸다.

"지시더접니다."

재학 형이 휴대폰을 귀에 댄 채 주변을 두리번거렸다. 멀찍이 휴대폰을 켠 채로 아들을 찾고 있던 어머니, 차종손부 최씨 부인이 그를 발견했다. 몸집이 자그마하고 안온한 인상의 중년 부인이었다. 그녀는 아들의 등 쪽에서 다가와 그의 어깨에 가만히 손을 얹었다.

"상룡이 왔구나. 재학이, 니 여기 있었나."

"어머이, 찾으싰니껴."

"니 여기 와가 이래 앉아 있어도 되겠나."

"여태 상청에 앉아 있었니더. 할배가 나가가 찌짐 한 장 주묵고 들어오라 캐서 금방 나왔니더."

"할배 허락받고 나온 기가."

"야."

"그래. 쫌 앉았다 얼른 들가봐라. 너거 아배도 틈 봐가 뭣 좀 드시야 하고, 할배도 기진하시지 않게 챙기드리야 하고. 니가 곁에서 그거를 잘해야 하는 기다. 알제?"

"걱정 마시소. 어머이사말로 틈틈이 쉬어가면서 해야 할 긴데요."

"메느리가 있어가 이럴 때 졸랑졸랑 따라댕기고 서로 의지하모 얼마나 좋았겠노. 고마 내 치마꼬리가 영 허전타."

최씨 부인은 아들의 어깨를 도닥이고 바쁜 걸음을 옮겼다. 아들의 안쓰러운 눈길이 부인의 뒷모습을 따랐다. 뭐야, 저 표정은. 이렇게 번잡한 일 속에서도 저렇게 평화로운 듯한 표정이라니. 나는 부인과 재학을 바라보면서 뾰족한 것으로 옆구리를 찔린 것처럼 갑작스럽고도 격렬한 어떤 감정을 느꼈다.

재학은 나에게 손인사를 남기고는 허겁지겁 일어나 다시 상청 쪽으로 향했다. 적어도 재학은 오늘날 젊은 종손들이 느끼는 중압감과 고독감을 누구보다도 잘 알고 있는 인물이었으므로 나는 친근감을 느꼈다. 그가 고독감에 매몰되지 않고 나름의 포부를 세웠다는 사실이 존경스러웠다. 물론 그 뜻을 펴려면 엄청난 집안의 반대에 부딪칠 것이며 애초에 계획했던 것들을 모두 이루지 못할 가능성이 높았다. 하지만 분명 그에게는 나름의 인생관이 존재했고, 집안의 강력한 반대에 맞설 의지도 확고했다. 모두 나에게는 결여된 것들이었다.

떨칠 수 없는 열등감 때문에, 나는 신경질적으로 얼굴을 비볐다. 김재학, 그가 나와 똑같이 일문의 종손으로서 일정한 구속과 중압을 느끼며 성장했음에도 나와는 다르게 자신감 넘치고 균형 잡힌 인간이 될 수 있었던 것은 출생의 근원이 똑바르고 당당하기 때문일 것이다. 굴레처럼 내 목을 죄는 탕녀와 자살부의 기억이 없기에 가능한 일일 것이라고 나는 생각했다.

한마님 전 상살이

문

안 알외옵고, 맹하孟夏 첫더위가 뜻밖 허수롭지 않사오니 한마님 기체 일향 만강하옵신 문안 아압고저 동동촉촉洞洞燭燭하온 복모伏慕 구구하오며 얼둥아기 민재旻載가 육 삭을 넘기도록 오래 문안 알외옵지 못하온 죄 천만 무겁사옵내다.

한마님 온자媼慈로 산바라지 살뜰하였으니 젖도 수나로이* 도서고* 산후産後도 내내 순조로웠나이다. 한겻*을 비릇도록* 곁

---

* 수나로이 : 수월하게.
* 도서고 : 젖멍울이 풀려 젖이 돌고.
* 한겻 : 반나절에서 한나절 사이의 시간.
* 비릇도록 : 아이를 낳으려 몸을 뒤틀도록.

을 떠나지 아니하시고 살부드러이* 다독이시던 한마님 옷곳한*
손길을 소손녀 한뉘 종신토록 어찌 잊사오리잇가. 천금 민재, 팔
대에 독자요 구 대에 종손이라 존구고 바래심 깊어 한마님 곁에
오래 머물지 못하고 도다녀왔으니* 보내며 천만 서운해하시던
한마님 존안이 눈앞에 어른거려 남 알지 못하게 흐르는 눈물이
강물 같사옵내다.

  민재 안고 돌아오니 존구고께옵서 대문 밖까지 달려나와 하
당영지下堂迎之하심은 물론이며, 안팎으로 일 점 부정 있으랴 매
양 서릇게* 하시고, 아무리 악패고 치대어도 무릎 아래 놓으시
는 일 없이 다못 귀하다 하옵시니 그 애중하심이 필설로 이루
형언할 길 없삽내다.

  존구고 민재를 얼르시며 "머리통이 회올밤*이라. 동글고 여
물기가 어찌 이와 같을꼬" 하고 신기해하시고 "손목에 금이 이
어졌구나. 계방季方* 보겠다" 하고 기특해하시며 "민재가 넘길
젖을 짓는 몸이니 무엇이든 머드러기가* 네 몫이라" 하고 우쭐

---

* 살부드러이 : 매우 부드럽게.
* 옷곳한 : 향기로운.
* 도다녀왔으니 : 오래 머물지 않고 곧바로 돌아왔으니.
* 서릇게 : 좋지 못한 것을 쓸어 치우게.
* 회올밤 : 밤송이 속에 외톨로 동그랗게 생긴 밤.
* 계방 : 사내 아우.
* 머드러기 : 과일이나 생선 중에 가장 씨알이 굵고 좋은 것.

愚拙한 이 몸에게까지 과람한 괴오심 베푸시옵내다.

때때로 사랑은 "아버님, 어머님께서 민재 귀애하심이 하늘 같으니 혹여라도 아해가 무람없을까* 저어되오. 클수록 도슬러* 엄히 대하려니 부인은 섭섭타 마오" 하니 민재를 훈육함에 한 귀 흐트러짐 없게 하려는 사랑의 곧은 마음 씀이 이 몸에게 감사하면 감사할사 어쩌 섭섭타 할 일이리잇가.

민재는 곱게 빻은 설기 떡무거리를 끓여 아이밥을 시작하였사오며 이제는 새우젓 넣고 지은 진밥을 제법 한 그릇씩 비우더니 날이 갈수록 살이 올라 헌칠 민툿하옵내다. 밀초 같은 아랫니가 두 개 올라서 젖을 물리다가도 제법 덴겁하게 깨물기도 하니, 이놈 하고 꾸짖어보기도 하나 해부죽이 웃는 낯에 그만 심간이 녹아내릴 따름이옵내다. 이 몸의 어미도 이리 아프며 이 몸을 유양乳養하였는가 싶어 이제는 기억도 희미한 어미의 얼굴을 두연斗然 떠올리기도 하옵내다.

존고께옵서 민재 돌만 넘기면 귀녕歸寧* 가서 두어 삭 머물고 오라 하옵시니 한마님 곁에서 어린 날처럼 엉석해볼 때가 올까 하옵내다. 존고께옵서 게젓을 담그시었는데 소산에서 먹던 맛과 다르니 온윤溫潤하신 자정慈情은 사모치되 입에는 비뉘

---

* 무람없을까 : 예의 없을까.
* 도슬러 : 벼르고 마음을 가다듬어.
* 귀녕 : 시집간 딸이 친정에 가서 친정 어버이를 뵘.

하였사옵내다.* 재강과 마른 고추로 구수하고 칼칼한 맛을 내던 한마님의 손맛을 어시호於是乎* 그리워하나 재주 없어 흉내낼 줄은 모르니 귀녕 갈 때 베풀어주시옵기를 청하옵내다. 사뢸 말씀은 무궁하오나 하감下鑑하옵심 젓사와 이만 무르와가옵고 내내 기체氣體 양후兩候* 만안하옵시기만을 천만 바라옵나이다.

신미辛未 사월 열아흐렛날 손녀 살이.

이목耳目 성음聲音 못내 그린 조실 보아라.

글월 보고 가내 두루 평선平善하고 산후産後도 탈이 업다 하니 깃브며 민재 벌써 기으기를 한다 하니 눈앞에 어리어 오늘 밤잠을 어찌 이룰까 하노라. 할미 품 안에 잠들기를 반겨 하며 헤어짐을 설워하니 그 모습이 더욱 어엿브더라. 아이 살 오르는 데는 밤죽이 좋으니 밤가루를 쌀가루의 두 배 되게 하여 쑤어 먹이라. 조상의 이어온 것을 제 한몸에 싣고 났으니 모자의 정이 아무리 중하다 한들 조상의 중하고 제사의 중한 것을 당할 수 없음이라, 애중愛重을 잊고 엄절嚴切을 택함이 바른 어미의 길임을 잊지 말라. 게장 그립단 소리 듣고 그믐 돌아오는 대

---

* 비눠하였사옵내다 : 비렸습니다.

* 어시호 : 이제야.

* 기체 양후 : 기후와 체후.

로 바로 득수 아비 시켜 앞 논을 뒤지게 하였으니 장이 익는 대
로 여러 동이 이어 보낼까 하노라.

　　　　　　　　　신미 사월 스무사흗날 할미 씀.

달실에서 온 여인들

떡을 연상시키는 달시룻댁의 호칭은 기실 '달실 웃댁'이 맞다. 그네는 파평 윤씨로 봉화 달실에서 태어나 청도 두루뫼의 권혁준에게 시집갔다. 결혼하고 다섯 해를 넘기도록 태胎가 열리지 않자 고심 끝에 그네가 직접 물색하여 고향 마을의 가난한 처녀를 데려왔다. 조신하고 엽엽하던 달실 아랫댁이 들자 서방은 작은댁의 방에 파묻혀서 낮이나 밤이나 나올 줄을 몰랐다. 달실 아랫댁의 아랫도리에서는 여름날 참외 속 국물 같은 단물이 뚝뚝 떨어진다고 했다. 아랫댁이 연달아 아들 둘을 낳고 호랑이처럼 기세가 등등해지는 동안, 웃댁은 기껏 두 다리가 성치 못한 병신 딸 정실하나를 낳고 끝이었다. 결국 달실 아랫댁은 '달실댁'이라는 당당한 택호를 득하며 안방을 차지하였고, 달실 웃댁은 정실을 데리고 이곳저곳을 전전하다가 효계당의 살림이나 돌봐주는 행랑어

멈 달시룻댁으로 전락하고 말았다.

　내가 미미하게나마 육친의 정을 느끼는 사람은 할아버지도, 생
모도, 해월당 어머니도 아닌 달시룻댁이었다. 어린 시절부터 장
이 약했던 내가 배앓이로 안방을 뒹굴면 밤새도록 내 배를 쓸어
주고 약을 먹여주는 사람은 달시룻댁이었다. 안방의 주인인 해
월당 어머니는 한쪽 무릎을 세워 팔꿈치를 얹고 앉아 달시룻댁을
채근했다.

　"해인초 달인 물을 먹여보게."

　"배를 쓸어주게."

　"아버님께서 침수寢睡 드셨네. 목소리를 낮추게."

　배앓이가 나으면 나는 해월당 어머니에게 절을 올리며 밤새워
병석을 지켜주신 것을 사례하였지만 그것이야말로 우리가 친모
자 관계가 아니기 때문에 차리는 억지스러운 인사에 불과했다.

　할아버지의 불같은 성미에, 해월당의 까탈까지 받아내느라 뼈
가 가루가 되도록 일하며 젊은 시절을 보냈으니 일찍 몸이 상하
는 것이 당연했다. 효계당의 마름 일도 하고 집안의 손 가는 일도
돌보는 정서방이라는 홀아비가 있었지만, 남자라면 신경질적인
반응을 보이는 해월당 어머니의 눈치를 보느라 사내의 손이 갈
웬만한 일조차 달시룻댁이 도맡아 하며 살았다. 해월당 어머니가
나이 쉰도 되기 전에 한 많은 청상의 삶을 접고 저세상으로 떠나
버린 후 달시룻댁이 마음고생을 조금 덜게 되었는지 모르지만 이

제는 일평생 무리하게 굴린 몸이 고장나버린 뒤였다.

달시룻댁이 효계당의 생활을 구성하는 데 있어 눈에 띄지 않으나 빼놓을 수 없이 중요한 요소라면, 다리병신에 쌀 한 가마의 몸무게를 자랑하는 정실은 효계당의 격을 떨어뜨리고 다소 괴기스러운 분위기를 더하는 희비극적인 존재였다. 정실은 대개 뒷밭 그늘의 두엄집에 파묻혀 살았다. 두엄을 뒤지면서 무슨 놀이를 하는지는 모르겠지만 항상 손톱 밑은 새까맸고 치마에는 흙물이 들어 있었고 지나간 자리에는 연한 두엄 냄새가 남았다.

아이들은 정실이 배고픔을 못 이겨 두엄을 퍼먹는다고도 했고, 그 속에서 지렁이나 두더지 같은 것을 잡아먹는다고도 했다. 실제로 무얼 하는지는 아무도 모르지만 그 장대한 몸집으로 미루어 보아 모종의 식사 행위를 하고 있으리라는 게 공통된 짐작이었다. 어쩌다 달시룻댁이 푸성귀 씻는 일이라도 시키면 수돗가에 주저앉아 허연 허벅지를 다 드러내놓고 커다란 목소리로 노래를 불렀다.

"임 주신 밤에 씨 뿌렸네. / 사랑의 물로 꽃을 피웠네. / 처음 만나 맺은 마음 일편단심 민들레야. / 그 여름 어인 광풍, 그 여름 어인 광풍 / 낙엽 지듯 가시었나."

효계당에서 청승맞은 목소리로 저따위 잡가를 흥얼거릴 수 있는 강심장의 소유자는 정실뿐이었다. 강심장이라기보다는 대책 없는 푼수가 고질이었다. 대개 노래의 끝부분은 달시룻댁이 정실의 등짝을 치는 철썩철썩 소리로 마무리되었다.

"할배 마실 가싰다 아이요, 옴마는 와 자꾸 때리는데?"

"가스나가 나를 처묵시모 낫값을 해얄 기 아이가? 으른이 어데 느그 할배가? 상룡이 공부하는 거 모르나?"

"쪼맨하이 불렀다 아이요……"

"으른 눈 밖에 나는 날이모 니캉 내캉 오데 가가 살 기고? 느그 아배한테 가가 살 기가? 그마끔 말을 했시모 알아들으야제."

"노래 한분 한 걸 가지고 되기 모라 캐쌓네……"

"생기내生前 암 맛도 않고 듣는 법이 없데이. 또알또알 말대답 하는 거는 어서 배왔노?"

늘 사람 사는 것 같지 않게 조용한 효계당에 가끔 야단소리라도 들려서 좋다고 하는 사람도 있었다. 하지만 나는 정실의 푼수 짓이나 할아버지의 역정, 달시룻댁의 야단치는 소리를 사람 사는 맛이라고 느껴본 일이 없으니까, 나에게 정실은 온전히 비극적인 존재였다.

달시룻댁의 여윈 가슴팍을 에는 불쌍한 딸 정실은 초등학교만 마치고 효계당에 들어앉아 살고 있었다. 달시룻댁은 중학교도 보내고 싶어하는 눈치였으나 정작 정실 쪽에서 더이상 학교에 다니지 않겠다고 버텼다.

"다리 뿔가질 끝에서 못 다니겠다! 중학교는 더 멀다 아이가!"

초등학교 졸업을 앞두고 있던 저녁 무렵, 해월당 어머니의 안방에서 앉은뱅이책상을 놓고 숙제를 하는 동안, 정짓간 끄트머리에 삐죽 매달린 작은방, 달시룻댁 모녀가 거처하는 초라한 머릿방에서 들려오곤 하던 울음 섞인 소리였다. 낮출 대로 낮춘 달시룻댁의 목소리는 들리는 일이 없었다. 그때 이미 건강이 많이 나빠졌던 해월당 어머니는 여윈 이마에 눈썹 어귀를 추켜올리며 잠시 머릿방 쪽에 눈총을 보내었을 뿐 무어라 말하지 않았다.

"차를 우예 타노? 어뜬 맘 좋은 운전사가 바뿐 아침 시간에 내 타라꼬 천년만년 기달라줄 기고? 내 탈라꼬 똥 빠지게 뛰어가도 불불이 문 처닫고 퍼떡 가쁜다 아이가?"

정실의 앙탈하는 소리가 두어 번 더 이어지면 해월당 어머니가 탁탁 소리내어 서안을 쳤다. 그러면 머릿방 어름에서 들리던 소리도 쥐 죽은 듯 조용해졌다.

정실의 말대로 우리 동네에서 중학교는 초등학교보다 더 멀었다. 오백 미터가 채 안 되는 초등학교에 갈 때도 몇 번이나 주저앉아 쉬면서 가느라 학교에 도착하면 기진맥진해버리던 정실이니까 멀어서 못 다닌다는 말도 일리가 있긴 했다.

하지만 중학교가 효계당 안마당에 들어앉아 있다 하더라도 정실은 안 다니는 것이 나았다. 반에서 뒷부분에 속하는 성적에, 흉하게 뒤틀린 가느다란 발목, 어린 시절부터 터질 듯이 비대했던 몸집과 넙덕한 얼굴, 주책스러운 언동, 그리고 효계당 행랑어멈의 딸이라는 누가 보아도 만만한 배경 때문에 정실은 늘 괴롭힘

을 당했다. 쉬는 시간이면 남자아이 두엇이 정실의 두 팔을 붙잡
고 이단 옆차기를 연습하곤 했다. 나는 아이들의 거친 행동에 동
참하진 않았지만 정실의 눈치 없고 푼수없는 행동에 대해서는 맞
아도 싸다고 생각했다. 아이들에게 붙들려 괴롭힘을 당할 때면
정실은 늘 유리창이 흔들리도록 고함을 질렀다.

"아이고오, 멀거딩이 다 뽑힌다아! 너거들 있다가 다 죽을 줄
알어라이, 울 옴마한테 다 일라 줄 기다! 아이고오 배때지야, 너
거들 깅찰에 일라 줄 기다. 슨생님한테 다 일라바치 줄 기다. 니,
고문택이, 이 쌔가리 콩마한 새끼야, 이따가 잡히기만 하믄 고마
니는 죽었데이!"

전혀 기죽지 않고 기세등등하게 욕설을 퍼붓던 정실이었지만,
견딜 수 없이 뭇매가 심한 날이면 선생님 말고는 어느 누구도 구
출해 줄 수 없는 그 오욕의 구렁텅이에 나까지 끌어들이곤 했다.

"아이고오, 사람 죽네, 상룡아, 내 좀 살리도! 이 새끼들이 내
를 직일라 칸다, 상룡아, 야아들 좀 말리도고! 상룡아, 상룡아
아!"

아이들이 기다리는 것이 바로 이것이었다. 기차 화통을 삶아먹
은 듯한 우렁찬 목소리로 '상룡아'를 외치는 그 순간을 보기 위해
아이들은 그토록 모질게 정실을 두들겨패는 것이었다.

처음엔 그래도 한집에 사는 정리로 나름대로 중재를 해보려 노
력하기도 했지만, 전교 화장실에 '정실이♡상룡이'라는 낙서가

쫙 깔리고 말았다. 다음엔 저벅저벅 축제의 현장으로 걸어가서 '상룡아아, 살리도고'를 외치는 정실의 얼굴을 후려쳤다. 칼집 덜낸 단춧구멍 같은 정실의 눈에도, 지켜보던 학급 아이들의 눈에도 일순 경악이 흘렀다. 그러나 아이들은 곧바로 손뼉을 치면서 '정실이랑 상룡이랑 부부싸움한대요' 하는 노래를 합창했다.

그렇게 모질게 혐오를 표시했는데도 정실은 어느 정도 두들겨 맞으면 그예 나를 찾았다. 결국 나는 귀머거리처럼 꼼짝 않고 책상만 노려보는 길을 택했다. '상룡아 상룡아' 하는 고함을 오래도록 들어야 하는 괴로움이 있었지만 그나마 나았다.

초등학교에 다니는 내내 그렇게 학질을 떼었기 때문에 나는 정실이 중학교에 가지 않는 데 대찬성이었다. 물론 중학교는 남학교와 여학교로 분리되어 있었지만, 아무튼 세상 사람들의 눈에 정실이 띄어서 좋을 일은 하나도 없었다. 여학교에 다니면서 정실이 주책없이 '상룡이가 어쩌구' 주둥이를 나발거리면, 이제는 사춘기에 접어들어 더욱 걸쭉해진 입담으로 '상룡이랑 정실이 효계당 뒷밭에서 어쩌구' 하는 낙서가 남학교 화장실을 뒤덮을 게 분명했다.

정실이 더이상의 학교 수업을 받지 않는 것이 나에게는 더할 나위 없이 다행스러운 일이었지만 달시룻댁에게는 가슴 미어지는 일임에 분명했다. 나는 그녀가 사는 이유가 오로지 정실 하나 때문임을 짐작하고 있었다. 어디서 재가를 하더라도 손끝 칠칠하고 성격 무던한 그녀가 효계당에서 해월당 어머니와 할아버지의 까탈을 받아내면서 사는 것보다 못할 리 없었다. 하지만 달시룻댁은 혹여 정실이 의붓아비의 구박을 받을까봐, 그리고 정실에게 소박데기이나마 재가하지 않은 깨끗한 어머니의 영예를 물려주고 싶었기에 효계당의 고된 생활을 택했을 것이다.

할아버지가 출타하신 날이면 나는 그녀들과 함께 정짓간 바닥에 상을 놓고 식사를 하곤 했다. 해월당 어머니는 알면서도 모른 체했다. 달시룻댁은 나에게 먹인다는 핑계로 계란을 부치거나 장조림 반찬을 꺼냈다. 그리고 내 눈치를 봐가면서 정실의 밥술 위에 반찬들을 한 개씩 얹어주었다.

"상룡이 입이 짜리서短아서 큰일이데이. 우예 소찬에만 젓가락이 가는공. 문디 가스나야, 아나 이거 한 개 묵고 떨지라. 가스나가 허천지랄뻥이 들었는가, 상룡이 반찬 하내이를 못 얻어무서 참말로 윗기제도 않데이."

내가 묵은 나물이나 겉절이 같은 푸성귀 반찬을 더 좋아한다는 걸 알면서도 군이 고기반찬을 꺼내놓은 것은 분명 정실을 위함이었다.

물론 달시룻댁은 누구에게도 마음을 열어놓지 못하고 외로움을 타는 어린 나에게도 깊은 동정심을 가지고 있었다. 효계당에서 어쩌다 한 번이라도 내 뒤통수를 쓰다듬어주거나, 엉덩짝을 두들겨주는 살가운 손은 오로지 보굿같이 메마른 달시룻댁의 손뿐이었다. 하지만 인정을 담뿍 담아 어루만져주는 따스한 손길도, 대책 없이 정실에게로 향하는 가슴 미어지는 모정의 눈길과는 비교할 수 없었다. 나는 달시룻댁의 품에서 혈육같이 진하고 뜨스한 정을 느끼다가도, 저 넙덕하고 푼수 없는 정실에게 나하고는 비교조차 할 수 없는 더 큰 애정이 흘러가고 있음을 실감하면 어쩔 수 없는 질투심에 몸을 떨곤 했다.

학교생활을 마감한 정실은 흐느적거리는 귀신처럼 효계당의 한구석을 차지했다. 푸성귀를 다듬는 일이나 가끔 도우려나, 별다른 역할이 없는 정실의 자리는 대개 뒷밭 두엄집이었다. 학교에서 돌아온 내가 수도가에서 손이라도 씻으려면 쪽담 너머 뒷밭 그늘에서 신경질나면서도 무시할 수 없는 콧노래가 치근치근 따라붙곤 했다.

"상룡이 어매는 날마동 사내가 바뀐다 하네. / 칠십 먹은 부자 할배 꼬치를 쪽쪽 빨아줘가 / 울고 있는 할매 속속곳까지 안 뺏어 입었다드나."

그러면 나는 주먹을 불끈 쥐고 뒷밭으로 뛰어들었다. 뒷밭 어두운 쪽담 그늘에, 짐짓 쪽문 쪽으로 등을 돌리고 쭈그려 앉아 있는 정실의 편편한 등허리가 눈에 들어오면 나는 부들부들 떨면서도 정실의 다음 말을 기다렸다.

"어? 상룡이 니 벌써 왔나?"

정실은 간특스럽게도 놀랐다는 시늉을 했다. 나는 어깨를 뻣뻣하게 굳히고 애써 목소리를 낮춰 다그쳤다.

"니 방금 머라 했노?"

정실의 입에서 가만가만 쏟아져나오는 말들은 해월당 어머니의 불지옥 못지않게 휘황했다. 정실이 해준 말들을 엮으면 나의 생모가 아버지를 버린 후 같은 학교에 다니던 선생과 바람이 나서 학교에서 쫓겨났으며 그 선생과의 사이에 아이 하나를 더 낳고 헤어졌다는 것이었다.

그다음에는 생모보다 열한 살이나 어린 풋내기 대학생을 꼬드겨 살림을 차렸다고 했다. 대학생은 집에서 쫓겨났고 생모가 미술학원 강사로 나가서 벌어오는 돈으로 단칸방에 둘이 살았는데, 밥도 먹지 않고 밤낮으로 떡방아를 찧어대어서 둘이 영양실조로 병원에 실려가는 일이 허다했다고 했다.

"느그 어매는 하루도 사내를 품지 않고서는 잠을 못 잔다 하더라. 밥은 안 무도 그거는 해야 한다고 하대."

정실의 말에 따르면 생모는 그 나이 먹도록 피임도 할 줄 모르는 여자였는지 그 철없는 대학생과의 사이에서 아이를 하나 낳았는데, 뻔뻔하게도 대학생의 팔에 아이를 안겨서 집으로 돌려보내 버렸다고 한다. 결국 대학생의 부모는 돌아온 탕아와 어이없는 손자를 받아들이고, 손자를 늦둥이로 자기들의 호적에 올렸다고 했다.

그다음에는 굉장히 유명한 축구 선수의 첩이 되었는데—연인이라 해도 좋을 것을 꼭 첩이라 말했다―딱 한 계절 같이 살고 났더니 축구 선수가 공도 찰 수 없을 만큼 몸이 망가져버려서 헤어질 수밖에 없었다고 했다. 축구 선수와 헤어진 직후에 일흔이 다 된 노인을 홀려서 또다시 첩이 되었다고 했다. 이 노인은 지방 백화점을 소유한 거부였는데 생모가 떡두꺼비 같은 아들을 떡 낳아주고 밤마다 아랫도리로 생지랄을 하니까 완전히 눈이 멀어서 평생 고락을 함께한 조강지처의 속속곳까지 벗겨 입히면서 어떻게든 본처와 이혼하고 생모를 호적에 올리기 위해 혈안이 되었다고 했다.

"사내들은 다 머저린 기라. 그기 그 영감 씨겠나? 축구 선수 씨제. 것도 모리고 그 영감은 불여시한테 홀리가 덩더꿍덩더꿍 한다 안 카드나."

평생 가야 효계당 울담을 넘어가지 않는 정실이 어떻게 나도 모르는 생모의 일을 그처럼 자세히 뀔 수 있었을까.

"울 옴마가 다 이야기해줬다 아이가."

정실이 거들먹거리며 말했다.

"고짓말 마라. 달실 아지매가 그런 이야기를 할 리 없다."

"바보야. 울 옴마가 내한테는 얼매나 이야기 잘해주는데. 밤새도록 잠도 안 자고 별아별 이야기 다 해준다 아이가."

나는 열패감에 몸을 떨면서도 정실의 이야기를 막지 않았다. 정실의 입에서 흘러나오는 추접한 이야기에는 혐오스러우나마 듣지 않고는 배길 수 없는 그 무언가가 분명 존재했다. 나는 이야기를 듣는 중간중간 진저리를 쳤는데, 그것은 생모의 방탕함 때문이 아니라 정실의 흙물 든 더러운 손톱 밑 때문이었다. 뒷밭의 무엇을 훑어내고 긁어모았는지 정실의 열 손가락은 모두 새까맸다. 나는 정실에게 증오의 눈빛을 보내며 그녀가 지껄이는 육담 속에서 허리를 뒤틀고 사내를 빨아들이는 생모를 실컷 상봉했다. 이야기가 끝났다 싶으면 정실의 투실투실한 볼때기에 주먹을 날렸다.

"더럽은 주디 닥치지 못하겠나. 이 배냇병신아, 암퇘지야."

흐물흐물하고 미지근한 정실의 볼때기에 주먹이 푹 파묻힐 때의 불쾌감이야말로 엉망이 돼버린 기분을 마무리하기에 최고가 아니었을까. 때로는 가슴팍이나 허벅지에 발길질을 날리기도 했다. 이 모든 일은 정실이나 나나 최대한 목소리를 낮추고 비명소리조차 바람 소리로 위장되도록 신경을 늦추지 않는 가운데 이루어졌다. 생모에 관한 모든 풍설을 뒷밭 구석에서 정실을 통해 들었기 때문에, 나는 생모가 효계당의 뒷밭에 숨어서 언제나 숨이 넘어가도록 사내를 빨아삼키고 있는 것 같은 환각에 시달리곤 했다.

딱 한 번, 내가 고등학교에 다닐 무렵 정실의 아비라는 작자가 효계당의 안마당에 발을 들여놓은 일이 있었다. 앞이마가 뒤통수까지 훤히 넘어간 중늙은이었다. 장대 같은 두 아들을 거느리고 참외 속같이 단물이 드는 달실댁을 품고 사느라 본처와 병신 딸은 돌아볼 생각이 없던 위인이었지만, 어느 날 달근한 모주 몇 잔에 그만 녹작지근한 기분이 들면서 어찌 사는지 찾아볼 생각이 났던 모양이었다.

사내는 안채 쪽을 기웃거리다가 달시롯댁과 눈이 마주쳤다. 달시롯댁의 얼굴이 굳어지고, 사내는 쑥스러움에 코를 큼큼거렸다. 달시롯댁을 다시 거둔다거나 아니면 딸이라도 거둘 수 있게 재산을 나누어줄 양심 따윈 전혀 없어 보였지만, 한때 제 것이었던 여인을 보는 그의 눈길은 같잖게도 은근하다 해도 모자라지 않을 만한 것이었다.

뻔뻔스러운 옛 사내의 모습에 달시롯댁의 가슴이 거칠게 불룩거리다 못해 그만 말이 막혀버렸다. 꺼져버리라는 소리도 못하고 퍼렇게 질려가는 달시롯댁 앞에서 사내는 느물느물 웃음을 지으며 슬그머니 중문을 넘어 안마당으로 들어섰다. 달시롯댁이 진저리를 치면서 손을 내저어도 그는 주춤주춤 다가서기를 멈추지 않았다.

"당신, 오랜마이구마."

"그짜아서 내를 몰로 보고 이카는교. 누굴 보고 당신 소리를 하는교."

"봐라, 내 정실 애비 아이가. 천없이ㅏ무리 밉어도 한때는 한솥밥 농가 묵고 동방 거처하던 너거 서방 아이가. 참말로 오랜마이구마."

달시룻댁이 소리라도 지르지 않으면 슬그머니 그녀의 손목이라도 잡을 기세였다. 달시룻댁은 차마 소리는 지르지 못하고 고개를 외로 꼬고 팔만 내저었다.

"봐라. 지끔 여서 이래 하지 말고, 우리 어데라도 나가가 커핏물이라도 한 사바리 마시믄서, 이저끔 살아온 이바구나 해보자 마."

"엄뚱 소리 허지 마소. 내는 그짝이랑 할말이 한나또 없으이까네."

"허허이. 이바구를 하다보믄 머신 수가 날 수도 있는 일을 고직 커로고지식하게 여서 이칸다."

달시룻댁은 점점 자지러지고 되레 사내의 목소리는 커져가는 중에 뒷밭으로 연결되는 쪽문이 열리고 정실이 고개를 내밀었다. 어미의 팔꿈치 어름을 붙잡고 씨름하는 사내를 보고 정실은 재깍 그가 누구인지 알아챘다.

"아배요, 아배 맞지예?"

정실을 본 사내가 달시룻댁의 팔꿈치를 놓고 엉거주춤 한 걸음 물러섰다. 정실은 쪽문 기둥을 붙잡고 엉기적거리며 비뚤배뚤 둥근 돌을 맞춰 엮은 계단을 어렵사리 내려섰다.

"아배요, 와 인차사 왔니껴? 내가 정실이니더. 아배 고맹딸고명딸 정실이니더."

정실이 허우적 비틀거리며 열심히 사내에게 달려가는 동안 사내는 뜨악한 얼굴로 정실의 꼴을 훑어보고 있었다. 정실이 발밑에 신경을 덜 쓰다가 아니나 다를까 나동그라지자 사내는 흠칫 몸을 떨었다. 그리고 정실이 일어서기도 전에 서둘러 몸을 돌이키더니 중문을 빠져나가고 이어 솟을대문도 벗어났다. 정실의 구슬픈 부름에도 아랑곳하지 않고, 그는 한·번도 뒤돌아보지 않은 채 잰걸음으로 고샅길을 지나 버스 정류장 쪽으로 도망갔다.

"옴마야, 옴마가 쫓아삔 거제? 울 아배가 낼로 보러 왔는데 옴마가 내쫓아삔 거제?"

정실이 안마당을 구르며 우는 것을, 달시룻댁은 말없이 달래어 머릿방으로 데리고 들어갔다. 정실의 울음은 마침 출타했던 할아버지가 돌아오시는 통에 간신히 끝을 맺었다. 달시룻댁이 정실을 휘감아안고 들어간 부엌 머릿방 어름에서는 가끔 훌쩍이는 소리 말고 아무 소리도 들리지 않았다.

마침 곶감이나 하나 꺼내 먹으려고 고방 안을 뒤지고 있었던 나는 이 소동의 전말을 빠짐없이 보았다. 달시룻댁에게는 안된 일이었지만, 나는 '걸음아 날 살려라' 하고 달아나버린 사내의 어깨라도 한번 툭툭 쳐주고 싶었다. 추하고 비천한 정실에게 그림같이 잘 어울리는 아비였다. 그 아비가 베풀어준 그만큼의 대접이 정실에게는 딱 어울리는 것이었다. 이런 일이 좀더 자주 일어날 수 있다면 대환영이었다. 나는 이런 일들을 통해 정실이 제 주제와 분수에 대해 좀더 깊은 깨달음을 얻을 수 있기를 바랐다. 보다 더 강렬히 바라기로는, 달시룻댁도 직접 나서서 딸인 정실에게 그런 종류의 깨우침을 전해주었으면 싶었다.

그러나 나의 이런 은밀한 소망과는 달리, 달시룻댁은 끝까지 침착을 잃지 않았다. 발광하는 정실에게 "암만 땡깡을 직이도 안 된다 카모 안 되는 기라. 내 자빠지가 죽고 나그든 느그 아배한테 가라, 가스나야. 내 흙때이를 씹고 죽는 한이 있어도 저 인간이랑은 상종 안 한다 안 카드나!" 하고 맵게 호통친 것이 고작이었다. 게다가 그 매서운 목소리하고는 딴판으로, 정실을 보듬어 머릿방으로 이끄는 그 따뜻한 팔 매무새는 또 무엇이란 말인가. 나는 이후로 몇 달 동안이나 정실만 보면 잡아먹지 못해서 이를 갈며 덤벼들었다. 추하고 천하다는 말만으로는 그 비루함을 이루 다 표현할 수 없을 정도로 밥맛 떨어지는 정실은, 주제에 한참 맞지 않게 훌륭하고 따뜻한 어머니를 소유하고 있었다. 그건 몹시 불공평하고 말도 안 되는 일이었다. 나는 그걸 견디기 힘들었다.

한마님 전 상살이

문

안 알외옵고 만춘晚春은 가량佳良이라 수일數日 일기 청화清和하옵고 풍편風便 단아하오니 일양들 지내오시고 상하 모개로 무양無恙하옵신지 아압고저 하옵나이다.

차시 셋째 오라비 알성시謁聖試에 을과乙科로 급제하였다 하니 일전 큰오라비 홍문관 부수찬副修撰에 제수된 일에 이어 가문의 적경積慶이오며 조실부모한 사 남매를 거두어 지성으로 훈육하오신 한마님 비궁匪躬한 수고가 노후老後 홍복洪福으로 돌아옴이오니다.

친정댁의 광영이 휘황하오니 손녀 바깥 사람이오나 뵈옵고 경하드리옴이 마땅하올진대 이즈음 집안에 그닐한* 일이 많다 보오니 소불여의少不如意,* 사람의 도리를 다하지 못하옵내다. 모쪼록 한마님 넓으신 도량으로 참서參恕하야 주옵소서.

무타無他라* 사랑에서는 이즈음 먹은 것을 수나로이 삭히지 못하여 몸이 말라가고 수시로 이처하니* 안해의 마음을 안타깝게 하옵나이다. 일전에는 갑자기 콩팥이 생각난다 하옵기 반색하고 급히 내복*을 수소문하여 너비아니를 구웠사오나 막상 상을 대하고서는 인상을 찡그리며 "비뉘하여 못 먹겠소, 비뉘하여 입도 대지 못하겠소" 하고는 손도 대지 아니한 상을 물리게 하고야 마니, 혹시나 하였던 마음이 맥이 탁 풀리옵고 도시 무엇이 잘못되어 집안의 기둥이 이리 흔들리는가 두려워 밤잠을 이루지 못하나이다. 먹는 것이 착실치 못하오니 장정의 몸인들

---

* 그닐한 : 마음 쓰이는.
* 소불여의 : 조금도 뜻대로 되지 않음.
* 무타라 : 다름이 아니라.
* 이처하니 : 숨가빠하니.
* 내복 : 식용으로 하는 소의 내장.

금세 헐쭉하여지고 잔병치레가 잦음은 차라리 당연하다 하리이다. 존구께옵서 의원을 닦달하여 탕제도 여러 가지 대령하게 하였사오나 이렇다 할 만한 효험을 보지 못하오니 집안에 어두운 먹구름이 낀 듯, 날로 총기가 늘어가는 민재를 보면서도 흔전하게 웃음 한번 짓지 못하는 나날이옵나이다. 혹여 한마님께옵서 구해볼 방도를 아실까 하여, 이우貽憂*나 할까 젓사옴을 무릅쓰고 말씀 올리옵나이다.

민재 아비 와병하매 존구께옵서는 괄한 성정이 더욱 급박해지시어 노승발검怒蠅拔劍하는 일이 잦으시니, 안채를 벗어나지 아니하는 아녀자가 중문中門 밖의 일을 자세히 알기 어려운 일이오나 거둘이의 눈동냥 귀동냥을 빌려 듣자오면 하루 거름도 없이 하인배들을 추달推撻하고 사랑채 앞 살구나무에 상투를 비끄러매는 일조차 잦다 하옵내다. 그리하여도 분기가 가라앉지 않으시오면 노속들을 모개로 물보낌*하는 일조차 드물지 않다 하오니 사랑 마당의 태장笞杖질 소리가 안채에까지 낭자한지라 집안에 하루도 영일寧日이 없사옵내다. 소손녀 종종머리 흔들던 어린 시절에는 집안에서 하속下屬들을 매질하는 일을 본 적이 없사오며 오로지 한마님께옵서 "큰 식구를 거느리려면 헤아림이 제일이라" 하고 아랫것들을 자애로 대하시던 가

---

* 이우 : 남에게 걱정을 끼침.
* 물보낌 : 여러 사람을 모조리 때림.

르침만을 가슴에 새겼사오니 아밧님의 행사하심이 두려울 따름이옵나이다.

거둘이 비록 천한 하비下婢라 하오나 어린 시절부터 동무 삼아 한방을 쓰며 한마님의 훈육을 나누어 받았고, 제법 협기俠氣를 알고 도리를 셀 줄 아는 아이인지라 하는 말을 허투로 듣지 아니하옵는데 일전 듣기 무서운 말을 전하옵기 혼자만 가슴에 담아두기 어려워 한마님께 아뢰옵나이다. 부디 소견 좁은 아녀자 순설脣舌이 분주함을 널리 하량下諒하시옵소서.

사랑의 병구완으로 몸도 마음도 지정치 못하던 어느 날 거둘이 얼굴마저 희끗하게 바리어 아뢰길 "아씨, 제가 오늘 금즉한* 이야기를 들었사와요. 큰나으리께옵서는 작은나으리 와병하심이 모두 아씨마님 탓이라고 하신다지만, 이 집에는 본대 그런 내력이 있다고 합더이다. 제가 늙은 침모에게서 그리 들었사와요" 하지 않겠사옵니까. 혼인한 지 아직 홑 삼 년도 지나지 않아 사랑이 발병하였으니 존구께옵서 일전 이 몸에게 "새사람 들이고 오 년 안에 집안에 머즌일* 있으면 사람 잘못 들인 것을 네 역시 알고 있으려니. 가문에 누가 되지 않도록 지성으로 간병하라" 하고 지엄하게 이르신 것을 거둘이 제 속에 담아두고 있었던 모양이옵내다. 한데 집안에 나쁜 내력 있다 함이

---

* 금즉한 : 가슴이 철렁한.
* 머즌일 : 재앙이나 화禍.

무슨 소리인고 다그쳐 물었더니 이와 같이 대답하더이다.

"이 댁에는 판서 벼슬까지 지내고 낙향하신 선조 어르신이 있다고 들었사와요. 쇤네같이 천한 것이야 몇 대조 어르신이신지는 알지 못합지요만. 이 어르신이 나라엔 공을 세우시고 향리엔 덕을 쌓으셨지만 집안을 다스림은 그만 같지 못하셨던 모양입지요. 그만 집안에 거느리던 아랫것의 딸년에게 욕심을 내셨다고 하와요. 아랫것들 삶이야, 어르신네들처럼 법도를 차리오이까 내외를 하오이까. 그저 윗전에서 시키시면 싫든 좋든 죽은 듯이 따르는 것이 아랫것들의 도리입지요. 한데 그때 열여섯 살 먹었던 그 계집아이는 몸가짐이 단정하였고 자태도 아리잠직한 것이, 천것이지만 격이 있었다 하와요. 곱고 바르기가 그와 같으니 양인良人 총각 하나가 정인情人이 되어 돌아올 가을이면 혼사를 치르기로 정해놓은 터였다 합지요. 양인이 천것과 혼인하여 스스로 비부婢夫 되기를 청하였다 하오면 둘 사이에 정분이 자못 깊었음은 새삼 말씀 아뢸 필요도 없겠지요. 하온데 지체 높으신 어르신께옵서 피어나는 처녀에게 눈독을 들이시고 자꾸만 동침을 강제하시니 처녀가 읍소도 해보고 앙탈도 해보고 여러 길로 피해보려 했던가 보옵지요. 하오나 어디 어르신 욕심이 아랫것 눈물 따위에 눅어졌겠사오니까. 자꾸만 강제하시니, 견디다못한 처녀는 어느 날 정인과 모의하여 멀리로 달아나려 하다가 그만 잡혔다 하지요. 어르신께옵서는 대노하시어 옹이도 깎지 않은 울퉁막대기로 총각을 매우 치게 하시니 그날로 숨이 넘어갔다 하와요. 총각의 숨이 넘어가자 헛간에 갇혀 있던 처녀도 이냥 혀를 깨물어 이생을 저버렸다 합지요. 한데 그 일이 있고 나서 판서 어르신의 세 아들들이, 하나는 과거를 보러 올라가다가 알지 못할 몸병을 얻어 돌아갔고, 하나는 천렵 왔다가 물곬에 휩쓸려 잃었고, 마지막 하나는 말발굽에 낭심을 차여 자손을 보지 못할 고자가 되어버렸다고 하와요. 처녀가 죽은 지 꼭 삼 년 안에 세 아들들이 다 그리되어버린 것입지요. 하오니 사람들 입이 모두 처녀가 손각시가 되어 그리 해코지를 한다고 수군거리지 않겠사와요. 결국은 돛대 같은 아들을 셋이나 두었던 판서 어른이 일가를 수소문하여 양자를 들이는 처지가 되었고 그 이후로 이 댁은 손이 귀해졌다 하와요. 게다가 연전에는, 한 탁발승이 시주를 청하다가 '이 댁 용마루에 산발한 손말명*이 엎디어 혀 없는 입으로 울고 있으니 흉덕이 만연하여 가운이 융성치 못하오리다. 불공을 올려 원혼을 달래어주심이 어떠하올지요' 하고 말씀을 올리었는데, 안방마님께옵선 원귀가 있단 말씀에 대경하여 나으리께 불공을 드리자고 청하였으나 나으리께옵서는 '늙은 사승師僧이 무람없이 현조顯祖를 욕보이는도다. 마땅히 매로 다스려 법도를

---

* 손말명 : 처녀가 죽어서 된 귀신.

밝힘이 옳다' 하시고는 고승께 매타작을 안기시었으니 그 일도 자손에 복이 될 일은 아닙지요. 여러 대에 독자만 거듭되고, 또 아예 절손지경에 이르러 양자를 들이는 일이 자꾸 있으니, 양자 들이는 것이 어디 보통 일이오니까, 재산이 뭉텅이 뭉텅이 잘라 져나가게 되니 어르신네들께옵서는 재산 모으는 일에 더욱 열심을 내셨던가 보아요. 든든한 재물이라도 있어야 어디를 수소문하여 양자라도 들이지 않겠사오니까. 흉년에 보리 한 섬으로 토지 문서를 맞바꾸는 일도 드물지 않았고 관가의 수령과 결탁하여 힘없는 민초의 재물을 후무리는* 글경이질*도 이만저만 아니었다 하와요. 보아하니 이 댁은 소산 어르신네처럼 덕문德門이 아니라는 것입지요. 허니, 입 달린 아랫것들은 모두, 어지신 서방님도 조상의 악업 때문에 벼력 입어* 몸병을 얻었다고 하굽쇼, 결국 조문은 절손되어 문을 닫고 말 것이라고 수군거린다고 합지요. 새사람 된 아씨와 저 말고는 위아래 할 것 없이 다 알고 있는 이야기라 합더이다. 사정이 이러한데, 어찌 이 댁에서는 서방님 와병하신 것이 아씨의 험덕 때문이라고만 하시와요."

절손이라니, 아무리 측문仄聞이라 한들 그런 흉한 측문이 어디 있으리잇가. 날로 도릿하게 여무는 민재를 두고 어찌 천한

---

* 후무리는 : 남의 물건을 슬그머니 휘몰아 가지는.
* 글경이질 : 권세가가 약자의 재물을 긁어 빼앗는 것.
* 벼력 입어 : 하늘의 벌을 당해.

입이라도 그리 망령되이 입술을 놀리리잇가. 거둘이를 야단치고 입단속을 시키었으나 내당에 들어앉은 몸이 그나마 일 돌아가는 형세를 주워들을 길도 거둘이 말고는 없삽기에 망령된 말일망정 귀기울이지 않을 수 없는 형편이 가련하옵나이다. 소손녀 유소시로부터 담대한 체질은 되지 못하였삽기, 거둘이에게서 혀 없는 손각시 이야기를 듣고는 한출첨배汗出沾背, 지금도 용마루에 산발한 여귀女鬼가 엎디어 있는 모습에 허경虛驚이 잦으니 눈길조차 들어올리지 못하옵나이다. 부디 한마님께옵서 졸우拙愚한 이 몸을 따끔히 초책誚責하여 주시옵고 이몸이 차려어야 할 몸가짐을 알려주시옵소서.

극요極擾한* 말씀 이만 그치오며 한마님께 이척罹慽*이나 끼쳐드리온 무거운 죄 천만 벗을 길 없사옵나이다.

아모리 답답한 처지라 하나 하경賀慶조차 거르기 민망하옵기 셋째 오라비 입시入侍할 때 입을 철릭帖裏* 한 벌 지어 봉송封送하오니 막냇동생이 얼굴은 있으나 면목은 없더라 전해주시옵소서.

임신壬申 삼월 회일晦日* 손녀 살이.

---

* 극요한 : 극히 어지러운.
* 이척 : 걱정과 근심.
* 철릭 : 관복의 밑받침으로 입는 홑겹 옷.
* 회일 : 그믐날.

조실 보아라.

어진 손서孫壻 발병함은 하 천만 의외며 너의 답답 망극한 거동을 눈에 보는 듯 슬퍼하노라. 거둘이는 내 그리 가르치지 않았거늘 어찌 높으신 조선祖先을 욕보이는고. 일러 조심케 하라. 세월이 옛 같지 않아 인구人口의 험악하기가 차마 민망하나 일일이 노신勞神치 말지며 한가지로 가문을 섬기고 하속에게 베풀면 덕향德香이 가내에만 머물지 아니할 것이니 네 몸 씀, 마음 씀으로 홍설을 풍비케 하라. 손서의 쾌차할 길은 내 따로이 알아보리라.

임신 사월 초사일 할미 씀.

개미귀신

더위는 정말 지독했다. 높은 회화나무가 한껏 멀리 드리운 그림자 밑에서조차 공기는 지글지글 익어들었다. 회화나무 그림자도 닿지 않는 효계당의 사랑 마당은 분지盆地에 쏟아지는 불볕을 고스란히 받아내며 번철처럼 공기를 달궈올렸다. 어쩌다 부는 바람 또한 어찌나 습한지 그대로 욕설이라도 내뱉고 싶을 지경이었다.

언간을 받아든 할아버지는 아무 말이 없었다. 삼월 회일의 언간이 보통보다 길었다 하나 이미 일독할 만한 시간은 지나고도 남은 터였다. 나는 불안하고 다리가 불편해서 여러 번 움찔거렸다. 몹시 못마땅한 표정으로 언간과 나를 번갈아 노려보던 할아버지가 드디어 입을 연 것은 이미 내 종아리와 장딴지에 감각이 없어지기 시작한 뒤였다.

"이것이 도대체 무슨 삿된 수작이냐?"

우려했던 대로, 할아버지는 삼월 회일의 언간을 보고 격노한 듯했다. 하지만 내가 거둘이라서 원찬 어른에게 못할 소리를 나불거린 것도 아니었고, 내가 소산 할매라서 풍설을 기록한 것도 아니었다. 나는 할아버지가 넘겨준 언간 속에 적힌 이야기들을 가감 없이 오늘날의 글로 옮겼을 뿐이었다. 그러므로 나에게 무슨 삿된 수작이냐고 묻는 것은 몹시 당황스럽고 사귀가 맞지 않는 일이었다. 적힌 대로 옮겼을 뿐이라고 말하고 싶었지만 차마 입이 떨어지지 않았다. 노트가 부욱 찢겨나가더니 이내 조각나 눈송이처럼 하늘을 날았다.

"네놈은 이 허튼소리를 보고도 아무 생각이 들지 않더냐? 분한 마음도 들지 않더냐? 그저 쓰인 대로 읽고 내 앞에 내미는 것이 네 모든 할 일이더냐? 그러고도 이 집안의 종손이라 할 수 있느냐?"

노기를 이기지 못해 부들부들 떨던 할아버지는 손 가까이에 있던 물건들을 아무거나 집어던졌다. 검고 묵직한 명함첩이 내 앞이마를 때렸다. 낡은 명함첩의 한 부분이 툭 뜯어지면서 명함들이 우수수 쏟아졌다. 내 머리와 셔츠 앞뒷자락을 뒤덮은 명함들을 경황없이 수습하면서 나는 수치심에 떨었다. 내가 무엇을 잘못했으며 어떻게 해야 하는지 알지 못한 채 대책 없이 할아버지의 노염을 감당해야 하는 것은 예나 지금이나 고역이었다.

한증막 같은 더위 속에서는 이런 굴욕감조차 급속히 증발되어 방안을 가득채운 눅눅하고도 불쾌한 습기로 바뀌었다. 나는 이마를 맞은 묵직한 수치와 걷잡을 수 없는 할아버지의 분노까지도 아주 먼 남의 일처럼 생각하는 무감한 상태에 돌입했다. 마치 유체 이탈과도 같이, 나는 꿇어앉은 내 모습과 노려보는 할아버지를 담담히 바라보았다.

진정한 종손의 정신을 지닌 자라면 집안의 수치가 되는 이 언간을 처음 접하자마자 울분과 격노를 이기지 못하고 달려들어와 할아버지의 앞에 언간을 내놓고 그대로 구들장에 머리를 짓찧었을 것이다. 이렇듯 요망하고 부끄러운 풍설을 이 두 눈으로 보게 된 나의 불운을 울부짖고, 사설邪說을 지껄인 간특한 주둥이에게 천만 배의 저주를 맹세했을 것이다. 그것은 할아버지의 마음에 들고자 지어낸 행동이 아니라 바로 나의 본성에서 참을 수 없이 우러나온 행동이며 아무리 억제하고자 해도 도저히 억누를 수 없는 분노에 대한 최소한의 표출이었을 것이며, 다급히 감정을 수습한 뒤에는 잠시나마 이성을 잃었음을 부끄러워하며 곧바로 이 일을 어떻게 풀어나가야 집안에 누가 되지 않을 것인지 의논했을 것이다. 이것이 바로 할아버지가 기대하는 종손의 모습일 터이다.

그러나 나는 그렇게 행동하지 못했다. 최소한의 우려조차 표시하지 않았다. 무엇보다 언간을 충실하게 옮기는 게 우선이라고 생각했으며, 모든 언간의 해석이 끝나야만 전체적인 평가와 분석이 가능하리라 믿었다. 혹여 언간의 내용이 우리 집안의 명예와

배치될지라도 나름대로의 가치가 있는 일이며, 무언가 대책을 세워야 할 일이 생긴다면 결국 할아버지가 모든 것을 알아서 할 것이라고 생각했다.

할아버지는 몇 번 서안을 치고 탄식을 내뿜었다. 뱀처럼 차가운 할아버지의 눈길 앞에 서면 나는 항상 개구리처럼 움츠러들었다. 내 재간으로는 재학이나 상필처럼 당당하고 소신 있는 모습을 보일 수 없었다. 더이상 자존심에 상처를 입지 않도록 나의 육신과 정신을 가능한 한 멀리멀리 떼어놓는 것, 그것이 지금 실천할 수 있는 유일한 자구책이었다.

말없이 방을 나갔다 돌아온 할아버지의 손에는 제사 때 쓰는 주둥이 넓은 향로가 들려 있었다. 할아버지는 삼월 회일의 언간에 불을 붙여 향로에 떨어뜨렸다. 오래 묵은 유지油紙는 변변한 연기조차 없이 맹렬히 타들어갔다. 나는 얼어붙은 듯 몸을 움직이지 못했다. 폭염을 핑계댈 수 없는 진땀이 이마와 등허리를 뒤덮었다. 먼 곳에서 전투기가 나는 듯한 나지막한 우웅 소리가 귀를 울렸다. 향로 위에서 검게 타들어가는 오래된 종이는 마치 지옥에서 마지막 힘을 다해 몸을 뒤척이는 가련한 영혼 같았다. 저 불쌍한 존재는 나를 향해 손을 내미는 것인가? 제발 그러지 말기를. 나는 손을 내밀어 그를 구해줄 수 없다.

향로에 시선이 묶인 나를 내버려두고 할아버지는 외출 준비를 했다.

"네가 하는 일의 의미를 되새겨보아라. 뜻도 모르고 시키는 대로만 하는 일은 원숭이의 재주와 무엇이 다르겠느냐?"

나는 우등생은 아니되 공공의 규율은 어기지 않는 모범생의 범주에 들었다. 언간은 할아버지의 개인 소유물이기 이전에 국가적인 문화재였다. 그 문화재를 개인의 이해에 따라 마음대로 훼손하는 행위는 규율 위반에 속하는 일이었다. 학교에서 배운 상식과 할아버지가 강변하는 종손의 열정은 지금 각각 극한의 대척점에 서 있었다. 너무나 격렬하게 흔들리는 판단의 천칭 위에서 내 몸뚱이의 중심점을 찾을 길이 없었다.

폭풍에 휘말린 조각배 위에 선 것처럼 나는 심한 멀미를 느꼈다. 연탄가스에 중독된 것처럼 숨이 가쁘기도 했다. 내 방으로 돌아가 음악이라도 들으며 기분을 돌리고 싶었고, 벽에는 커트 코베인의 사진을 붙이고 싶었다. 윗도리를 벗고 러닝셔츠 차림으로 있으면 좀 숨이 가라앉을 것 같기도 했다. 잠시 누워서 눈감고 생각을 정리하는 것도 필요했다. 그러나 이 모든 소소한 일들이 할아버지에게는 경망하고 불성실한 행동으로 완강하게 배척되었다.

효계당은 한겨울의 얼어붙을 듯한 추위에도 여전히 종이 바른 미닫이문을 고집했고 삼복에도 에어컨은커녕 선풍기조차 없었다. 내 방의 창호에는 언제나 반듯이 정좌한 내 그림자만이 비쳐야 했다. 컴퓨터로 문서를 작성하는 것조차 용납되지 않았다. 언간 해독의 모든 작업은 수기手記로 이루어져야 한다는 것이 할아버지의 고집이었다. 할아버지가 강요하는 그 모든 경건한 자세들은 나의 의욕과 작업 능률을 심각하게 떨어뜨리고 있을 뿐이었다.

어지러이 널려 있는 명함들 위로 다음 언간이 나붓이 내려앉았다. 할아버지는 언간을 넘겨주고 그대로 집을 나섰다. 돌발적 파괴의 충격이 습기와 뒤섞여 공기는 거의 액체에 가까울 정도로 진득하고 무거워졌다. 나는 일순간에 소멸되고 만 것의 유일한 목격자였다. 사라져버린 존재는 가녀린 목소리로 무거운 공기 속을 떠돌며 내게 증언을 애원했다. 나는 바싹 마른 입술의 거스러미를 물어뜯으며 그 목소리를 애써 못 들은 체했다. 한시바삐 이 일을 잊고 싶었다. 소멸해버린 불쌍한 존재의 부탁 따위로, 유쾌하지 않은 기억을 오래 간직하고 싶은 생각은 없었다.

거둘이 말하는 판서 나으리, 14대조 원찬 할배는 우리 집안에서 유일하게 배출한 당상관으로 추앙받는 어른이었다. 원찬 할배는 조선 시대 명망 있는 사대부의 전형으로서, 현부인縣夫人 달성 서씨와 합장된 묘역에는 격식을 갖춘 신도비神道碑까지 세워져 있다.

이 어른은 오랫동안 호조戶曹에 머물며 토전土田, 조세 등 재부財賦에 관련된 일들을 경영하였다. 한미했던 서안 조씨 가문이 수백 년을 기대어 살아올 수 있도록 거부를 이룩하고 효계당을 중건한 장본인이기도 했다. 관직에서 물러난 후에는 유향소의 유력한 원로로서, 쇠락한 향사당鄕射堂 건물을 삼십여 칸으로 늘려 짓고 마을의 풍속을 청명하게 유지하도록 힘썼다고 한다. 마을 수령과 향민

들이 뜻을 모아 원찬 할배 생전에 마을 어귀에 기공비紀功碑를 세웠다고 하니 얼마나 기개가 활달한 양반이었는지 짐작할 수 있다.

그런 원찬 할배가 아랫것 하나에 욕심을 부리다가 생목숨 두 개를 앗아갔다고 거둘은 증언하고 있었다. 거둘은 손각시의 저주로 원찬 할배가 두 아들대종과 대규을 잃고 셋째 아들대환은 고자가 되었다고 했지만, 족보에는 살아남은 대환이 아들을 낳아 대종의 후사를 잇게 한 것으로 기록되어 있었다. 어느 쪽이 맞을까. 찜통 같은 더위와 마비된 듯 무감각한 상태에서, 나는 거둘도 원찬 할배도 언간도 가문도 모두 지겹고 귀찮다는 결론을 내렸다.

개뿔 잘난 것도 하나 없는 내가 그나마 내세울 것이라고는 유서 깊은 가문의 종손이라는 것뿐이었다. 이 좁은 마을에서 할아버지의 재력을 배경 삼아, 효계당의 종손이라는 이유로 어딜 가나 특별대우를 받는 것에 익숙해져 있었다. 결국 나는 안락한 고치 속에서 앙앙불락하는 살결 고운 누에에 불과했다. 내 손으로 해독한 언간에 대해 모종의 애련한 감정을 느끼면서도, 나는 폭염을 핑계 대어 할아버지의 손에서 불타버린 삼월 회일의 편지를 망각하기로 했다. 새로 받은 언간도 마찬가지였다. 그 속에 불쾌하고 모욕적인 내용이 섞여 있다면 삼월 회일의 편지와 마찬가지로 세상의 빛을 보지 못하고 불태워질 것이다. 어찌 됐건, 그것은 내가 관여할 일이 아니었다.

나는 이를 악물고 어질러진 명함들을 그러모았다. 덥고 습한

이 방을 얼른 빠져나가고 싶은 생각뿐이었다. 무작정 서둘러대는 내 눈길을 낚아챈 것은 서울에 있는 일류 호텔 마크가 선명하게 새겨진 명함이었다. 명함을 서안 위에 올려놓으려다가 문득 눈길을 고쳐 주었다.

내가 기억하는 생모의 직업은 중학교 미술교사였고 이름은 서영희였으므로, '초콜릿 루나티크Chocolate Lunatique, 초콜릿 디자이너 서 영'이라는 명함은 한때 핏줄로 이어져 한몸이었던 특별한 관계의 사람들끼리가 아니고서는 결코 알아볼 수 없는 것이었다. 온몸의 피가 한꺼번에 머리로 솟구쳤다가 갑자기 싸늘하게 식으면서 뻥 뚫린 배수구로 콸콸 빠져나갔다. 나는 바삭바삭 마른 미라가 된 기분으로 망연히 그 명함을 바라보았다.

할아버지가 생모의 명함을 가지고 있게 된 경위는 돈 문제와 관련이 있을 것이 분명했다. 정실이 늘 불여시라고 부르는 생모는 돈을 받고 두말없이 나와 아버지를 버렸듯이, 이번에는 뻔뻔하게도 할아버지에게 돈을 긁어내 특급 호텔에 '초콜릿 루나티크'라는 상점을 차린 것 같았다. 그렇지 않고서는 할아버지가 생모의 명함을 가지고 있을 이유가 없었다.

한여름인데도 오한이 들었고 팔뚝엔 왕소름이 우들우들 돋았다. 세 살에 헤어져 스물세 살에 이르기까지 생일 한 번, 입학 한 번 챙긴 일 없는 생모였다. 아무리 할아버지의 금지가 삼엄했다 한들 마음만 있었더라면 그 쇠털같이 많았던 등하굣길에서라도 얼굴을 볼 수 없었을까. 하지만 아몬드처럼 갸름했던 생모의 얼굴, 세 살배기 어린 내가 바라보았던 그 예쁜 얼굴은 지워지지 않았다.

나의 핏줄기 속에서 비정상적으로 높아진 아드레날린이 맹위를 떨치기 시작했다. 아마도 이 년간의 군생활이 준 고립감 또는 불타버린 언간의 충격 때문인 것 같다고 스스로 진단을 내렸지만 뒤죽박죽 헝클어진 감정은 정돈되지 않았다. 생모와 헤어진 후 흘러간 이십여 년의 세월이 갑자기 내 목을 졸랐다. 나는 끝없이 허물어지는 개미귀신의 구덩이에 빠진 여섯 다리 곤충이었다. 서안 조씨 가문 양정공파 17대 종손 조상룡이란 이름과 종손에게 부과되는 많은 임무와 결코 가져서는 안 될 소망들이 깔깔한 모래알처럼 나의 숨구멍 속으로 쏟아져들었다. 나는 생시에나 몽매간에나 하염없이 몸부림쳤다. 개미귀신의 굴속에 빠져들며 마지막으로 바라본 하늘에 생모의 갸름한 얼굴이 떠 있었다.

아무것도 머릿속에 들어오지 않았다. 잠도 자지 않았고 밥도 먹지 않았다. 달시룻댁이 몇 번 걱정스러운 기색을 보였지만 나는 퉁명스럽게 방문을 닫아버렸을 뿐 아무 대답도 하지 않았다. 그렇게 폐인처럼 며칠을 보낸 후 결국 나는 벌겋게 핏발 선 눈으로, 한 치도 의심을 거두지 않고 있는 할아버지의 서릿발 같은 눈빛을 맞받으며 절친한 친구가 부친상을 당해 잠시 서울에 다녀와야겠다는 터무니없는 거짓말을 해버렸다. 할아버지는 내 말을 전혀 믿지 않는 것 같았지만 안 된다고는 하지 않았다.

나는 약간의 용돈을 품안에 넣고 서울로 올라왔다. 초콜릿 루나티크는 호텔 지하 아케이드에서 가장 눈에 잘 띄는 위치에 자리한, 흑백을 주조로 한 세련된 초콜릿 가게였다. 넓은 매장에는 여러 가지 모양의 크고 작은 초콜릿 조각품들이 전시되어 있어서, 초콜릿 가게나 카페라기보다 작은 갤러리 같은 느낌을 주었다.

케이크를 먹거나 차를 마실 수 있는 테이블이 몇 개 있었고, 진열대에 몇 알씩 놓여 있는 초콜릿들은 어마어마한 가격표를 달고 있었다. 그래도 많은 사람들이 초콜릿을 사갔다. 초콜릿 조각품을 구경하는 체하면서 진열대 뒤에 서 있는 여인을 홀끔홀끔 곁눈질하고 있으려니 초콜릿 루나티크라는 이 가게가 보통 초콜릿 전문점 이상의, 모종의 명성을 얻고 있는 곳이라는 사실을 눈치챌 수 있었다.

이미 반 정도 몸이 얽힌 자세로 키스를 퍼부으며 찾아온 어린 연인들은 본격적인 사랑의 순간에 지상 최고의 달콤함을 더하기 위해서 가장 예술적이고 에로틱하게 초콜릿을 포장해줄 것을 요구했다. 몸이 달아올라 있는 어린 연인들을 앞에 두고도 초콜릿 루나티크의 여인은 조금도 서두르지 않았다. 사십대로도 보이고 이십대로도 보이는 이상한 여인이었다. 그녀는 초콜릿 루나티크의 초콜릿이 사랑의 연료로서 얼마나 탁월한지 차분하게 설명했다. 가까이 서서 귀동냥한 바로는 초콜릿에 사용된 터키 산産 암란 유油가 사랑의 특효약이라고 했다. 이 암란 유의 도움으로 그 옛날 투르크의 술탄들은 수백 명의 후궁들을 빠짐없이 마법 양탄자에 태울 수 있었다는 것이었다. 그녀의 설명을 들으며 초콜릿 한 알씩을 서로의 입에 밀어넣어준 연인들이 어쩌나 도발적으로 신음을 토하고 깊은 곳까지 더듬는지, 나는 연인들이 초콜릿 판매대 앞에서 그대로 암란 유의 효험을 시범 보이지나 않을까 두려울 지경에 이르렀다. 여인이 예쁜 검은색 상자에 초콜릿을 담은 후 묘하게 리본을 꼬아 묶자 마치 네 개의 다리가 뜨겁게 얽힌 것 같은 모양이 되었다. 연인들은 초콜릿 상자를 넘겨받고 서둘러 초콜릿 루나티크를 떠났다.

다음 손님은 눈 아래가 시커멓게 되어 찾아온 불행한 남자였다. 잘생긴 사내였지만 그의 얼굴에 감출 수 없는 음울한 기운이 어려 있었다. 초콜릿 루나티크의 여인은 차분한 어조로 왜 그렇게 불행해 보이는지 물었다. 사내는 조금 망설이더니 순순히 털어놓았다. 그에게는 너무나 사랑스러운 연인이 있다고 했다. 그녀는 이 세상에서 가장 소중하고 고귀한 여인이지만 요즘의 기준으로는 지나치게 정숙한 나머지 혼전 사랑의 행위를 단호하게 거부했다. 그녀와 결혼하기까지는 수많은 단계들이 남아 있는데 달처럼 아름다운 여인을 오로지 바라보기만 해야 한다는 것이 사내의 크나큰 불행이었다. 자신의 가장 은밀한 연애사까지 숨김없이 고백하는 사내와 초콜릿 루나티크의 여인은 어쩌면 구면인지도 모르겠다고 생각했다. 하지만 이야기를 나누는 두 사람 사이에서는 그 어떤 개인적인 친밀감도 느껴지지 않았다.

여인은 그에게 특수 초콜릿을 권했다. 진홍빛 꽃잎이 기묘하게 두 다리를 꼰 듯한 모습으로 얹혀 있는 하얀색 초콜릿은 특히 야외에서 여성의 정염을 불타오르게 한다고 했다.

"피크닉을 나가서 '에로제뜨'를 그녀의 입속에 넣어주세요. 그녀의 몸속에서 불꽃이 타오르고 자신도 모르는 새에 당신을 풀숲으로 끌어들일 거예요. 그러나 당신의 연인은 수줍고 소심한 사람이라는 것을 잊으면 안 돼요. 바로 덤벼들었다가는 그대로 끝장이에요. 다정한 말로 그녀를 안심시키면서 '자스키아' 한 알을 그녀의 젖가슴에 문질러 발라주세요. 옷깃을 들추고 그걸 빨아먹을 사람은 물론 당신이겠지요. 당신의 연인이 시를 좋아한다면 시를 읊어주어도 좋을 거예요."

숲 아래 짙은 그늘에
더위가 든다.
잎새는 꽃잎부터 숨기려 하다가
발아래 젖어드는 습기에 놀라
꽃잎조차 붉은 줄을 잊어버렸네.

사내가 시구를 수첩에 적는 동안 나는 자신도 모르게 입을 열고 말았다.

"그 시를 누가 썼나요?"

"잘 모르겠어요."

그때 처음으로 여인과 눈이 마주쳤다. 인도 여인처럼 눈화장을 짙게 하고 있었다. 머리는 한 올도 흐트러지지 않게 붙여 모아서 동그랗게 말아올린 모습이었다. 그 머리 모양은 반듯한 이마를 돋보이게 했다. 그녀는 계산대를 점원에게 맡기고 천천히 매장으로 나와 나에게 다가왔다. 몸의 곡선을 자연스럽게 드러낸 검은 드레스가 도발적이면서도 우아했다.

"당신은 무엇을 원하나요?"

그녀의 갑작스러운 질문에 나는 적이 당황해하며 아무데로나 손가락질을 했다. 내 손가락은 진열장이 아닌 매장 입구를 가리켰다. 유리 전시관에는 초콜릿 루나티크의 예술성을 과시하기 위한 초콜릿 조각 작품들이 들어 있었다. 목이 긴 기린도 있었고 초승달을 베고 잠든 어릿광대도 있었다.

나는 기저귀 찬 아기의 조상影像을 가리켰다. 그것은 화이트 초콜릿을 재료로 써서 상아 조각처럼 하얗게 빛났다. 크기도 얼추 어린아이만 했으려니와 엎드린 자세로 몸을 가슴께까지 들어올리고 누군가를 향해 한 손을 내밀고 있는 모습이 너무도 사실적이었다. 가식성可食性 재료로 토실토실한 팔뚝이나 꼬부린 발가락, 부드럽게 굽이치는 머리카락까지 만들었다는 것이 괴기스러

106

웠다. 저 토실토실한 아기를 칼로 잘라 입안에 넣고 부드럽게 굴리며 사랑의 열정을 불태우란 말인가.

"저건 이백육십만원이에요. 속이 빈 것이 아니라 각종 초콜릿으로 꽉 차 있죠. 무게가 1.4킬로그램이나 돼요. 해외의 부호들이 선물용으로 사간답니다. 늦둥이를 하나쯤 낳고 싶어하는 중년 부부들도 곧잘 오십니다. 스물한 가지 사랑의 묘약들이 들어 있기 때문에 저 작품을 다 먹어갈 무렵이면 대개 임신에 성공하지요."

여인의 얼굴에서는 아무런 변화도 찾을 수 없었다. 어린 연인들을 대할 때나 외로운 사내를 대할 때나 나를 대할 때나 똑같이 차분한 모습이었다. 저런 고가품을 살 수 있겠느냐고 비꼬는 어조도 아니었다. 조금 전 야외에서 여인의 정염을 불타오르게 하는 에로제뜨와 자스키아를 팔 때와 똑같은 표정, 똑같은 어조였다.

내 앞에 선 그녀를 향해 몸을 앞으로 숙이면 그녀의 반듯한 이마에 내 입술이 닿을 것 같았다. 아몬드처럼 갸름한 얼굴, 그녀의 부드럽고 여릿한 입술을 바라보다가 나는 무의식적으로 손을 내밀었다. 여인은 마치 키스를 기다리는 것처럼 고개를 약간 뒤로 젖혔다. 발바닥에서 꽃불을 쏘아올린 것처럼, 무언가 뜨거운 것이 단숨에 머리 꼭대기로 치솟아 눈앞에서 펑펑 어지럽게 폭발했다.

정신을 차리고 고개를 들었을 때 나는 오만원 상당의 초콜릿 상자를 들고 호텔 밖에 서 있었다. 고개를 젖히자 정수리를 찌르던 쨍쨍한 햇빛이 그대로 망막에 내리꽂혔다. 괴로웠지만 눈을 감지 않았다. 눈이 타버리길 바랐다. 생모의 아름다운 얼굴이 맺혔던 나의 망막이 먹지처럼 까맣게 타버리길 바랐다.

호텔을 나선 뒤 마땅히 갈 곳이 없었다. 나는 복무했던 부대에 찾아갔다. 이제 중고참이 된 쫄따구 몇 놈들이 갑작스런 외출에 반색하며 달려나와서 실실거렸다. 놈들에게 초콜릿 루나티크의 초콜릿이나 먹여줄까 생각했지만 안 그래도 타오르는 젊음의 불꽃을 해결하지 못해 밤마다 모포를 들썩거리는 놈들에게는 너무 가혹한 짓이다 싶어 그만두었다. 술이 몇 잔 들어간 후 나는 굉장히 즐겁고 반가운 척 소리를 지르다가 갑자기 훌쩍거리기도 하면서 폭탄 노릇을 했다. 그들이 서로 눈짓을 주고받는 것을 보고 고래고래 고함을 지르며 기합을 주겠다고 날뛰다가 술집에서 쫓겨난 것이다. 나는 지갑도 마음도 좀더 가난해져서 초라하게 효계당으로 돌아왔다. 초콜릿 루나티크의 여인은 계속 나의 망막에 남아 음부淫婦처럼 다리를 벌리고 혀끝을 내밀면서 나를 괴롭혔다.

불면증에 시달리느라 신경이 바늘 끝처럼 날카롭게 곤두선 날들이 계속되었다. 이런저런 생각들에 파묻혀 책상에 앉은 채 선잠이 들었던가? 문득, 큰사랑방 쪽에서 부스럭거리는 소리가 들렸다. 귀에 익숙한 헛기침 소리는 없었지만 혹시 할아버지가 오셨는가 하여 나는 급히 장지문을 열었다. 어느덧 노릿한 기운을 띤 오후 햇살 속에서 걸레를 든 정실이 할아버지의 서안과 방바닥을 느릿느릿 닦고 있었다.

갑작스럽게 속이 뒤틀렸다. 나의 인생을 둘러싼 그 모든 요소들이 짜증스러웠지만 그중에서도 정실의 기름진 살덩이들이 가장 역겨웠다. 다른 것들은 내 힘으로 바꿀 수 없겠지만 정실 하나만이라도 효계당에서 쫓아낼 수 있다면 얼마나 속이 후련할까. 나는 등줄기에 대침이라도 꽂힌 것처럼 포악한 적개심에 진저리를 쳤다.

　"야, 권정실!"

　"와 부르시니껴?"

　"가스나야, 이리 좀 와봐라. 이기, 이기 뭐꼬?"

　"방에 깨구락지 났니껴? 와 그래 뛰어쌓니껴?"

　내가 아무리 소리를 질러도 정실은 심드렁한 얼굴로 쳐다보기만 했다.

　"니 아까 내 방에 손댔나?"

　"매꼼하이 치아놨제."

　"빙시 같은 가스나야, 와 니가 내 방을 치우는데? 아지매가 잘하는 거를 갖다가."

　"니 지끔 내한테 내우하는 기가? 옴마가 아야아야 해싸이까네 침 맞고 오라 카고 내가 쫌 치았다. 그기 모 어때서?"

　"니가 내 공부하던 종이 다 내다버렸다 아이가?"

　그제야 정실은 걸레를 놓고 느릿느릿 문지방을 넘어 내 방에 고개를 들이밀었다.

"말도 안 된다. 내는 다 꾸게진 거 바닥에서 몇 장 주워다 버린 거배끼 없다. 중요한 거는 손 한낫도 안 댔다."

"지끔 몰 잘했다고 바락바락 뎀비쌓노? 니까젓 게 모가 중요한지 어떻게 아는데? 책상 위에 있는 거는 모든지 손도 대지 말라고 안 했나?"

"책상 위에 있는 거는 손 안 댔다 안 하드나? 내는 바닥에 굴러 있는 것만……"

"치아라! 바닥에 있건 책상에 있건 손도 대지 말라 이 말이다! 니 앞으로 내 방에 들락거리모 직이뻘 줄 알아라!"

"니 오데서 빼마리 맞고 내한테 이카는데?"

팔십 킬로그램은 족히 넘어갈 비둔한 몸뚱이를 어린애 손목만한 두 발목으로 받치고 있는 정실은 쉽게 중심을 잃었다. 내가 신경질적으로 한 번 팔뚝을 잡아끌었을 뿐인데도 정실은 그대로 문지방을 넘어 방바닥에 나뒹굴었다. 문디 가스나. 달시룻댁 아니었으면 너 같은 가스나는 진작에 후두끼 났을 기다. 밥만 처묵었지 쓸 데가 어데 있노. 이까짓 가스나 이 자리에서 패죽인들 누가 뭐라 하겠노.

정실은 아파하지도, 당황해하지도 않는 모습이었다. 그녀의 몸을 타고 엎어진 내가 무릎이 까지도록 거칠게 방아질을 해대는 동안 그녀는 별다른 저항의 기색이 없었다. 품에 안음직한 보통 크기를 훨씬 벗어난 우악스러운 살집 때문에 그녀는 사람이 아니라 거대한 짐승 같았다. 나는 그녀에게 별별 험악한 욕설을 퍼부으며 황소라도 때려잡을 기세로 거칠게 내리찍어댔지만 겹겹이 완충재로 포장된 그녀의 몸뚱이는 짐승 취급을 받는 모욕조차 깨끗이 흡수해버리는 듯했다.

마찰의 쾌감이 점점 진해지는 동안 기둥 같은 가랑이로 내 허리를 넌지시 조여오더니 눈깔이 가물가물해지면서 아앗, 아앗 하는 신음을 흘리기까지 했다. 나는 두 손으로 있는 힘을 다해 그녀의 주둥이를 틀어막았지만 팔다리로 허공을 휘저으며 미친 듯이 출렁거리는 거대한 몸뚱이의 탄력에 그만 뱃멀미라도 난 것처럼 눈앞이 아뜩해졌다. 정실의 두툼한 살 둔덕은 정결한 효계당의 안마당에 음란한 음향이 퍼져나가지 않도록 절정에 오른 수컷의 교성을 깨끗이 빨아들여 주었다.

몇 번이나 그녀의 배 위에서 늘어지고 다시 일어서기를 반복했지만 삼백 킬로그램의 멧돼지를 정복하는 사냥꾼의 쾌감은 잦아들지 않았다. 몸을 움직일 때마다 점점 더 진하게 밀려오는 쾌감의 파도타기는 마시면 마실수록 갈증만 더하는 청량음료처럼 나를 끝없이 유혹했다. 앞으로 삼박 사일 동안 다른 일은 하나도 하지 않고 멧돼지와 파도타기만 하고 싶었다.

이 년 동안의 군대생활은 내 몸속에서 생성된 성적 에너지가 한 방울도 유실되지 않게 아주 꼼꼼히 단속해주었으므로 나는 얼마든지 정실에게 더 달려들 수 있었다. 하지만 음탕한 웃음을 흘리며 다시 몸을 들이미는 나에게 정실은 처음으로 허리를 뒤틀어 거부의 몸짓을 보였다. 나는 사랑의 고백을 거절당한 애송이처럼 무안하고 상처를 받아 얼굴이 굳어졌다. 정실이 힘겹게 내 몸을 비끼고 일어나 앉더니 두툼한 손바닥으로 나의 낭심을 다정하게 토닥이고 할딱거리는 목소리로 속삭였다.

"상룡아, 인자 그만하그라. 옴마 들올 때 됐다 아이가."

정실이 비척거리며 제 방으로 돌아간 후, 나는 얼마 만인지 알 수 없는 꿈 같은 단잠에 빠져들었다. 할아버지의 헛기침소리에 튕기듯이 일어나 나가보니 이미 날은 어둑어둑해져 있었고 달시 룻댁도 돌아와 부지런히 안채 어름을 드나들고 있었다.

"상룡이 일났나? 아까 우리 지녁 묵을 때 보이까네 곤히 자길 래 안 깨왔다. 으른도 지녁 안 드싰단다. 할배랑 같이 무라."

달시룻댁이 나직이 말하는 동안 나는 어물어물 부엌 쪽을 곁눈 질했지만 정실의 모습은 보이지 않았다. 달시룻댁의 표정이 편안 한 것으로 보아 정실이 일을 만들지는 않은 것 같아 우선 안심이 었다. 할아버지와 함께 밥을 먹는 것보다 정실 모녀의 식사에 끼 어드는 것이 훨씬 좋았고, 특히 오늘은 정실이 어떻게 하고 있는 지 궁금하기도 했지만 모녀는 내가 자는 동안 식사를 마쳤다니 하는 수 없었다.

나는 큰사랑방에서 할아버지와 기역자 모양으로 비껴 앉아 저 녁상을 받았다. 늘 그렇듯 상에는 간소하게 장아찌 몇 가지와 김

치, 두부조림 정도가 얹혀 있었다. 하지만 내 밥사발만 은근히 큼
지막한 것으로 바뀌어 있는 것이 눈에 띄었다. 아마도 좀 전에 몸
을 섞은 정실이 보여주는 배려인 것 같았다. 그러고 보니 어떻게
그렇게 달게 잤나 신기할 정도로 참을 수 없이 시장했다. 할아버
지 앞에서 너무 허걸스럽게 먹지 않도록 조심했지만 느릿한 할아
버지의 숟가락질과 보조를 맞추려니 견디기 어려웠다. 큼직한 밥
사발을 후딱 비우고 나서도 허기가 가시지 않았다.

　"요즘 언간 일은 어떻게 되고 있는 것이냐?"

　"예, 복학 준비를 할 것이 있어서 조금 일이 늦어졌습니다. 이
제 다시 열심히 하겠습니다."

　미리 준비하지도 않았는데 거짓말이 술술 튀어나왔다. 복학 핑
계를 댄 데다가 순순히 열심히 하겠노라고 대답하자 할아버지도
더이상 채근하지 않고 입을 다물었다. 내일부터는 다시 언간 일
에 매달려야 할 처지가 되겠지만 마음은 또다시 콩밭으로 날아가
있었다. 오늘밤에 어떻게든 정실을 불러내서 아까 있었던 일에
대해 뭔가 이야기를 해야 했다. 아니, 사태를 수습하기 위해 이야
기를 한다기보다는 어떻게든 꼬드겨서 다시 한번 멧돼지 타기 놀
이를 해볼 생각뿐이었다. 밥그릇을 큰 것으로 바꾸어준 정성을
보면 정실 또한 나한테 화가 나 있지는 않은 듯했다.

　식사를 마친 후 나는 만류하는 달시룻댁을 우정 뿌리치며 상을
들고 정짓간까지 갔다. 부뚜막에 걸터앉은 정실이 마른행주질을

하고 있다가 나를 보더니 비뚜름하게 돌아앉았다. 달시룻댁 앞에
서 정실을 붙들고 수작할 수는 없고 그렇다고 그냥 상만 놓고 나
가기도 뭣해서 나는 어물어물 달시룻댁에게 말을 걸었다.

"아지매요, 두부 맛있데예."

"그거 내가 조린 기다."

정실은 언제 수줍은 척을 했느냐는 듯 턱을 바짝 세우고 톡 끼
어들었다. 단춧구멍 같은 눈이 반짝반짝 빛나고 있었다. 눈이 마
주치자 나도 모르게 피식 웃음이 나왔다.

"그래, 잘했다."

달시룻댁이 잠깐이라도 부엌을 나가려나 싶어서 좀더 머뭇거
리다가, 더 지체할 수 없어 그냥 돌이켜 나왔다. 저렇게 잘난 척
하는 걸 보니 적어도 화가 나지 않은 게 분명했다. 눈치가 있다면
밤에 뒷밭으로 나오겠지.

할아버지가 내 그림자를 지켜볼 것이 분명했으므로 억지로 책
상 앞에 앉아 있기는 했지만 언간은 머릿속에 들어오지도 않아
노트 모서리만 구기고 있었다. 식구들이 모두 잠들고 나면 얼른
뒷밭으로 나가볼 생각뿐이었다. 안채 쪽에서는 정실 모녀가 목간
을 하는지 물소리가 끊이지 않았다. 으레 저녁 뉴스만 끝나면 바
로 잠자리에 드는 할아버지가 오늘은 어쩐 일로 오랫동안 불을
끄지 않고 있었다. 나는 초조하게 큰사랑방을 곁눈질하다가 문득
자리를 박차고 나와 안채로 종종걸음 쳤다. 정실은 보이지 않고

달시룻댁이 수건으로 젖은 머리를 말리고 있었다.

"아지매요, 재봉침 기름 어딨니껴?"

"재봉침 기름? 뭐 하구러?"

"방문이 끽끽대싸서예. 시끄러니더."

달시룻댁이 안방을 뒤적거리더니 재봉틀에 쓰는 윤활유를 꺼내주었다.

"아나. 가 가는 길에 큰사랑바아도큰사랑방에도 좀 치라."

"여거 문부터 치야겠네예."

나는 달시룻댁과 정실이 거처하는 방문 경첩에 정성스럽게 윤활유를 치고 여러 번 여닫아서 소리가 나지 않는 것을 확인했다. 정실도 달시룻댁을 깨우지 않고 밤나들이를 다니려면 문부터 조용히 단속해야 했다. 물론 내 방문에도 윤활유를 흠뻑 쳤다. 그러나 할아버지의 움직임에는 경보 장치가 꼭 필요하기 때문에 큰사랑방 경첩에는 윤활유를 치는 시늉만 했다. 마침내 큰사랑방의 불도 꺼졌다. 달시룻댁이 허리 통증을 잊기 위해 먹는 가루약만 털어넣으면 고요한 만남을 위한 만반의 준비가 다 된 셈이었다. 나는 책상 앞에 앉아서 시계를 보며 달시룻댁과 할아버지가 깊이 잠들기만을 기다렸다.

모든 방에 불이 꺼지고 약 한 시간쯤 지난 후 나는 살금살금 밖으로 나왔다. 별채로 갈까 뒷밭으로 갈까 잠시 고민하다가 뒷밭으로 가기로 했다. 별채는 작으나마 연못도 있고 분위기가 좋지만 담 너머에 가로등이 있어서 집밖 사람들 눈에 띌 위험이 있었다. 뒷밭으로 가는 쪽문을 열자 끼이걱 소리가 등골을 오싹하게 휘저었다. 쪽문에도 기름칠을 해야겠다고 생각하는 한편, 문소리를 신호 삼아 정실이 나오기를 기대했다.

밭둔덕에 앉아 모기를 사냥하며 기다린 지 오 분이 되지 않아 쪽문 어름에 어두운 그림자가 비쳤다. 가만히 앉아 기다리려다가, 정실이 어두컴컴한 곳에서 발밑을 헛디디기라도 할까봐 얼른 일어나 마중을 나갔다. 정실의 손을 붙잡고 담 밑에 풀을 베어 쌓아놓은 곳으로 가면서 우리는 한마디도 하지 않았다. 푹신한 풀 숲에 앉자마자 나는 얼른 정실의 아랫도리부터 끌어내렸다. 성급히 더듬거려본 정실의 사타구니는 이미 촉촉이 젖어 있었다.

정실은 두말없이 내 허리를 안았다. 그 자연스러운 동작이 말할 수 없이 나를 안도시켰다. 내가 쉽게 들어갈 수 있도록 정실은 부끄러운 줄도 모르고 힘껏 다리를 벌려주었다. 나를 위해 넓게 열린 매끄럽고 따뜻한 동굴 속으로 미끄러져 들어가면서 내가 누군가에게 받아들여지고 있음을 실감했다. 내 몸을 두기에 이토록 아늑한 공간은 난생처음이었다. 정사가 끝난 다음에도 정실에게서 몸을 떼지 않고 따뜻한 감촉을 즐겼다. 밤바람이 시원하게 불어와 달아오른 몸뚱이를 식혀주었다.

"아지매는 모르게 잘 나왔제?"

"옴마는 허리약만 무면 세상 모린다. 걱정 마라."

나는 내일부터 매일 밤, 기회가 된다면 낮에도 사양치 않고 닥치는 대로 정실을 안을 생각이었다. 지겹도록 과잉생산되지만 마땅한 폐기장을 찾지 못해 불필요한 불만과 불안정으로 부패해 갔던 나의 정액들은 기꺼이 다리를 벌려주는 푼수데기 정실의 자궁 속으로 안락하고 행복하게 매장될 것이다.

"낼도 일로 나와라이."

"상룡아."

나오라는 말에 대답은 않고 갑자기 진지하게 이름을 부르는 바람에 흠칫 놀랐다. 왜 냉큼 대답하지 않을까? 내가 방심했던가? 내가 배냇병신 정실에게 매달리는데 이 뚱뚱이는 여유작작 딴소리를 하는 꼴이 되지 않았는가? 어두워서 다행이다 싶을 만큼 얼굴에 한꺼번에 피가 몰렸다. 생각 없이 내뱉은 말을 주워담을 수 없다는 절망감에 눈앞이 캄캄했다.

"싫으면 말고."

나는 상처받은 자존심을 조금이나마 갈무리하기 위해 황급히 정실에게서 몸을 떼고 최대한 쌀쌀한 어조로 말했다. 얼른 옷차림이라도 수습하려고 어둠 속에서 부스럭부스럭 팬티를 끌어올렸다.

"상룡아, 니는 머시마가 우예 이래 이쁘게 생깄노? 군대를 갔다 와도 내나 각시 같다 아이가."

바짝 앵돌아졌던 마음이 탁 풀리면서, 나는 스스로의 소심함에 조금 민망해졌다. 정실이 고백한 사모의 말은 우스꽝스러웠지만 듣기 나쁘지 않았다. 한껏 너그러워진 나는 팬티를 끌어올리던 손을 멈추고 그녀를 칭찬해 줄 구석을 찾았다.

"니도…… 니도 말이다. 생긴 것보다는 몸이 참 좋다."

"그기 어뜬 긴데?"

"몸이 좋다는 거는 말이다, 여자한테는 젤로 좋은 말이다. 몸이 맛이 있다, 이 말이다."

정실이 물색없이 기뻐했다.

"그기 젤로 좋은 기가?"

"하모. 서방한테 사랑받는 기제. 각시 몸이 맛있시모 딴생각 하나도 안 나거든."

정실이 킬킬거리며 내 어깨에 고개를 파묻었다. 나는 조용히 하라는 몸짓을 하면서도 수탉같이 대담해져 정실의 앞섶을 헤쳤다. 정실의 젖통은 늙은 호박만큼 커다랬지만 젖꼭지는 앙증맞게 작았다. 나는 그것을 입안에 넣고 오래오래 굴렸다. 내 뒷머리통을 쓰다듬던 정실이 다시 더운 숨을 토하며 내 허리를 제 배 위로 끌어당겼다. 나는 다시 그녀에게 밀고 들어가 힘찬 허릿짓을 시작하다가 문득 움직임을 멈추었다.

"근데 니…… 니 그건 괜한나?"

"머 말인데?"

"와 그거…… 그거 있잖나…… 이래 하다가…… 멋 좀 조심을 해야는 거 아이가?"

"아, 임신하는 거 말이가. 걱정 마라. 내는 멘스를 한 분도 안 했거든. 고마 내는 아아를 못 놓을 기다. 의사도 마 그래 이야기하더라."

자신만만하게 대답하는 정실을 잠시 물끄러미 바라보다가 나는 다시 허리를 움직이기 시작했다. 불쌍한 가스나. 거죽만 빙신인 줄 알았더니 속도 성찮았구나. 나는 정실의 두 다리를 치켜들게 해서 가장 깊숙한 곳까지 파고들어갔다. 배암이 놀기에 더할 나위 없이 안락할 뿐 아니라 터무니없이 안전하기까지 한 병신 같은 동굴을 향해. 정실은 꽁무니에 불을 켠 벌레를 잡으려는지 두 손을 뻗어 하늘을 휘저었다. 풀숲이 심하게 푸스럭거리는 소리 때문에 조마조마했지만, 혹시 누가 듣게 되더라도 들쥐들이 잠투정을 유난히 하는가보다라고만 생각해주기를 바랐다. 하늘에 뜬 반달은 들썩이는 내 궁둥이를 반쪽만 비추었다.

한마님 전 상살이

애고애고 한마님, 죽고 싶사옵내다. 정녕 죽고 싶사옵내다. 거꾸러져 천만 번 죽고 싶은 목숨을, 거추장스러이 몸을 움직이고 숨을 쉬려니 앉은자리 그대로 지옥이며 시시로 참절비절 慘絶悲絶일 따름이옵내다. 천심도 무도할사, 어찌 금옥 같은 민재를 앗아가시리잇가.

마을에 두창症瘡이 대치大熾하여 여러 집 아이들이 상했기, 존구께옵서 천금 민재는 고모님 댁으로 비접 보내라 하시어 어미 품을 떠나지 않으려 다랑귀 뛰는 것을 억지로 떼내어 허겁지겁 영기말로 보내었거늘, 고모님 어깨 너머로 울며 어미에게 손 내밀던 그 모습이 영영 마지막 돌아오지 못할 길이 되어 버렸사옵내다. 백완반百玩盤* 돌잡이에서 실타래를 잡았기 명 길겠다 기뻐했던 당금아기* 어찌 이리 허랑히 어미 곁을 떠나오니잇가.

영기말에 가서 첫이레까지는 아무 일 없이 잘 지내었으나 윤감輪感*을 하려는지 볼이 발갛고 말간 콧물이 흐르기, 배즙에 꿀 섞어 먹이고 재웠으나 이튿날 갑자기 고열이 오르고 발반發斑하더니 축 늘어졌다가 그대로 숨결을 접었다 하니 세상에 어찌 이런 일이 있사오리잇가. 하늘이 무너지고 땅이 꺼지는 듯, 뜻밖의 소식에 정신을 놓치기를 여러 번, 꿈에나 생시에나 윤척없이* 불러본들 꽃술 같은 내 아기가, 옥돌 같은 내 아기가 돌아올 리 있사오리잇가.

---

* 백완반 : 첫돌을 맞은 아이가 돌잡이를 할 때 여러 물건을 늘어놓는 쟁반이나 상.
* 당금아기 : 중국 비단처럼 귀하게 아끼던 아기.
* 윤감 : 돌림감기.
* 윤척없이 : 이 말 저 말 정신없이 지껄여.

애고애고 한마님, 이 일이 꿈이오닛가 생시오닛가. 옥돌같이
고운 몸을 어찌 묻으리잇가. 어찌 이런 일이 있사오리잇가. 이
몸이 전생에 무슨 극악한 죄를 지었기 사람의 몸을 타고나서
이런 흉참凶慘한 일을 겪는단 말씀이오닛가. 아닐 것이외다. 믿
을 수 없사오니다. 이 몸을 맷돌로 으깨어 민재 하나 다시 빚을
수만 있다면 만사무석萬死無惜, 천 번 만 번인들 못 하오릿가.

참척慘慽을 보오신 존구고께옵서도 그만 외마디소리와 함께
혼도昏倒하시고 한겻이 지나도록 갱신처 못하시니 집안의 참악
慘惡한 형편을 어찌 필설로 다 여쭈리잇가. 이 몸이 슬픔에 자
지러지기 이전에 부모님의 놀라고 애통하심을 달래드림이 자
식 된 도리임을 배워 알고 있사오나 천만 믿지 못할 소식에 천
탈기백天奪其魄, 이 몸도 추스르지 못하고 그저 손발이 벌벌 떨
리고 목이 죄이는 듯 숨을 쉬지 못하여 가슴을 쥐어뜯고만 있
으니 불효가 막심할 따름이옵나이다. 오히려 아밧님이 비접 보
내지 않았으면 이리 다따로 아이를 잃었으랴 하는 망상스러운
생각이 심중을 떠나지 않으니, 억겁을 벌러지로 환생해도 씻지
못할 불효의 대죄를 짓는 이 몸, 태장笞杖으로 꾸짖을 맷가마
리*올시다.

애고애고 한마님, 내장이 촌촌이 끊어지는 듯하며 두골이 낱

---

* 맷가마리 : 매 맞아 마땅한 사람.

낯이 빨아지는 듯, 붓을 쥔 손가락이 무슨 요사한 망언을 떠드는지 스스로도 알지 못하오니 목숨은 붙었으되 살았다 할 수 없사오이다. 사람 꼴을 갖추지 못하고 흉사凶事 전하는 망물妄物의 무람없음을 부디 널리 하량下諒하시옵소서.

임신壬申 중동仲冬* 초여드렛날 손녀 살이.

조실 보아라.

하 천만 의외의 흉변凶變에 통곡 참절할밖 다시 적을 말이 없으며 애통 곡읍으로 지낼 너의 설워하는 거동을 눈앞에 보는 듯 슬퍼하노라. 망아亡兒 이야기는 다로혀* 하지 않으려 하거니와 자식이 부모에 앞서 떠남은 천하에 다시 없을 불효이니 딱하고 가여우나 흉리胸裏에서 도려냄이 옳으리라. 수참愁慘함을 알겠으나 정수리를 모서리에 내려치는 심경으로 가문과 웃어른을 받들어야 할 것이라. 일양一樣으로 섬기는 정렬貞烈의 모습이 은로銀露보다 맑지 아니하리오. 내 가르침으로 자란 여식이라면 마땅히 그리할 것이라, 이 할미는 믿노라.

초아흐렛날 할미 씀.

---

* 중동 : 음력 11월.
* 다로혀 : 따로이.

122

운명의 칼

정실과 지속적인 성관계를 맺기 시작하면서, 그동안 내가 고민했던 인생의 갈등들이 모두 성적 불만족 때문이었나 싶을 정도로 내 생활의 만족도는 급격히 높아졌다. 사람들의 이목을 벗어났다 싶으면 나는 지체 없이 뒷밭으로 달려갔다. 정실은 한 번도 앙탈하지 않고, 심지어 주변을 한번 둘러보는 일조차 없이 순순히 몸을 맡겼다. 세상에 아무 쓸모 없는 줄 알았던 정실에게서 이토록 보배로운 효용을 찾아낸 것이 기뻐서 나는 노상 혼자서 히죽거렸다.

때때로 내가 하고 있는 행동이 과연 무엇인지 죄책감이 밀려들기도 했다. 불쌍한 다리병신에 비천한 부엌데기, 무엇보다도 나에게는 부모와 다를 바 없는 달시룻댁의 딸인 정실을 파렴치하게 농락하고 있다는 생각은 시시로 내 양심을 갉죽거렸다. 이제는 그녀를 가지고 놀지 말아야겠다고 수도 없이 마음을 다잡아보았지만 한번 고삐가 풀려버린 눈먼 욕정은 쉽게 제어되지 않았다. 달시룻댁이 하다못해 동네 가게라도 나간다 싶으면 나는 시간을 지체하지 않고 뒷밭으로 달음질쳤다.

다급하게 달려드는 나를 볼 때마다 정실의 얼굴에 헤벌쭉이 피어오르는 웃음이야말로 양심의 가책을 잠재우기에 더할 나위 없이 좋은 핑곗거리였다. 내가 강제로 겁탈한 것이 아니라 제 쪽에서 좋아서 몸을 던지는 것이라고, 나는 오히려 정실의 유혹에 넘어간 것에 불과하다고 스스로를 정당화했다. 시간이 흐를수록 죄책감은 엷어져갔다. 양심이나 도덕의 문제들이 하나도 중요하게 여겨지지 않을 정도로 정실과 나의 속궁합은 꿀떡 같았다.

안방은 해월당 어머니가 죽은 후 오랫동안 비어 있었다. 달시룻댁이 깔끔하게 온기를 유지하고 있었지만 늘 스산한 그림자가 가시지 않았다. 우리는 살금살금 안방으로 스며들기 시작했다. 처음엔 밤이슬을 맞지 않고 섹스하는 것만도 황송했지만 차츰 대담해져서 벽장에서 해월당 어머니의 비단 이불을 내리곤 했다. 해월당 어머니의 정결한 이불을 흥건히 적셔놓은 애액의 흔적을 더듬으면 정실이 그 어느 때보다 귀엽게 느껴졌다. 어차피 아무도 쓰지 않는 이불이니 조금 더럽혀진들 아무 상관없었다.

병풍 뒤에 살고 있는 해월당 어머니 귀신은 우리가 그녀의 이불 위에서 몸을 얽을 때마다 눈썹을 파르르 떨며 못마땅하게 돌아앉았다. 하지만 그녀가 은근히 즐거워하고, 우리가 괴상스러운 자세를 취할 때면 슬그머니 병풍 뒤에서 나와 유심히 살펴보기도 한다는 걸 나는 잘 알고 있었다. 사람 속도 모르는데 귀신 속을 어찌 알겠는가.

정실은 나의 체력이 고갈되지 않도록 세심하게 신경을 썼다. 어느 날부터인가 내 국사발에 담긴 액체가 좀 거무스름해 보인다 싶더니, 약간 쌉싸름한 맛이 도는 그 정력국을 먹고 나는 해도 해도 지치지 않는 사랑의 전사로 거듭났다. 도대체 무엇을 넣었기에 이렇게 약발이 잘 듣느냐는 내 물음에 정실은 자랑스럽게 두엄을 조금 섞었다고 대답했다. 땅과 식물에 보약이 되는 것이니 사람에게도 틀림없이 좋은 일을 할 것이라는 주장이었다. 조금 기가 막혔지만 아무튼 내 몸이 끝없는 정력 덩어리가 된 것만은 분명했으므로 나는 군소리 없이 그 두엄국을 들이켰다.

도무지 진도가 나가지 않는 언간 해독 일에 대한 변명거리도 만들 겸, 뒷밭과 안방을 쳇바퀴 돌듯 하는 사랑의 운동장을 넓히기도 할 겸, 두엄국을 먹고 도저히 주체할 수 없도록 솟구치는 기운을 적당히 소모시키기도 할 겸 나는 효계당을 대대적으로 손질한다는 야심찬 계획을 세우고 할아버지에게 보고했다. 할아버지는 갑작스러운 나의 말에 깜짝 놀라 그 저의를 의심하는 것 같았다.

그러나 나는 일찍이 보인 적 없는 당당하고도 자신감 넘치는 자세로, 차종손으로서 효계당을 직접 손질하면서 느끼게 될 책임감과 자부심을 역설했다. 서안 조씨 일문의 정신적 구심점이 되어야 할 효계당이, 단 네 식구의 거처로 많은 방들이 사람의 훈기가 닿지 않아 항상 냉골인 것을 통탄하며 집안 구석구석 사람 사는 냄새를 묻히기 위해 힘닿는 데까지 노력하겠다고—어느 부분 진심이기도 했다—결연히 선언했다. 늘 마지못해 종손 노릇을 하던 내가 이토록 큰 심경의 변화를 겪기까지는 소산 할매의 편지를 해독하게 된 것이 큰 계기가 되었음도 은근히 강조했다. 앞으로는 가문을 돌보고 일으키는 모든 일에 적극적으로 나서겠다고 선언하는 나를, 할아버지는 믿을 수 없다는 표정으로 바라보았다.

"변심이 잦으니 얼마나 갈지 모르겠다만 일단 뜻은 듣기 좋다. 네가 하는 모습을 지켜보겠다."

효계당은 대문간채 열 칸, 행랑채 열두 칸, 헛간채 열 칸, 안채 여덟 칸, 사랑채와 서고 열네 칸, 별채 여섯 칸으로 이루어진 큰 집이었고 여기에 사당과 별묘, 연못과 정자까지 딸려 있었다. 사람이 묵을 수 있는 방만도 스무 개가 넘었다. 하지만 식구가 적다 보니 행랑채와 별채, 대문간채는 일 년 내내 굳게 잠겨 있었다. 사랑채와 안채만 쓸고 닦는 일도 달시롯댁에게는 벅찼다.

할아버지에게서 모든 방의 열쇠를 넘겨받고 별채부터 치우기 시작했다. 별채 너머에 있는 가로등은 남몰래 돌을 던져 깨버렸다.

"상룡아, 내가 해야 할 기를 우예 옥돌 같은 니가 하는공."

달시롯댁이 푸석한 얼굴로 안타까워했지만 나는 씩씩하게 대답했다.

"아지매요, 이게 우예 아지매가 할 일이니껴. 찬이나 맛나게 해
주이소."

오랫동안 사람의 손길이 닿지 않은 빈방들은 썰렁하고 음침해
서 거미와 쥐며느리, 노래기가 살기 좋은 포근한 둥지로 변해 있
었다. 여름이라 습기가 가득차서 벽지가 일어나고 곰팡이가 슬어
있는 방이 많았다. 평소 쓰지 않는 건물에는 난방시설을 하지 않
았기 때문에 장작을 패다가 군불을 때는 것도 중요한 일과가 되
었다.

처음에는 무작정 굵직한 나무만 장작이랍시고 주워모아 아궁
이에 쑤셔넣는 통에 시커먼 연기 기둥으로 화재 신고가 들어오고
정작 불은 때지 못하기 일쑤였다. 하지만 뒷산을 드나들면서 촌
로들을 통해 나무를 말리고 군불을 때는 요령을 익혔다. 참나무
는 숯이 남기 때문에, 깨끗이 사그라지는 소나무 종류가 땔감으
로 적합하고, 굵직한 통나무와 가느다란 삭정이를 골고루 취해야
한다는 것도 배웠다. 오랫동안 쓰지 않아 눅눅해진 아궁이에 먼
저 신문지를 한 짐 넣고 태워서 습기를 말린 후, 맨 밑바닥에 신
문지를 깔고 지푸라기와 잔가지를 촘촘히 넣고 맨 위에 굵은 장
작을 듬성듬성 얹어주면 대개 불은 문제없이 활활 타올랐다.

그렇게 한나절 온기를 주고 나서 본격적으로 청소와 손질을 하
기 시작했다. 청소만 하면 되는 방도 있었지만 몇몇 북향 방은 도

배도 다시 해야만 했다. 도배를 할 때는 마름 정씨의 손을 빌렸다.

"아이고, 상룡이 니 손재간이 여간 아이구나. 첨 해보는 손이람 서로 우예 그래 야물고 똑바리노?"

벽지의 아래쪽을 잡아주면서 정씨는 여러 번 감탄했다. 그때 나는 잠시 초콜릿 루나티크의 초콜릿 아기가 생각나서 우울해졌다. 처음 발라보는 벽지도 똑바로 붙일 수 있고 학교에서 미술 점수는 늘 만점을 받았던 나는, 부인하고 싶지만 초콜릿 아기의 형상을 빚어내는 생모의 핏줄을 진하게 물려받은 것이 분명했다.

사람들이 할아버지를 닮았다고 늘 칭찬하는 수려한 용모 역시, 그날 내가 확인한 바로는 초콜릿 루나티크의 여인 쪽에 더 가까웠다. 반듯한 이마와 곧은 콧날은 할아버지와 비슷했지만 내 입매는 할아버지처럼 똑바르고 얄팍한 모양이 아니라 좀더 부드럽고 풍만한 곡선을 그리고 있었다. 하루에도 몇 번씩 정실에게 달려드는 정욕 역시, 사내 없이는 하룻밤도 넘기지 못한다는 생모를 닮은 것이라 생각되었다. 사람들은 그것을 아는지 모르는지, 늘 내가 할아버지를 닮았다고만 했다.

나는 방 하나하나마다 각별한 정성을 쏟아 깨끗이 단장했다. 그도 그럴 것이, 새로 단장한 모든 방이 그날 밤 우리의 신혼방이 되었기 때문이었다. 낮에 사람들이 있을 때는 정실과 얼굴도 마주치지 않도록 조심했다. 푼수데기 정실이 행여 눈웃음이나 날리지 않을까 걱정했지만 정실은 나의 몸을 보할 새로운 두엄의 효능을 연구하는 일에 한층 몰두했기 때문에 낮에는 거의 뒷밭에서 살다시피 했다.

밤이 깊으면 우리는 소리가 나지 않는 방문을 밀고 나와서 새로 단장한 방으로 조용히 스며들었다. 낮에 군불을 때어두었던 방은 적당히 보송보송하게 말라 있었다. 나는 늘 먼저 기다리고 있다가 정실을 두 팔로 안아 끌어들였다. 내가 뚱뚱한 신부에게 키스하는 모습은 소리나지 않게 날개를 펄럭이는 박쥐만 지켜보았다.

달시룻댁이 큰언니의 환갑잔치에 가느라 칠곡으로 떠난 날은 우리에게 모처럼 주어진 허니문이었다. 할아버지가 출타한 후 우리는 해월당 어머니의 안방에서 훤한 대낮부터 사랑을 나눴다. 점심으로 라면이나 끓여 먹은 다음, 오후 내내 여유를 부리며 서로 냄새를 맡고 혀끝으로 장난칠 계획이었다.

해월당 어머니는 이제 우리의 농탕질에 이력이 난 듯 더이상 찬 손으로 정실의 목덜미를 훑거나 얼음장 같은 혓바닥으로 내 허리를 핥지 않았다. 방구석의 병풍 어름에 숨어서 우리가 엎치락뒤치락하는 모습을 못마땅한 표정으로 지켜볼 따름이었다. 절정에 올랐을 때 나는 크게 비명을 지르고 깔깔대며 웃었다. 해월당 어머니의 푸르스름한 이마에 신경질적인 빛이 돌았지만 개의치 않았다. 해월당 어머니 귀신 따위는 더이상 무섭지 않았고, 정결한 어머니가 꿈도 꾸지 못했던 음탕한 말들로 그녀를 파르르 떨게 하는 것은 마냥 즐거웠다.

정실은 아직도 해월당 어머니 귀신을 무서워했고 안방에서는 되도록 정숙을 지켜야 한다고 했다. 그러므로 내가 괴상한 일들을 요구하면 마지못해 따르면서도 귀신의 눈치를 몹시 살폈다. 당장 벼락이 떨어지더라도 귀신의 분노는 내가 아닌 그녀에게 향할 것이라고 정실은 믿었다. 그 생각에는 나도 묵시적으로 동감했다. 면책의 특권을 등에 업고, 나는 마음껏 뻔뻔스러워질 수 있었다. 나에 대한 충성심과 귀신에 대한 두려움 사이에서 갈등하는 정실의 모습은 가학적인 충족감마저 안겨주었다.

정실이 나에게 제공하는 서비스 중에는 찬사의 세례도 있었다. 못나고 뚱뚱한 그녀의 눈으로 바라본 내가 얼마나 하늘같이 잘나고 훌륭하고 완벽한지, 정실은 그녀답지 않은 부끄러운 낯빛으로 열심히 고백했다. 그 낯간지럽고 유치한 고백들은 사실 백 번 천 번이나 거듭해 들어도 흐뭇하고 자랑스러웠다.

정실은 단 육 년으로 그쳐버린 학창 시절에 대해 많은 추억을 간직하고 있었다. 특히 나에 관한 기억들이 자세하고 풍부했다. 학교에 다닐 때 내가 얼마나 조신하면서도 깎은 옥돌처럼 단아한 소년이었는지, 고요하고 외로운 기색이 어떻게 깊어져 신비로움에까지 이르렀는지, 선생님과 학생 들이 내색은 안 해도 얼마나 경원하고 감탄했는지 하는 이야기들을 했다. 그녀의 기억 속에는 내가 절대로 생각해내지 못하는 초등학교 시절의 내 모습들이 차곡차곡 곱게 개켜져 있었다. 그녀는 보물상자 속에 숨겨놓은 보석을 꺼내듯이, 감미롭고 감격스럽게 어린 시절의 내 모습들을 회상했다. 그리고 그 끝말은 늘, "내가 이렇게 니 품에 안기가 사랑을 받아볼 줄을, 세상에 누가 알았겠노" 하는 것이었다.

한편 내가 듣고 싶은 이야기는 좀 다른 것이었다. 추억 속의 어린 내 모습이 아름답고 신비롭게 치장되는 것도 즐거운 일이었지만, 나는 여자에게 안겨주는 성적인 쾌감에 대해 특별한 찬사를 듣고 싶었다. 여자의 몸을 감고 죄는 내 팔다리가 얼마나 강하고 단단한지, 여자의 몸속 가장 깊은 곳까지 파고드는 내 뿌리가 얼마나 집요한지, 지구의 중심에 이르듯 깊이 파고든 내 몸뚱이가 폭발할 때 극치에 다다른 여자가 어떻게 한층 더 높은 열락의 최고 경지에 이르게 되는지. 나는 그런 것들에 대해 더욱 자세하고 빠짐없는 이야기들을 나누고 싶었다.

그렇게 세밀한 묘사를 하도록 명령하면, 정실은 당황해하고 수줍어했다. 이렇게 해월당 어머니의 이불에 누워 있을 때는 특히 더 어쩔 줄 몰라 했다. 하지만 시키는 대로 하지 않으면 다시는 안아주지도 않고 사랑해주지도 않고 얼굴조차 마주치지 않겠다는 단호한 협박 앞에서는 그 어떤 귀신의 분노와 도덕의 엄한 제지도 힘을 잃기 마련이었다. 정실이 늘어놓는 숭배와 감사의 말들 앞에서 나는 횃대에 오른 장닭처럼 의기양양하고 다소 수다스러워졌다.

"니는 참말로 운이 좋은 줄 알아래이. 아무나 여자를 그렇게 무지개 태워주는 거이 아이다. 여자를 즐겁게 해주는 거는, 그거는 대단한 능력이거든. 아무나 하는 일이 아이다. 고맙은 줄 알아래이."

"참말로 고맙게 생각한다."

"니는 아직 철이 없어가, 그거이 얼마나 고맙은 일인지 잘 모르는 것 같다. 니는 내랑 첨 할 때부터 고마 그 재미를 알아가 깔딱깔딱 넘가고 그래 안 했나. 맞제?"

"맞다, 상룡아. 내는 니가 첫 번 시작하자마자 아, 이기 사람들 좋다 카는 바로 그기구나 하고 대번 알겠더라."

"원래 그래 쉽게 되는 거이 아이다. 어이? 여자는, 남자가 재조가 있어가, 여자를 살살 잘 다루고, 짚어줄 데 딱딱 짚어주고 힘줄 때 힘 팍팍 써주고 그래 해야 재미가 있는 거라. 남자가 나쁜 놈이면, 즈그들만 재미를 보고 끝이라 아이가."

한참 신이 난 나하고는 달리 정실은 의외로 조용했다. 정신이 어디 먼 곳으로 잠깐 떠난 것 같기도 했다. 간격을 두었다가 그녀가 다시 입을 열었을 때에는 퍽 분개한 목소리였다.

"맞다. 진짜로 나쁜 놈들이다. 사람이 아파가 우는데도 생각 안 해주데."

병풍 뒤로 숨었던 해월당 어머니가 다시 고개를 내밀고 입꼬리를 비뚤어뜨리며 푸르스름한 미소를 내비쳤다. 나도 모르게 입과 턱 주변의 근육이 뻣뻣하게 굳어졌다. 후끈하게 달아올랐던 방 안의 공기는 빠르게 식었다. 갑자기 고요해진 창밖에서는 솔새가 울고 있었다. 나는 목이 죄여오는 느낌을 숨기고 간신히 범상하게 말을 받았다.

"마이 아프드나."

"마이 아팠제! 첨엔 맨날 울었다 아이가."

"근데?"

"김씨가 내더러, 자꼬 하면 괘한타 그카더니 그 말이 맞데."

"나중엔 실실 좋아지드나?"

"나중엔 머…… 좋은 건 아이고…… 고마 참을 만은 하데."

"안 아팠어?"

"엉. 아프진 않고."

눈앞이 하얗게 바랬다. 잉 하는 귀울음이 있었다. 나는 반듯이 누운 자세 그대로 천장만 쳐다보았다. 정실의 순결 따위는 애초 생각조차 해본 일 없었다. 정실의 몸뚱이를 즐기는 것 말고는 지금껏 아무런 관심도 없었고, 정실이 다른 남자와 잤다고 해서 문제삼을 이유도 없었다. 하지만 거칠어지려는 숨결을 가라앉히려 무진 애를 써도 뜻대로 되지 않았다. 내가 왜 이러는 걸까. 나는 생각의 흐름을 놓쳤다. 더이상 아무 생각도 할 수 없었다. 이불에서 튕기듯 일어나 그대로 정실의 멱살을 틀어쥐었다. 정실이 아차 하는 표정으로 어깨를 움츠렸다.

"상룡아, 와 이라는데. 내는 잘못한 거 없다."

"가스나야, 니 지금 머라 캤노? 아프진 않어? 니 똑바로 말해 봐라. 김씨가 어뜬 새끼고? 내 말고 어뜬 놈이랑 그런 짓을 한 기고?"

"아이다. 아이라 카이까네. 내는 참말로……"

나는 더이상 듣지 않고 정실의 머리채를 휘어잡기 시작했다. 나를 속이려 드는 것은 참을 수 없었다. 정실은 윽윽거리며 비명을 삭였다.

"상룡아, 내가 다 말하께. 다 말하께. 고만 해라. 내 좀 살리도. 아이고 아야야……"

나는 정실의 머리채를 놓고 식식거렸다. 정실의 얼굴은 눈물로 번질거려 더 추해 보였다. 정실은 방금 전까지 나와 격렬하게 뒹굴었던 그 이불에 얼굴을 묻고 후들후들 떨면서 차마 말을 하지 못했다.

"가스나야, 언 놈한테 또 그 더럽은 가래이를 벌깄나 이 말이다."

"내가…… 내가 한 거이 아이고…… 내는 어쩔 수 없었다. 믿어도라, 상룡아. 이거는 참말이다."

"어떤 놈이냐 말이다!"

"저어기 평지상회 김씨 아재……"

젊을 때부터도 얼굴에 검버섯이 있었던 매부리코 김씨는 지금

134

도 평지상회의 골방을 지키고 있었다. 당장이라도 달려나가 그의 목을 조르고 싶은 흉포한 분노에 몸부림쳤다. 하지만 나는 김씨의 목을 조르는 대신 정실의 머리채를 다시 잡아챘다.

"언제 그랬는데?"

"열네 살 때."

열넷이라는 숫자를 듣는 순간 나는 벼락같이 정실의 뒤통수를 후려쳤다. 정실은 아이고오 하며 이불 밑으로 숨어들었다.

"직일 년. 나아도 어린 기 우예 사내를 알았노?"

"내가 교회 갔다 오는데…… 오다가 힘들어 가 쭈쭈바 하나 사물라고 들갔는데…… 김씨 아재 그 사램이 내를 골방에다 딜이밀더니……"

"이기 지금 거짓말하는 거 아이가. 니가 교회를 언제 다녔는데?"

"아이다…… 진짜로 내가 고때 쪼금 교회에 다녔다…… 거어 다니모 하나님이 다리 낫구러 해준다 캐서……"

얼굴 근육이 참을 수 없이 푸들푸들 떨려서 그대로 있다가는 그냥 눈물이 쏟아질 것 같아, 나는 아무 소리나 지르면서 정실의 등짝을 후려갈겼다.

"그래. 그래가 김씨 그 새끼하고 몇 번이나 했노?"

"잘 모리겠다."

"모린다니, 그기 말이 되나?"

"마이 했다. 몇 번 했는지는 모린다."

"니 지금 내한테 개기는 기가?"

"아이다, 상룡아…… 내가 우예 니한테 개길 기고…… 김씨 아재 그 사람이 첨에 내를 그래 하더니 담부터 일요일마다 안 오면 경찰서에 일른다 해가…… 그래가 내 무섭어가…… 참말이다, 상룡아……"

"거짓말 마라! 니매로 돼지 같은 거로 어떤 눈깔 빠진 사내가 자꼬 건드릴 기고? 몇 번 해보이까네 맛을 알아가 니가 자꼬 매달긴 거 아이가?"

"아이다, 상룡아…… 내는 그런 거 알다 못했다…… 무섭어가 시키는 대로 한 기제 좋아서 한 거이 절대로 아이다…… 그라다가 너무 싫어서 안 갔다…… 경찰서에 잽혀가도 모리겠다 하고…… 근데 경찰서에서 안 오더라 아이가…… 그래가 속은 끝다 하고 그담부터는 안 갔다……"

"고마 나가죽으라. 우예 그래 똑똑노."

방바닥에 쿵 소리가 나도록 정실의 머리채를 모지락스럽게 휘둘러붙이고 나는 잠시 갈등했다. 정실의 어조로 보아 평지상회 김씨 말고도 또다른 놈들이 있을 법했다. 추궁할 것인가 덮을 것인가. 도대체 어떤 개새끼들이 떼거지로 정실의 배를 타고 앉아 재미를 봤는지 알고 싶지 않다고 마음속으로 울부짖었지만 그건 마음의 껍질에 불과했고, 속마음은 모든 것을 알고 싶어 미칠 것

136

같았다. 나는 눈을 부라리고 정실의 옆구리를 걸어차면서 다시 소리를 질렀다.

"그다음엔? 담에 또 누고?"

잠시 울음소리가 이어지다가 정실은 순순히 대답했다.

"이름은 모리겠고…… 제사 때 오는 사램이다……"

뒤통수를 망치로 맞은 듯 멍해졌다. 제사 때 효계당을 드나드는 사람이라면 멀지 않은 친척이 분명했다. 나는 충격을 감추기 위해 계속 고함을 질렀다.

"똑바로 말해라! 제사 때 한둘이 오나!"

"내는 참말로 누군지 잘 모린다…… 하나는 나이가 좀 많고…… 하나는 좀 적은데 고성 산다 카더라."

고성에 산다면 9촌인 강민 아재가 분명했다. 이제 마흔 줄에 접어든 사내로, 어물 경매 일을 한다고 했다. 강민 아재보다 더 나이가 많다는 사람은 누군지 짐작할 수 없었다.

"이기 어데 애문 사람을…… 제사 지내는 밤에는 사람도 많은데 우예 니를 근드노?"

"옴마는 제사 치다꺼리 하느라 바쁘제…… 누가 내를 딜다볼 기고…… 나아 많은 사람은 내더러 고방 가서 멋 좀 찾아봐라 카디이마는 그래 했고…… 고성 사람은…… 삘당에 가가 몇 번 했고……"

내 눈에 새로운 불똥이 튀었다.

"벨당? 니 말 잘했다. 벨당이 얼매나 먼데 니를 끌고 거까지 갈 기고? 니가 앙탈 안 하고 니 발로 따라간 거제? 맞제?"

"내더러 이쁘다 그카고…… 저거 마느래 모리게 내 델꼬 살 기라고…… 큰 도시 데꼬 가서 다리도 고치주고 그칸다 카이까 네…… 내는 참말로 그라나 하고……"

나는 그대로 이불에 벌렁 누워버렸다. 해월당 어머니의 얼굴에 푸른 조소가 떠돌고 있었다. 눈을 감자 강민 아재의 얼굴이 어른 거렸다. 나는 이를 부득부득 갈았다.

"니가 그르키 더럽은 년인지 몰랐다."

정실은 말없이 훌쩍거리기만 했다.

"까맣게 속은 내가 빙신이제. 인차는 내를 봐도 아는 체하지 마라."

나는 불끈 일어서서 안방을 박차고 나왔다. 아침부터 밥도 먹지 않고 농탕질에만 골몰하다가 큰 충격을 받아서 그런지, 쨍한 햇살을 마주하니 문득 어질어질한 느낌이 들었다. 무작정 가방 하나에 속옷 몇 벌만 쑤셔넣고 효계당을 나섰다.

텅 빈 버스 정류장에서 머리 가득 땡볕을 이고 나는 말없이 서 있었다. 이삭이 패기 시작한 논 위로 잠자리가 날고 있었다. 나는 어금니를 지그시 깨물고 어두컴컴한 평지상회 안쪽을 노려보았다. 러닝셔츠만 입고 선풍기 앞에 앉아 있는 저 희미한 그림자는 김씨임에 틀림없을 것이다. 나는 평지상회에 시너를 뿌리고 불을 댕기는 흉포한 상상에 몸을 내맡겼다. 당황해서 달려나오는 김씨. 그는 이제 쉰을 넘겼음직한 반백의 장년이었다. 열네 살의 정실을 일요일마다 꼬드겨 강간했을 때에는 아마 사십대 중반이었으리라. 나는 그의 멱살을 쥐고 전봇대에 대갈통을 몇 번 후려박아준 다음, 그를 다시 불타는 평지상회 속으로 집어던져버렸다. 상상 속에서 복수를 마치고 눈을 떴을 때는 버스가 이미 마을을 벗어나 국도를 타고 있었다.

시내에 도착하기도 전에 나의 맹렬한 도피 의지는 이미 사그라졌다. 지갑 속의 돈을 아무리 아껴 써도 사흘을 버티기 어렵다는 것이 제일 큰 요인이었다. 흔해빠진 신용카드 한 장 없었다. 한적한 절간이나 그럭저럭 안면이 있는 선후배의 집을 찾아가면 한 며칠 더 못 버틸 것도 없었지만, 전전긍긍하며 남의 집에 빌붙어 있어봤자 별로 좋은 일도 없었다. 세상만사 다 잊고 싶어도 동전 몇 개조차 떨치지 못할 만큼 나의 속은 좁았다. 진짜로 멀리 떠날 생각이었다면 할아버지의 문갑이라도 뒤져봐야 했겠지만, 할아버지가 돈 관리를 소홀히 하는 양반도 아니었고 몇 푼 우벼내 튀어본들 찾아내지 못할 곳으로 숨을 재주가 있는 것도 아니었다. 결국 나에게는 갈 곳이 없었다.

어디론가 훌쩍 떠나버릴 생각으로 버스 터미널 앞에 내렸지만 땅에 발을 딛는 순간 이미 자포자기의 심정이 되어버렸다. 나는 잔뜩 인상을 쓰고 터미널을 노려보다가 불쑥, 가까이 있는 보신탕집으로 들어가버렸다. 보신탕은 처음이었다. 되가웃은 되어 보이는 큼직한 질뚝배기에 뜨거운 탕국이 담기고 신선한 부추와 방아잎이 수북이 얹혀 나왔다. 나는 들깻가루와 고춧가루를 한 숟가락씩 푹푹 퍼넣고 뜨거운 국물을 훌훌 들이켰다. 얼룩무늬가 선명한 개껍데기가 숟가락에 얹혔을 때는 순간 메스꺼움이 치밀었지만 눈을 질끈 감고 먹어치웠다. 탁구공만한 눈알이 둥둥 떠다니고 있다 해도 씹어삼킬 생각이었다.

이까짓 여름 햇살에 눈앞이 시릴 정도로 부실해지다니 몸부터 보해야겠어. 나이 스물셋의 장정을 이렇게 허깨비로 만들 만큼 정精을 흡입해가다니, 여자란 얼마나 요물이란 말인가. 가증스러운 가스나. 집안에만 얌전히 틀어박혀 있는 줄 알았는데 그 더러운 밑구멍으로 들락거린 사내가 나 말고도 셋이란 말이지. 재수없는 병이나 옮은 것은 아닐까. 침이라도 칵 뱉어주고 나올걸.

어쩐지 처음부터 사내를 다루는 솜씨가 보통이 아니었어. 진작 알아채야 했는데. 내가 돌았지, 그 역겨운 살덩어리를 보고도 여자라고 환장을 했으니. 더러운 년, 나를 속이고 모욕했어. 어떻게 갚아주지? 세상 사람들에게 저 더러운 년의 실체를 알려야 할 텐데. 고개를 들고 살 수 없게 만들어야 할 텐데. 효계당의 뚱뚱이 다리병신 권정실이 밤마다 동네 사내들을 후리는 이야기를, '엽기'라는 제목을 달아서 인터넷에 올려버릴까?

처음 먹어보는 보신탕은 비위에 거슬렸다. 그러나 땀을 비오듯 흘리며 국물 한 방울도 남기지 않고 들이켰다. 폭염이라 하나, 갓 제대한 스물세 살 예비역 병장이 햇볕을 보고 어지러워하는 일은 더이상 없어야 한다. 뚝배기에 담긴 얼룩무늬 개의 영혼이 산산이 흩어진 나의 정을 악랄하게 보하리라.

보신탕집을 나서서는 딱 한 번 두리번거린 후 망설이지 않고 서울행 버스에 올랐다. 버스 안은 시원했다. 더위와 뜨거운 보신탕 때문에 숨이 막힐 지경이었던 나는 시원한 차내가 반가웠다. 별로 달갑지 않았으나 아는 얼굴들도 만났다. 워낙 선후배 관계가 부실했던 나로서는 한 해 후배인지 두 해 후배인지조차 헷갈리는 얼굴들이었는데, 그들은 부러 그러는지 꽤 반가운 체했다.

남자 둘에 여자 하나. 기억을 더듬어보니 사내애들은 한 해 후배인 것이 분명했고 여자아이는 내가 입대한 사이에 입학한 새내기라고 했다. 두 사내 녀석들이 여왕 마마라도 모시듯 어르고 달래는 모습을 보면 꽤나 인기를 모으는 신입생인 모양이었다. 나는 선배 행세를 하느라 그들에게 아이스크림을 하나씩 들려주고 길쭉한 버스 맨 뒷자리에 앉았다. 그들은 당연하다는 듯 내 곁에 주르르 따라붙었다. 홍일점인 여자 후배는 눈웃음을 치며 내 옆에 자리잡았고, 다른 사내놈들은 선배에게 큰 예우나 하듯 그녀의 다른 쪽 옆에 몰려 앉았다.

버스 안에서 나는 부글부글 끓어넘치려 하는 얼룩개의 육신 때문에 고된 시간을 보냈다. 에어컨은 강력했지만 앞자리에 앉은 사람의 고약한 머리 냄새와 옆자리에 앉은 여자 후배의 진한 향수 냄새 때문에 수시로 비위가 뒤틀렸다. 얼룩개와 싸우느라 불편한 속으로도, 나는 옆자리의 후배를 곁눈질하지 않을 수 없었다.

그녀는 반대쪽에 앉은 남자 후배들에게 킥킥거리며 농담을 건네기도 했지만 내 쪽으로는 고개를 돌리는 일이 없었다. 그녀가 나를 곁눈질할 때면, 나도 태연한 척 앞만 바라보면서 아주 잘생긴 옆모습을 보여주었다. 육감적으로 움직이는 입술과 턱선을 보여주기 위해 억지로 팝콘을 한 알 집어먹기까지 했다. 그녀의 무릎에 놓인 팝콘을 집으려다가 그녀의 머리채를 살짝 스쳤는데, 세련되게 염색한 머리칼은 아주 윤기 있고 차르르한 좋은 감촉을 전해주었다.

서울까지 가는 내내 표시나지 않게 트림을 하느라 애를 썼지만, 버스가 터미널에 들어섰을 때 여자 후배의 태도는 사뭇 달라져 있었다. 좀 전처럼 철없고 도도한 표정이 아니라, 정실이 나를 바라보는 눈빛과 약간 닮아 있었다. 과묵하게 앞만 바라보는 잘생긴 사내의 옆모습이 이 년간의 군생활에도 삭지 않고 여전히 매력을 발휘함을 확인하고 나는 약간 기분이 좋아졌다. 내가 운만 띄우면 여자 후배는 두 사내놈을 떼어놓고 한참이나 남아 있는 오후를 함께 보낼 의향이 충분해 보였다.

할 일도 딱히 없던 차에 나도 그러고 싶은 마음이었다. 분위기 괜찮은 카페에 들어가서 아이스커피나 나누어 마시면서, 버스에서는 충분히 보여주지 못한 잘생긴 앞모습까지 자세히 보여주면 여자 후배는 쉽사리 나에게 빠져들 것 같았다. 진도가 아주 아주 빨리 나간다면, 오늘 안에 방을 잡아 그녀를 안을 수도 있을 것 같았다. 같은 과 선후배 간에 깊은 사귐도 없이 곧바로 섹스를 한다는 것이 마치 근친상간과도 같은 께름칙한 느낌을 주었지만, 내가 입대한 사이에 입학한 새내기라서 별다른 형제애를 쌓을 기회조차 없었으니 용기를 낸다면 실행에 옮길 수도 있었다. 사투 끝에나마 얼룩개도 무사히 소화했으니 정실 요물에게 빼앗겼던 정精도 충분히 보충되었을 것이 틀림없었다. 못생기고 뚱뚱한 주제에 걸레같이 헤프기까지 한 정실에게서 묻어온 더러운 것들을, 예쁘고 날씬하고 신선한 후배에게 깨끗이 씻어내고 싶었다.

하지만 나는 그녀를 안달나게 하는 잘생긴 남자의 우울한 표정만 좀더 보여주다가 돌아서고 말았다. 자신이 없었다. 그녀가 잘생긴 얼굴 하나에 끝까지 빠져들는지. 빠져든다 하더라도 섹스까지 하자는 내 제안에 순순히 따라줄지. 내 수중에 있는 돈으로 그녀의 마음에 들 만한 깨끗한 방을 얻을 수 있을는지. 섹스를 하고 난 다음에 그녀를 어떻게 해야 할 것인지. 알몸의 열정이 사라진 뒤 그녀가 마주하게 될 효계당의 서안 조씨 17대 종손 조상룡의 진실이 과연 어떻게 받아들여질지. 나는 아무것도 자신할 수 없었다.

내가 가진 것 중 여자를 기쁘게 할 수 있는 것은 잘생긴 얼굴과 할아버지의 재산, 두 가지뿐이었다. 그 두 가지를 제외하고는 아무것도 내세울 것이 없었다. 음울하고 좁아터진 속아지. 나를 경멸하는 할아버지. 나의 배우자에게 나 이상으로 무거운 짐을 지게 할 17대 종손의 위치. 하룻밤도 사내 없이는 잠을 이루지 못한다는 천하의 바람둥이 생모와 그녀에게 몸과 정신을 모두 흡입당해 스스로 목숨을 끊은 아버지의 기억까지. 나를 둘러싸고 있는 모든 것들은 사철 효계당에 드리워진 회화나무 그늘처럼 어둡고 음침한 것들뿐이었다. 그런 실상을 마주했을 때 두 뺨을 감싸쥐고 경악할 여인들의 모습을 상상하는 것만으로도 연애를 향한 나의 욕망은 안채 뒤편에서 고요히 일렁이고 있는 깊은 우물처럼 차갑게 식어버렸다.

후배들과 작별한 후, 나는 버스를 잡아타고 남산길을 올랐다. 짙푸른 녹음 속에 숨어든 쓰르라미들은 귀를 찢어발길 듯 높은 비명을 내질렀다. 불길이 일어날 것 같은 늦더위 속에서 붉은 고추잠자리들이 날고 있었다. 버스는 눅진한 습기 속을 헤엄쳐 숲속에 자리잡은 호텔 앞에 나를 내려놓았다.

초콜릿 루나티크는 여전히 성업중이었다. 검은 드레스의 여인은 여전히 차분하고도 도발적인 모습으로 카운터에 서 있었다. 젊은이들은 연애중에 부딪친 많은 문제들을 그녀에게 상담하고 화해의 선물로 초콜릿을 사갔다. 나는 사랑의 전문가에게 내게 닥친 문제를 상담하기로 했다. 초콜릿을 고르는 체하며 손님이

뜸해지기를 기다렸다가 그녀에게 다짜고짜 말을 걸었다.

"저에게 애인이 생겼어요."

여인은 따뜻하고도 우호적인 미소로 축하의 뜻을 전했다.

"그런데 몇 가지 문제가 있어요."

"사랑이란 원래 문제덩어리예요. 무슨 문제인지 말해봐요."

"내 애인은 팔십 킬로그램이 넘어요. 엄청나게 못생겼고 날 때부터 다리병신이고 초등학교밖에 졸업 못 한 부엌데기지요."

"그런데요?"

"그런데…… 그 아이의 과거가 복잡하대요. 제가 아는 것만 해도 남자가 셋이에요."

"그래서요?"

"……그래서 제가 어떻게 하면 좋겠냐고요."

"내가 들은 바로는 아무 문제가 없는데요."

그녀는 진열장을 열고 푸른 금박종이로 포장된 사각 초콜릿 몇 알을 꺼냈다.

"연인의 옛 남자들이 아직도 그녀를 잊지 못해 문제인가요? 내가 보기에 당신은 그 누구보다도 돋보이는 사람이지만, 그 남자들과 경쟁해서 이겨야 한다면 '사피루스'가 도움이 될 거예요. 당신을 푸른 보석처럼 돋보이게 해주지요."

나는 그녀의 아름다운 얼굴을 보며 마른침만 꿀꺽꿀꺽 삼키다가 힘들게 입을 열었다.

"나는…… 우리 집안의 17대 종손이에요. 그녀와 사귀는 것을 알면 할아버지께서 가만두지 않으실 거예요."

그녀의 눈빛이 내 얼굴에 똑바로 꽂혔다. 하지만 그 눈길에서 흔들림은 조금도 감지되지 않았다. 그녀가 진열장 밖으로 걸어나왔으므로 나는 온몸이 굳어지며 긴장했다. 그러나 그녀는 나를 지나쳐가더니 유리상자 속에 진열해놓은 초콜릿 작품 하나를 꺼내 들고 왔다. 화이트 초콜릿과 다크 초콜릿이 마블링되어 있고 금가루가 흩뿌려진 그것은 자그마한 여왕의 홀처럼 길쭉하고 납작한 막대기 모양이었다. 손잡이가 될 듯한 부분은 다소 도톰했는데 흐르는 물줄기처럼 자연스럽고 유려한 곡면 위에 빨려들 듯 강렬한 소용돌이 무늬가 새겨져 있었다.

"이것은 '운명의 칼'이라는 작품이에요. 이것을 먹는 사람에게는 영원한 고귀함이 함께하지요. 당신의 연인과 함께 나누어 먹으세요. 그 어떤 운명의 구렁텅이로도 두려움 없이 빠져들어갈 수 있을 거예요."

"이백삼십만원인가요?"

나는 약간의 조롱과 불신을 담아 내뱉었다. 그러나 여인의 표정은, 언제나 그렇듯이 조금도 변하지 않았다.

"당신에게 선물로 줄게요. 가져가세요."

그녀는 점원에게 운명의 칼을 내밀었다. 점원은 말없이 상자에 그것을 담고 비로드 받침 아래쪽에 자잘한 드라이아이스 조각을 채워넣었다. 육십대 외국인 남자가 초콜릿 루나티크에 들어와서 막새기와를 모사한 초콜릿 예술품에 관심을 보였기 때문에 여인은 그쪽으로 가버렸다. 나는 점원에게서 쇼핑백을 넘겨받고 외국인 손님과 이야기를 나누고 있는 여인의 옆모습을 잠시 바라보았다. 그녀는 유창한 실력이라고는 할 수 없었지만 기본적인 의사소통에는 무리가 없어 보였고 사이사이 끼워넣는 화려한 눈웃음과 깊은 볼우물로 부족한 어휘의 한계를 충분히 메우고 있었다. 초콜릿 막새기와는 어떤 사랑의 의미를 담고 있을지 궁금했지만 나는 그녀의 설명을 한마디도 알아들을 수 없었다.

열두시가 넘어서야 나는 효계당에 돌아왔다. 할아버지는 보통 일찍 잠드는 편이었지만 그때까지 나를 기다리고 있었다. 행랑채를 손질하는 일에 대해 몇 마디 물어본 후 그 일에 매달리느라 언간을 해독하는 일이 늦어져서는 안 된다고 익숙한 채근을 좀 했을 뿐, 오늘의 행적은 캐묻지 않고 나가보라고 했다. 늘 그렇듯 나를 오래 마주하기 싫은 것 같았다. 정실은 코빼기도 내비치지 않았다. 말없이 세수만 하고, 나는 방에 눕자마자 그대로 혼곤히 잠들어버렸다.

설핏 눈을 떴을 때 시계는 새벽 세시를 가리키고 있었다. 일부러 시간을 작정하고 잔 것은 아니었는데 적당한 시간에 일어난 것 같아 기분이 좋았다. 나는 소리나지 않게 문을 열고 나와 조용히 머릿방 쪽으로 향했다. 정수리를 달구던 태양이 조신하게 가라앉은 새벽 공기는 반팔 밑에 드러난 맨팔뚝을 제법 차금차금하게 찔렀다. 하늘엔 백조자리 별들이 우아하게 날고 있었고 미풍이 불어오는 뒷산에서는 밤에 더 분주한 쪽독새가 울고 있었다.

정짓간에서 가만히 귀를 기울이니 정실의 코 고는 소리가 들렸다. 속 편한 가스나, 코를 드렁드렁 골며 잘만 자는구나. 나는 조용히 머릿방 문을 열고 들어섰다. 부재중인 달시룻댁의 체취가 짙게 감돌았다. 정실을 덮치자 잠결에도 퍼뜩 놀라며 낮게 소리쳤다.

"누, 누꼬?"

"시끄럽다. 내 아니모 누가 올 기고?"

나는 익숙한 동작으로 어쩔 줄 몰라 하는 정실의 옷을 끌어내렸다. 손가락으로 몇 번 자극만 주었는데도 그녀의 몸은 금세 알맞게 젖어들었다. 나는 당당하게 그녀의 몸에 들어가 얼룩개로 보한 정을 풀기 시작했다.

"사, 상룡아……"

"니 착각하지 마라. 내가 니를 용서해 주는 기 아이다."

"그라모?"

"어제까지 했던 거랑은 완판 다른 기다. 어제까지는 내가 니를 좋아서 했던 기고."

'어제까지'라는 단서를 붙였음에도, 정실은 물색없이 감격하는 눈치였다. 나는 그녀가 감격하도록 내버려두지 않고 매몰차게 말을 이었다.

"오늘부터는, 니가 드럽은 년인 거로 알았으이까네, 오늘부터는 고마 가지고 노는 기라. 하고 저울 때 하고, 다리 벌기라 하고."

나는 가학의 쾌감을 음미하며 허리에 힘을 주었다.

"니는 아무 사내나 타고 노는 년이니까네. 몸 파는 기집…… 똥갈보년이랑 다른 기 없는 기라. 드럽은 기 마을을 드럽히고…… 집안을 드럽히고…… 끌어내가 조리를 돌리도 시원찮고…… 내도…… 아무때나…… 하고 싶을 때…… 하고…… 갖고…… 놀다가…… 걸레 같은……"

잔인한 소리를 계속 지껄일 생각이었지만 점점 숨결이 가빠져 말이 자꾸 끊기다가, 마침내 입을 다물고 식식거리며 정실을 밀어대는 일에만 열중하게 되었다. 정실이 귓전에 대고 끅끅 흐느끼며 무어라 중얼거리는 것 같았지만 대꾸해줄 겨를도 없었다.

"고…… 고맙다, 상룡아…… 내는 그거면 된다……"

나는 입술을 깨물었다. 정실이 너도 사내의 몸뚱이만 있으면 되는 거지. 밤마다 네 몸을 짓눌러줄 몸뚱이만 있으면 사내의 이름이야 얼굴이야 마음이야 하나도 중요하지 않은 거지. 나는 네까짓 것에게 상처받지 않아. 네까짓 것들한테 상처받을 만큼 나는 약하지 않다고. 그런 소리를 뇌까리면서, 오래오래 정실에게 키스했다. 그리고 뜨겁고 끈적끈적한, 결 고운 하얀 거품을 그녀의 자궁 속에 안락하게 쏟아부었다. 얼룩개의 효험인지, 그것들은 특히 양이 많고 생생한 것 같았다. 척추에서 정수리까지 돌개바람처럼 요동치는 쾌감도 유달리 진했다. 기나긴 신음을 토해내고 정실의 몸에서 내려온 나는 벌렁 누워 팔뚝으로 얼굴부터 가렸다. 우는 모습을 들키고 싶지 않았다.

"상룡아…… 다 내 잘못인데 니한테 머라 하겠노. 내는 아무것도 바라는 기 없다. 이담에 니가 장개들어가 니 닮은 이쁜 얼라들 놓으모…… 그기나 좀 보고 접고…… 내는 고마 달 보디끼 니를 치다보기마 하모…… 한낫도 원이 없다 아이가."

눈앞에 문득 초콜릿 루나티크의 아기 조각상과 앵두처럼 빠알갛던 여인의 입술도 떠올랐다. 앗 하는 사이에 숨결이 엇갈리면서, 나는 그만 끅끅 우는 소리를 내고 말았다.

"잘못했다, 상룡아…… 울지 마라…… 울지 마라, 상룡아…… 내는 그냥 효계당에 살게만 해주믄…… 아무것도 더 바라지 않을게. 니가 내를 가지고 놀든지…… 내를 걸레라꼬 욕하든지…… 내가 니한테 머신 할말이 있겠노."

정실이 나를 덥석 끌어안았다. 그 거대한 살무더기에 깔려 정신이 아뜩하도록 숨이 막혔다. 차라리 죽고 싶었다. 천하 병신 권정실 앞에서 울고 불었으니 사실 죽는 편이 나았다. 내가 무엇을 바라는지 알 수 없었다. 죽기를 바라는지 살기를 바라는지, 사랑하기를 바라는지 미워하기를 바라는지. 바라기로는 오로지 정실에게서 육체적인 쾌락만 취할 수 있기를 원했건만, 천하 병신 정실조차 다소곳이 동의한 일이었건만, 그마저도 내 뜻대로 되지 않는 듯했다.

우악스럽게 무거운 살덩어리에 깔리자 뜻밖에도 어지럼증이 가라앉았다. 압사당하는 느낌이 이렇게 아늑할 줄은 미처 몰랐다. 이리저리 요동치던 땅이 정실의 무게에 눌려 진동을 멈춘 것 같았다. 내 인생이 그동안 나를 우습게 보고 그토록 어지러이 휘둘러댄 것은 순전히 나의 물리적인 무게가 부족했기 때문이 아닌가 싶을 정도였다. 인생이 왜 이렇게 한 조각도 내 뜻대로는 되어가지 않는지, 나는 단지 그것이 분하고 억울해서 계속 울었다.

정실의 몸뚱이와 방바닥 사이가 뜻밖에 아늑하여, 나는 한동안 그대로 있다가 이제는 정말 죽겠다 싶은 순간에야 그녀를 내려오게 했다. 울음은 잦아들었지만 견딜 수 없는 쑥스러움이 찾아들었다. 못생기고 불완전한데다가 사생활까지 추잡한 뚱뚱이는 다소곳하게 처분만 기다리고 있었다. 오랜 망설임 끝에 그녀의 이름을 다시 불렀을 때, 정실의 눈빛은 여전히 나에게 홀딱 반한 그 모습 그대로였다. 나는 깊이 안도하는 한편, 머쓱하여 입맛을 다셨다.

"내가 이기 먼 지랄이고 지금. 이래까지 했는데도 니가 다시 다른 사내한테 가래이를 벌기모…… 니는 고마 사람도 아이다, 어이?"

"무신 소리고. 절대로 그런 일은 없을 기다."

"니가 사내가 고파가 암때나 매달린 거이 아이다, 이 말이제."

"아이다. 참말 아이다. 내는 니하고 하기 전까지는, 그기 좋은 긴지도 몰랐다. 참말이다."

선생님의 질문에 답하는 초등학생처럼 눈을 껌벅이며 직심스럽게 대답하는 정실을, 나는 꽤 귀엽다고 생각했다.

"그짓말 마라. 내는 첨 할 때부터 딱 알아봤다. 내가 뎀비도 놀래다 않고 좋아죽을라 하는 기, 진작부터 사내 맛을 알았던 기다."

"아이다. 그기 아이다. 첨에는 내가 놀래가…… 니가 뎀비이까네 놀래가…… 그랬는데……"

"그랬는데?"

"니가 내한테 욕심을 내이까네 그키 신기하고…… 이기 꿈이라 아이라 이래 하고…… 니가 김씨 아재처럼 내를 가지고 논다 캐도 다부 도리어 고맙겠다 시우고……"

"이기 아직도 정신을 못 채리고…… 김씨 그 새끼 이야기가 여서 와 나오는데?"

꿈꾸는 것처럼 몽롱하던 뚱뚱이의 눈에 퍼뜩 놀라는 빛이 서렸다.

"미안타, 상룡아…… 내가 모질라가…… 잘못했다. 화내지 마라."

"하든 이야기나 마저 해봐라. 그래가 어떻드노?"

"우예 그랬든 동, 니가 첨 들올 때도 한낫도 아프지도 않고…… 신기하게…… 미낄미낄하고 안 아프데……"

"그래가?"

"이상커로 몸이 금방 붕붕 뜨는 글고, 그라이까네 내도 부끄럽은데…… 그래도 좋은 글고……"

"그래가 눈까리를 희멀건하구로 해가 내한테 매달기고 끙끙대고 악쓰고 그래 했나?"

정실이 수줍게 몸을 비틀었다.

"모린다. 내는 우예 했는지…… 고마 무지개가 뜨는 글이 몸이 둥둥 하고……"

"그라모 니가 옛날부터 내를 좋아한 기가?"

"내가 우예……"

"아이란 말이가?"

"고마 마음이 그랬단 말이제…… 옥돌 같은 니를 우예 똑바로 바라보기나 했겠나…… 한솥밥 농가 묵는 그기 영광이제……"

"내가 니를 갖고 놀아도 영광이고?"

"황감하제…… 감히 내가 어찌…… 꿈이나 꿀 일이가 어데……"

"니 빙시 아이가. 내가 니를 강간한 긴데 그기 그래 좋드나."

"아이다. 강간 아이다."

"강간 아이모. 그럼 먼데?"

"먼지는 몰라도 그거는 강간 아이다."

나에게 강간당하는 영광을 누린 정실이 우직한 충성심으로 눈을 빛냈다. 나는 죄책감에서 벗어났을 뿐 아니라 상궁 나인에게 승은을 내린 왕처럼 조금 우쭐해졌다.

"그라모, 내가 놀고 저운 대로 니를 가지고 놀다가 장가갈 때는 딴 각시 얻어 가도 되는 기가?"

"하모."

깜짝 놀라도록 신속하고 확고한 대답이었다. 하지만 정실의 눈빛이 곧 슬퍼졌다.

"니 각시는 이쁘하고 고와야제…… 내매이로 널찐 메주띠이 같은 기…… 몬생기기만 했나 어데…… 다리빙시에다 부엌디기에다…… 얼라도 못 놓을 기라 아이가…… 내는 암때도 시집 못 갈 몸이이까네 맹 니가 맘대로 해도 괜찮다."

"삼복에 얼어 디질 소리 언가이 주낀다. 고마 치아라."

한마디도 틀린 것 없는 정실의 냉혹한 현실에 나는 그만 기분이 언짢아지고 말았다. 물론 처음엔, 마음대로 가지고 놀다가 적당히 모른 체할 생각이었다. 그러기에 정실만큼 만만한 상대도 없을 것이라는 약삭빠른 계산이 이미 옛날부터 서 있었기 때문에 그날 정실의 다리를 걸어 넘어뜨린 것이었다. 하지만 밤이나 낮이나 틈나는 대로 몸을 섞으며 보낸 한 달 남짓한 시간 동안, 정실을 향한 내 마음은 알 수 없이 변해갔다. 이제는 정실 아닌 다른 여자를 향해 알몸을 벗어 보일 용기가 나지 않았다. 정실에게서 다른 여자에게 장가를 가라는 말을 듣는 것이 과히 유쾌하지 않았다.

못생기고 뚱뚱한 보리문디 가스나한테 느껴지는 사랑의 감정도 예쁜 여자한테 느끼는 것과 다르지 않았다. 나에게 사랑은 하나였고 그건 정실을 향했다. 그동안 자존심 때문에 인정하지 않았을 뿐, 나는 정실에게 질투와 독점욕, 응석 부리고 확인하고 싶은 마음 등의 일상적인 연애 감정을 모두 느꼈다. 그리고 언제나 한결같이 우직하게 돌아오는 사랑과 믿음의 메아리는 끝없이 목말라 하고 두려워하며 의심하는, 내 상처받은 마음에 더할 나위 없는 치료제가 되어주었다. 태어나면서부터 불신과 배반, 유기遺棄와 경멸에 절어 살아왔던 나는 흔히 연애에 동반되는 감정의 줄다리기를 견뎌낼 심적인 여유를 가지지 못했다. 근본을 밑바닥까지 알면서도 무조건적이고 전폭적인, 무모하고 맹목적이라 할 수 있는 애정과 신뢰를 보내주는 사람, 내가 사랑할 수 있는 건 정실뿐이었다.

"니 내한테 줘맞고 어데 터진 데는 없나?"

"모리겠다. 아픈 데는 없는 것 같다."

"칭거무명라도 졌시모 아지매가 이상커로 생각할 긴데."

"괘않다. 살이 두껍어가지고……"

나는 초콜릿 루나티크에서 받아온 쇼핑백을 내밀었다. 정실은 물색없이 좋아하며 길쭉한 비로드 상자를 열었다.

"이기 머꼬?"

"쪼꼬렛이다. 무라."

"이기 쪼꼬렛이란 말이가. 내는 목걸이 같은 긴 줄 알았더만."

"내가 목걸이 살 돈이 어데 있노. 이것도 누가 공짜로 주길래 받아 온 기다."

"이래 이쁜 거로 우예 먹어치울 기고."

"마 시끄럽다. 퍼뜩 묵고 가봐야 된다."

시계는 새벽 네시를 가리키고 있었다. 잠시 후면 할아버지가 어김없이 일어날 시간이므로 이제는 조심스러이 내 방으로 돌아가야 할 시간이었다. 우리는 초콜릿을 반으로 쪼개어 나눠 먹었다. 몇백만원짜리인지 모르겠으나 과연 맛은 좋았다. 나는 단것을 좋아하지 않기 때문에 제 몫을 널름 먹어치운 정실에게 내 것을 더 쪼개 주었다. 초콜릿 루나티크의 여인이 말했듯이, 이 운명의 칼을 나눠 먹음으로써 정실에게 어떤 영원한 고귀함이 깃들게 될지 자못 궁금했다.

방으로 돌아온 나는 몹시 피곤했지만 한참 동안 잠을 이루지 못했다. 여름방학이 끝물에 접어들면서 늦여름의 새벽은 어느새 찬 기운을 머금었다. 시원하다기보다는 서늘하다는 느낌에 가까웠다. 나는 정실의 보드라운 속살에 밤새도록 몸을 비비대면서 강보에 싸인 아기처럼 행복하게 잠들기를 소망했다. 하지만 뜨거운 마찰의 열기가 채 식기도 전에 엉겨붙은 두 몸을 떼어내 각자의 방으로 돌아가야 하는 것이 지난여름 내내 계속된 우리의 현실이었다. 밤바람에도 낮의 열기가 후끈하게 녹아 있던 한여름에는 섹스가 끝나면 곧바로 헤어져 방으로 돌아가는 것이 차라리 시원하고 좋았다. 하지만 한낮에도 폭염의 기세가 눈에 띄게 꺾이고, 어느덧 밤바람이 서늘해지자 꼭 붙이고 있는 서로의 살결이 따뜻해 좋다는 생각이 들었고, 헤어짐은 점점 더 참기 힘든 것이 되어갔다.

이제 가을이 다가오고 겨울이 되면 우리의 사랑놀음은 한층 더 힘든 고비를 맞게 될 것이다. 행랑채와 별당을 손질해놓았다 하나 쓰지도 않는 방에 날마다 군불을 땔 수는 없는 일이었다. 불도 때지 않은 냉골에서 서로의 체온만 믿고 알몸이 된다는 것도 미친 노릇이었다. 그렇다고 다시 날이 더워지기만을 넋 놓고 기다릴 수만도 없었다. 날이 추워지면 그때는 정실이 조심스레 내 방을 드나들 수밖에 없을 것이다. 그러나 잠귀가 밝은 할아버지의 방을 마루 너머에 두고 그런 모험을 한다는 것은 너무나 위험한 일이었다.

그동안 태양의 열기에 힘입어 대책 없이 즐기기만 했던 사랑놀음을 지속 가능하고 안전한 것으로 만들기 위해서 고민해야 할 시기가 닥쳐오고 있었다. 잠시, 정실과의 관계를 한편에 밀어두고 할아버지의 마음에 흡족할 만한 배우자감을 찾아볼까 하는 생각도 들었다. 그렇게 한다 해도 정실은 아무 불만도 가지지 않겠노라고 분명히 말했다. 일찍 장가를 들어서 허전한 베갯머리를 따뜻한 육신으로 채우는 것도 좋을 것 같았다. 정실은 늘 변함없이 머릿방을 지킬 것이니 틈틈이, 기회가 닿는 대로 관계를 가지면 될 것이었다.

하지만 아버지의 옴팍한 원숭이눈이 떠오르자 나는 곧 고개를 내저었다. 죽어 귀신이 되어서도 해월당 어머니의 푸른 그림자와 함께 눕기를 거부하고 아직도 방탕을 그치지 않는 아름다운 아내만을 기다리는 슬픈 아버지. 그의 고집 센 정념을 내 핏줄 속에 남모르게 간직하고 있었다. 안방에 또 한 명의 불행한 여인을 들여 해월당 어머니의 푸른 이마를 닮아가게 하는 것은 도저히 내양심이 용납할 수 없는 일이었다. 정실과 그렇게 많은 밤, 그렇게 원색적인 육신의 놀음을 벌였어도 한 번도 나를 두렵게 한 일 없는 해월당 어머니의 팔열지옥은 해월당 어머니의 외로운 보료를 물려받을 껍데기뿐인 새색시의 영상 앞에서 비로소 성난 울음을 하며 불타올랐다. 그것이야말로 초열의 불꽃이 앞으로 팔만 팔천 년 동안 나의 살갗과 내장을 지져대어도 씻지 못할 죄악이었다.

정실과 결혼할 수는 없을까? 나는 기개가 굳거나 모질지 못한 인물이었다. '정실을 사랑하오'라고 세상을 향해 말했을 때 해일처럼 몰아닥칠 조소의 벽을 혼자 이겨낼 자신이 없었다. 세상 사람들의 비웃음은 한편으로 밀어둔다손 치더라도, 정실을 손자며느리로 맞이하시라고 할아버지 앞에서 조동아리를 나불거렸다가 목침에 이마가 깨져 쓸쓸히 죽어가는 내 모습을 상상하면 그 어떤 뜨거운 사랑의 불길도 물바가지를 뒤집어쓴 듯 급속히 냉각되었다.

여름날은 가고 있었다. 태양열에 힘입은 우리의 사랑놀음도 끝나가고 있었다. 되도록이면 의식 속에 떠올리지 않으려 했던 우리의 미래도 주머니 속에 넣어둔 송곳처럼 자꾸만 뾰족하게 머리를 치켜들려 했다. 나는 잠시 다람쥐 쳇바퀴 도는 것 같은 생각을 하다가 스르르 잠에 빠져들었다. 언제까지 이런 식으로 회피할 수 있을 것인가 하는 두려움도 무거운 눈꺼풀에 파묻혔다. 지금은 아무것도 할 수 없었다.

한마님 전 상살이
문

안 알외옵고 초춘初春 환절換節 일기 고로압지 못하온데 한마님 귀체 만안하옵신 문안 아옵지 못하여 주소晝宵로 복모 부리압지 못하와 하압나이다.

못난 손녀 한살이가 수나롭지 못하여 시시로 권권하시니 불효의 대죄 벗을 길 없사옴에 눈물이 앞을 가리옵내다. 일신이 부덕한지라 참경을 보온 것으로 모자라 헌헌장부마저 저리 시들어가오니 차마 하늘을 바라보기 부끄러운 몸이라, 붓을 들어 일자 소식을 전하는 것마저 유한정정幽閑靜貞하옵신 한마님께 폐롭지 아니할까 젓사와 글월 드물었사옵내다.

아뢰옵기 송구하오나 사랑의 몸병은 위와 목에 돌처럼 굳은 혹이 생겨 거죽 위로도 만져질 지경이 되었사오니 이제 거리치기* 어려울 듯하옵내다. 거둘이를 통해 듣자오니 일전에는 존구께옵서 사랑에 지관을 들이시었다 하오니 아마도 멸리케* 하시는 모양이라 하였사옵내다.

사랑은 이제 물조차 제대로 넘기지 못하오며 말소리는 거의 알아듣기 힘든 지경이오나 오늘은 소강小康을 얻어 소세까지 하야 보랴 몸을 일으켰사오니 막막하기 그지없던 졸처拙妻의 마음에 한줄금 빛이 되었나이다. 기신氣神을 조금이라도 차릴 듯만 하오면 "내 한몸 떠나는 것은 두렵지 않으나 아들을 장성토록 키우지 못하여 계대할 일이 막막하니 무슨 낯으로 조상을 뵈올꼬" 하고 탄식하다가 또한 "사람으로 태어나서 앙사부모仰事父母 하육처자下育妻子 하는 도리를 다하지 못하니 사람으로 지음받은 것이 차라리 섧소. 불가佛家에서도 애별리고愛別離苦가 제일 애달프다 하던데 참척을 두 번이나 보오실 부모님은 어찌할 것이며 부인의 서러움은 다 어찌 겪으시려오" 하고 남

---

* 거리치기 : 구제하기.
* 멸리 : 묏자리를 알아봄.

160

은 사람들을 걱정하오니 거막巨瘼*에 몸은 피폐하였사오나 인정만은 여전히 다숩기 그지없어 차마 민답悶沓*하였나이다. 덕은 타고났으되 명은 어찌 이리 받지 못했으리잇가. 일 점 죄지은 일 없던 민재를 데려가신 후 사랑에게는 이리도 급박히 몸병을 내리시니 천지신명은 정녕 선한 이를 사랑하지 않으시는가 하오이다.

여쭈옵기 낯없사오나 사랑의 몸병이 있은 후에도 존구고께옵서는 "잉태하여야 한다. 하루라도 몸 성할 적에 자손 보아야 한다" 하시며 이 몸을 사랑에 들게 하시었사오니 기나긴 투병에도 부부간의 정은 도리어 도타웠나이다.

존구께옵서는 훗날의 일에 대비하여 시외종조부와 함께 다니며 양자 들일 길도 알아보시는 듯하오나 하냥 여의치 않사오니 집안에 드리운 먹구름이 가실 줄을 모르옵나이다. 사랑까지 칠 대에 독신이 이어졌으매 이미 친가로는 당내지친堂內至親이 없사오니 대종가에 가본들 아들 구걸하러 온 이에게 남이나 다르지 않다 하오이다. 멀리 남원 땅에 사랑과 같은 항렬자 쓰시는 분으로 아들 세 분 두신 복 많은 이 있어 존구께옵서 내구內舅* 어르신과 더불어 한걸음에 달려가셨으나 "많지도 않은 셋

* 거막: 구제하기 힘든 큰 병.
* 민답: 딱한 심정으로 가슴이 답답함.
* 내구: 외숙부.

을 뉘에게 주라 하오? 내 형님 댁에도 아들이 하나뿐이라 혹시 모르니 둘은 있어야 하겠고 막내는 나이 어려 보낼 수 없소"하고 아무리 딱한 사정을 하소연해도 듣지 않으니 찬바람만 맞고 오셨다 하옵내다. 문중의 어른이라 할 이 저리도 없어 매양 쇠체衰替하야 가옵는 일 불쌍하옵내다.

존고께옵서 "수양收養*허십시다. 정히 양자 들일 사람 없다면 수양허십시다" 하고 간곡히 권하셨으나 존구께옵서는 불길같이 역증 내시며 "종가에서 소목昭穆*의 예를 지키지 못한다면 천하의 웃음을 살 일이니 다시는 거론치 마오. 근본 모르는 것을 주워다 어찌 향화香火를 받들게 하리? 수양은 개돼지 천한 것들이나 할 일이라"하고 돌아앉으셨다 하옵내다.

존고께옵서 여러 번 권하시다가 도리어 존구의 괄한 성정만 덧내어 놋재떨이가 구들을 찍고 타구唾具가 창호를 뚫었다 하오니 소손녀는 그저 고개를 들지 못할 따름이옵내다. 계집이 박복하여 아들과 서방을 건사치 못한 죄 심중하옵내다만 존구께옵서 언성 높이신 다음날은 사랑의 눈자위가 더욱 퀭해지고 기신을 더욱 주체하지 못하는 것이 졸처의 눈에 처연하옵기 감히 원망의 마음조차 품어지는가 하옵내다.

---

* 수양 : 3세 이전의 남의 자식을 자식으로 삼아 기름.

* 소목 : 사당에 신주를 모시는 차례. 1세 조상을 가운데 두었을 때 왼편을 소昭, 오른편을 목穆이라 함. 항렬의 순서를 지키며 대를 이어가는 질서를 뜻함.

하온데 사날 전부터 눈앞이 허망하고 속에서 비뉘한 기운이 자꾸 느껴지는 것이 혹여 태기인가 하여 의원을 청한바, 태맥이 짚인다 하오니 만불행중일행萬不幸中一幸인가 하옵내다. 지아비가 중환重患으로 누운 중에 아녀자가 잉태함은 후안무치厚顔無恥, 고개를 들지 못하여야 할 일이겠으나 집안의 사정이 이리 절박하다보오니 예를 따질 겨를조차 없어 부끄럽사옵내다.

아뢰옵기 외람되오나 사랑의 여년餘年이 길지 않을 것이옵기 태중의 생명이야말로 조씨 가문의 마지막 희망이라 할 것이옵내다. 비옵나니 아들을 낳아 사랑의 마지막 발걸음이나마 가벼이 해주고픈 마음 간절할 따름이오며 옹졸한 아녀자의 소견으로는 혹여 딸을 낳을지라도 무릎 아래 사랑의 일 점 혈육이나마 거두게 된다면 헐복歇福한 이 몸의 여생에 그보다 더 바랄 일이 없으리이다.

두미없는 망설로 한마님의 심기를 어지럽힌 죄 만 번 죽어도 씻을 길 없사오나 무람없이 적은 울울심사鬱鬱心思를 한마님 널리 하량하여 주옵시기를 엎드려 바라오며 인편 총총하와 두서없는 난필을 거두나이다.

갑술甲戌 원월元月* 열이렛날 손녀 살이.

---

* 원월 : 음력 정월의 딴 이름.

조실 보아라.

네 집이 그리 지궁至窮한 시절에 태중에 둘째 아기 들어섬은 무비無非* 조선祖先이 음우陰佑하오심이니 긍긍업업兢兢業業할밖에 어찌 옛 성현들이 만세의 범範을 드리오신 것을 감히 의심하리오. 집안의 형편이 구극究極에 달하였으니 오로지 하늘이 도우시기만을 한마음으로 기원할 일이라. 네 수란愁亂하여 대근할지나 망의자중妄意自重하고 오로지 마음가짐을 도슬러 생남계대할 소임을 다할지라.

갑술 원월 스무하룻날 할미 씀.

---

* 무비 : 그렇지 않음이 없이 모두.

불천위제 不遷位祭

　불천위 제사가 있는 날이었다. 근동의 여인네들이 와서 여러
가지로 도와준다고 하지만 아무래도 달시룻댁이 고생을 하게 되
는 터였다. 네댓 명의 여인네들은 나물을 다듬고 제수 거리를 장
만하느라 제각기 바빴고 정실도 번철 하나를 차지해 쭈그리고 앉
아 있었다. 좋은 초가을 볕에 제기祭器를 내놓아 거풍시키던 달시
룻댁이 고개를 들자 곁눈질하고 있던 나와 눈이 마주쳤다. 그녀
는 어쩐 일인지 나를 손짓해 안채 마루에 앉게 했다. 나는 도둑이
제 발 저린 심정이 되어 차마 그녀와 눈길을 마주치지 못한 채 마
주앉아 있었다.

　"상룡아, 니 오데 사귀는 아가씨 있나."

　"야? 은지예…… 금방 제대했는데 어데 아가씨가 있겠니껴."

　"아직 나아 많지 않으이까네 급하게 생각할 거는 없지만서도,

그래도 니는 고마 니 한몸띠이만 챙기모 되는 사람이 아인 거는 니도 잘 알제?"

"……"

"봐라. 이 제사 일이 좀 많고 복잡나. 대대손손 권세 조상 모시는 그거이 다 영광스러운 일이지만서도, 이를 다 주관하는 사램은 참말로 자게 일 아이믄 못하는 기그든. 내하고 정실이 효계당에 뿌리내린 지도 벌써 이십 년이 다 돼가고 다 으르신 은덕이까네 내는 내 일이거라 하고 한다. 으르신 은덕을 생각하모 내가 몸띠이를 애끼지 않고 뼛가리가 펄펄 날리도록 일을 한다…… 한데 내가 다 늙지도 않아가 점점 힘에 부치는 기라. 이 일을 우얄기고?"

"많이 에럽니껴?"

"크일이다. 약을 무도 침을 맞아도 그기 그기다. 내가 밥만 축내고 일을 못 하이까네 참말로 심정이 까시방석에 앉은 그기다."

"아지매요, 무신 그런 말을 하니껴. 아지매는 가족이나 한가지니더. 그래 생각지 마시더."

"아이다. 그런 거이 아이다. 상룡이 니 맴은 참말로 비단결 같지만서도…… 세상 인심은 그런 거이 아이거든. 이라다 내가 한분 권치뿔만삐끗하면 고마 두 몸띠이가 눈치 덤비기 되고 마는 기라. 내가 그 생각을 하모 자다가도 눈이 뜨지고……"

달시롯댁이 자다가도 눈을 뜬다는 말에 내심 움찔했으나 그것은 비유적인 표현임에 틀림없었다. 지난 두어 달 동안 그녀의 딸이 치마마다 새벽이슬을 두르며 밤나들이를 다녔어도 달시룻댁은 한 번도 눈치를 챈 일이 없었으니까 말이다.

달시룻댁의 한숨 앞에서 나는 죄인이 된 심정이었다. 달시룻댁의 오갈 데 없는 형편을 딱하게 여겨 할아버지가 선심 쓰듯 효계당의 머릿방을 내준 것은 사실이지만, 달시룻댁의 헌신이 아니었다면 오늘날 효계당이 이만한 품위를 유지할 수 없었을 것이다. 더구나 내가 알기로 할아버지가 지불하는 노동의 대가는 극히 박했다. 그녀가 효계당을 떠난다면 그만한 보수를 받고 이 큰살림을 떠맡아줄 사람을 다시 구한다는 것은 불가능할 터였다. 두 갑절 세 갑절의 보수를 약속한들, 이 시골구석 외딴집에 와서 달시룻댁만큼 공들여 살림을 보살펴줄 사람이 또 있을지 의문이었다.

"암튼지 간에, 상룡이 니가 빨리 장개를 가야 하는 기라. 그래야 내도 한시름을 놓제. 니가 내 말을 섭섭거로 들으모 안 된다. 내가 살림 에럽어서 꾀부리는 기이 아이고, 그래는 듣지 말고. 이 집에 안주인 없은 지가 벌써로 한참 되지 않았나. 해월당 마님도 몸띠이만 안방에 있었제 맘은 여게 사램이 아이였고. 그라이까네 니가 참한 규수를 얻어가, 복 좋게 금실 좋게 알공달공 살믄서 이 집을 너거 두 손으로 가꽈야 한다 말이다. 상룡이 니가 맴은 비단결 같은데, 조씨들이 다 맴은 비단결 같은데, 거거를 내놀 줄을 몰라. 겉으로 보이 차갑그든. 그라이 이래 옥돌매로 곱게 생기도 따르는 처자가 없제. 니도 그래 방에만 처박히가 있지 말고, 젊은 사람매로 나가 놀고 그래 해라. 그래야 여자친구도 생기고 장개도 옳게 간다."

"아지매요, 지가 어델 가서 연애를 허겠니껴. 방구석에 들박히가 있다가 할배 정해주는 대로 가야 안 하겠니껴."

"마 으른도 따로 생각이 있실 기구마. 으른 보시는 눈은 따로 있겠지만서도…… 그래도 부부가 정 없시모 한펭생 살기가 참말로 수울찮다. 니 눈에 고운 사람을 은으야 둘이 뜻 맞차가 큰살림 챙기제. 도리만 가지고는 참말로 힘들데이. 옛날하고는 세상이 다르이까는. 으른도 워낙 걱정이 있시니 니가 비우 맞추기가 어려울 기는 알지만서도……"

"아지매는 혹시 모르니껴. 할배가 제 혼처 마이 알아보시지예?"

"내가 머라꼬 그런 일을 알겠노."

"그라지 말고 아는 대로 말 잠 해보이소. 내도 뭘 좀 알아야 처자를 구하든 연애를 하든 안 하니껴."

"알아보시겠제…… 지금 이 집안에서 젤로 중한 일이 그기 아이겠나. 근데 요새 종손집 혼반婚班이 하도 내리가…… 옛날사 갑족甲族이었지만서도…… 으른 많제 제사 많제 어데 젊은 처자가 오고 싶어하겠나. 으른 맴에는 종혼宗婚을 바래시는갑드만 그래는 차례가 안 돌아오고…… 일전에는 종혼이 다 된다 싶다가 끝장에 파토가 났던지, 해목 으른을 앞에 두고 역정을 역정을, 말로 다 못한다."

"해목 으른요?"

"그래. 해월당 마님 당숙 으른 안 있나. 아마 그 양반이 중신을 서신 거이 중간에 잘못된가봐. 으른이 하도 성을 내시이까네 해목 으른이 우스개로다. 고마 종손 장가 정 못 들면 필리핀 각시라도 하나 구해준다고 걱정 말라 하더라. 요새 집집마다 종손들 치우기가 하늘에 별 따기라고. 그래 종손들 치우기가 숩잖으이까네 니가 자작으로 맞춤한 처자만 델꼬 오만 고마 씨게실 기구마. 내는 그래 생각는데……"

달시룻댁이 전하는 이야기를 듣고 나는 피식 웃음을 흘렸다. 어느 집안의 종녀宗女를 탐내시다가 일이 틀어졌는지 모르겠지만, 노발대발하는 할아버지 앞에서 필리핀 여인을 종손부로 맞으라고 농을 쳤다는 해목 선생의 여유가 웃음을 주었다. 이리 가도 저리 가도 어차피 팍팍한 세상사인 것을, 그렇게 웃어가며 살아넘기면 얼마나 숨쉴 만하랴 싶었다.

달시룻댁이 바쁜 중에 주제넘는 말이 길었다는 듯 고개를 내저으며 힘겹게 무릎을 짚고 몸을 일으켰다. 안마당 한구석에서 정실의 널찍한 등짝이 보였다. 달시룻댁과 내가 이야기를 나누는데 쫑긋한 기색도 없이 귀 떨어진 대추주악 한 조각을 입에 밀어넣는 모습이 천하태평이었다.

오후부터 하나둘 제관들이 모여들어 할아버지께 인사를 올리고 사랑채에서 저간의 안부를 나누기 시작했다. 나는 차종손이기도 하지만 가장 만만하게 부려먹을 수 있는 젊은 인력이기에 수시로 안채와 사랑채를 드나들며 인사를 올리고 일손을 거들었다.

제대하고 맞는 첫 제사라 사람들은 유난히 나에게 인사를 많이 차렸다. 강간범의 그림자는 제복을 입고 서 있는 원근 지손支孫들에게 고루 분산되어 드리워졌다. 나는 인사를 청하는 모든 늙수그레한 얼굴들마다 한 명씩 정실과 짝을 지어서 고방 어둑한 그늘에 엎어놓아보기를 거듭했다. 이 불행하고 소모적인 상상 회로는 안 그래도 예민한 나의 신경을 몹시 피곤하게 만들었다. 나는 제관들에게 유난히 굽실거리기도 하고 갑자기 뻣뻣하고 퉁명스럽게 굴기도 했다.

"군대 갔다 왔다 하더이 상룡이 아직 어리바리하구마."

아무래도 자연스럽지 못한 내 꼬라지에 대한, 흰 수염 성성한 제관의 예리한 지적이었다. 이 말에 사람들은 "괜찮다" 하고 내 편을 들어주기도 하고 허허 웃으며 암묵적으로 동의하기도 했다. 파르르 화닥닥 낯빛이 변하는 내 얼굴 가죽의 얄팍함에 스스로도 짜증이 나 견디기 힘든 지경이었다. 나는 되도록이면 사랑채에 걸음하지 않고 바쁜 일손을 핑계삼아 안채 쪽만 어른거렸다.

"오랜마이다. 군대 가가는 잘 지냈제?"

고성의 강민 아재가 굳이 안채까지 찾아와서 쾌활하게 인사를 차렸다. 늘 걱실걱실하고 집안일에 잘 나서서 어른들 사이에 평판이 좋은 인물이었다. 불천위 제사가 다가올수록 이 인물을 만나야 한다는 생각에 괴로웠던 터였다. 시치미 뚝 떼고 자연스럽게 행동하기 위해 여러 모로 궁리도 하고 정신 수양도 했건만, 막상 눈앞에서 대하니 그 모든 것을 다 잊고 한 대 치고만 싶었다. 잇몸이 저릴 정도로 어금니에 힘이 들어갔다. 나는 원래 폭력적인 기질이 아니었지만 제대 직후라서 내 몸과 마음은 일생 최고로 폭력에 적합한 상태였다. 그가 친근하게 내 어깨를 두드리려는 낌새를 채고 온몸의 피톨들이 폭력을 갈구하며 야수처럼 울부짖었다.

"여 있니더!"

강민 아재의 손이 내 몸에 닿기 전에 나는 안채에서 부르기라도 한 것처럼 황급히 돌아섰다. 등짝에 꽂히는 강민 아재의 약간 의아한 눈빛을 몸서리치듯 털어내며, 나는 마음속으로만 여러 번 그의 목줄기를 졸랐다.

어둠이 깊어갔다. 음식을 매만지는 달시룻댁과 여인들의 손길이 바빠졌다. 정실은 내가 여러 번 이른 대로 안채 마당 한가운데에 단단히 퍼져 앉아 있었다.

"빙시야. 안 보이는 데로 숨다가 드런 일 당한다 아이가. 젤로 잘 보이는 데 주잖아 있으라마. 내도 오가면서로 딜다볼 테이까네."

그래서 정실은 수많은 제관과 여인 들 앞에서 그 못생긴 얼굴과 터질 것 같은 살집을 과시하면서 안마당 한가운데의 수도가 자리를 차지하고 앉아 있었다. 나물 무친 양푼이나 도마 같은 것이 나오는 대로 씻어내는 것이 정실의 일이었다. 수도가를 비치는 알전구 불빛에 남의 허벅지같이 두꺼운 허연 종아리는 물론이고 보기 싫게 뒤틀린 가련한 두 발목도 그대로 드러났다. 남정네들은 물론이고 여인네들까지도 정실이 왜 저 꼴을 하고 제일 눈에 잘 띄는 수도가에 주저앉아 있는지 한 번씩 업신여기는 눈길을 던졌다.

"니는 고마 들가가 자라 마."

영덕 아재의 처 되는 사람이 정실의 어깨를 쿡 찌르기도 했지만 정실은 쇠 죽은 귀신처럼 수도가를 고수했다. 물론 정실은 내 엄명을 어길 생각이 조금도 없었다. 정실이 묵묵히 감내하는 수모가 짠물처럼 내 상처를 핥았다.

분합문分閤門을 높이 들매여 달아 세 방향이 모두 훤히 트인 큰 사랑방에서는 어느덧 제물을 거의 진설하고 자시가 오기를 기다리고 있었다. 각처에서 모여든 제관이 스무 명 남짓 되었다. 할아버지는 보통보다 높게 만든 검은 치포관緇布冠을 쓰고 백세포白細布로 만든 심의深衣에 대대大帶를 둘러 여럿 중에서도 눈에 띄었다. 다른 제관들의 몫으로 삼베로 만든 유건과 도포가 준비되어 있었다. 나도 유건과 도포를 입고 사랑방 맨 뒷구석에 섰다.

"가자."

할아버지가 방문을 나섰다. 나는 신주를 모시고 올 죽사竹笥를 안고 할아버지의 뒤를 따랐고, 젊은 제관 몇몇이 내 뒤를 이었다. 어두운 밤을 밝히는 백열 알전구가 사랑채 너머 뒷숲 그늘까지 한 줄로 이어져 있었다. 한때는 촛대에 불을 밝혀 들고 가기도 했으나 화재가 날 수 있다 하여 수년 전 전깃불을 설치했고 등롱도 전구가 들어 있는 것으로 바꾸었다.

뒷숲 그늘 아늑한 곳에 돌담으로 일곽이 에워싸여 있었고 그 안에 사당과 부조묘不桃廟가 있었다. 사당에는 4대조까지의 신위가, 부조묘에는 불천위 교지를 받으신 양정공의 신위가 모셔져 있었다. 효계당이 쇠락을 거듭하던 시절에 부조묘는 헐어 옛 모습을 알 수 없는 지경이 되었고 양정공의 신위는 효계당 다락 한 구석에 남색 보자기로 싸인 채 묻혀 있었다고 한다. 할아버지가 별묘를 복원하고 불천위 제사를 다시 지내기 시작한 것이 이십년 남짓 되었다.

할아버지의 뒤를 따른 예닐곱 무리는 할아버지가 사당의 동쪽 계단을 오르는 동안 잠시 멈추어 기다렸다. 조계阼階라 불리는 동쪽 계단을 오를 수 있는 사람은 종손인 할아버지뿐이었으며 장차 종통을 이을 차종손인 나만 할아버지의 뒤를 따랐다. 누군가 사당의 한쪽 구석에 등롱을 내려놓았다. 등롱은 귀신을 놀래키지 않으려 침침하고 어두웠다. 따뜻한 느낌을 주는 불그레한 빛이 감실의 작은 분합문과 나지막한 향탁을 어슴하게 드러냈다.

사당 밖에 매달린 알전구가 바람에 흔들리는지 사당 안에 드리운 할아버지의 어두운 그림자가 혼불처럼 너울너울 춤을 추었다. 할아버지는 엎드려 절하며 출주出主를 고했다.

"금이今以 / 현 십오대조고 절위대장 부군顯 十五代祖考 節偉隊長 府君 / 원휘지신 감청遠諱之辰 敢請 / 신주 출취정침神主 出就正寢 / 공신추모恭伸追慕."

할아버지는 절하고 일어나 분합문을 열고 신위를 받들었다. 나는 들고 간 죽사에 신위를 넘겨받았다. 서늘한 초가을 바람 속에 멀리서 두견새가 울었다. 효계당 지붕의 푸른 불길은 근래 보기 드물 정도로 짙어져 있었다. 그것은 살아 있기라도 한 듯 안개처럼 지붕을 타고 슬금슬금 넓게 번져나가 사랑채 처마 밑으로 푸른 불똥을 뚝뚝 떨구고 있었다. 나 말고는 아무도 그 귀신불에 관심을 가지지 않는 것이 낯설게 느껴졌다. 한두 번 효계당의 귀신불이 화제에 오른 일이 있었지만 대부분 "오래된 집에는 다 그런 거이 있는 기라" 하는 정도로 대수롭지 않게 생각하는 듯했다.

내 품에 안겨 있는 신위에는 17대조 양정공의 영혼이 서려 있었다. 나는 그 신체神體를 모시는 사령으로서 허옇게 센 머리 앞에서도 고개를 숙이지 않았다. 신의 사제인 내가 아무도 관심 가지지 않는 한낱 귀신불 따위에 마음이 쏠려 있는 것이 내심 부끄럽게 여겨졌다. 나는 지붕에서 흘러내려 낙숫물처럼 바닥을 때리는 푸른 불똥에서 눈길을 거뒀다.

신주는 제상 앞에 놓인 교의交椅 위에 정중히 모셔졌다. 할아버지와 문장 어른이 제사의 주관자로서 맨 앞에 나란히 섰고 나는 뒤편에 서 있는 제관들 틈으로 섞여들었다. 할아버지는 집사로부터 술잔을 받아 모사기茅沙器에 조금씩 세 번 나누어 부었다. 이로써 신주에 깃든 혼령이 제사에 온전히 임하시는 것이라 했다. 제관 모두는 재배하여 참신參神했다.

할아버지가 다시 잔을 올리고 부복했다. 초헌初獻이다. 할아버지의 움직임은 참으로 미려하고 단정했다. 일흔을 넘긴 연세에도 할아버지의 척추는 대나무처럼 꼿꼿했으며 팔다리의 움직임도 유연했다. 서두름도 늘어짐도 없이, 두 손을 앞으로 모아 땅을 짚고 두 무릎을 굽히는 동작 하나하나가 자로 잰 듯 반듯했다.

할아버지의 절은 협소한 예법의 형식을 이미 벗어난 것이었다. 그것은 조상의 신위 앞에 기꺼이 봉헌한, 한 자루의 향초 같은 할아버지의 인생, 바로 그 자체였다. 허울만 남은 명문가의 종손으로 태어나 매일 밤 그의 귓전을 맴돌던 귀울음, 애곡하는 조상들의 영혼에게 할아버지는 무심하지 않았다. 수백 년 지녀왔던 세토世土와 영예를 잃고 피울음을 토했던 조상들의 영혼에게 할아버지는 그의 젊은 근육과 진정 피로한 자의 단잠마저 아낌없이 바쳤다. 할아버지가 바칠 수 있는 더 큰 것이 있었다면 물론 망설이지 않고 내놓았을 것이다. 할아버지의 인생은 조상들의 것이었고, 그의 몸은 조상들의 뜻을 오늘에 일구어 내기 위한 근면한 도구였다.

이제 칠십대의 노년에 접어들어 할아버지의 용모와 음성은 살아 있는 한 개인의 것이라기보다는, 그의 육신에 기대어 살았던 수많은 영혼들의 특성들이 육화肉化된 것으로 이미 신적인 고귀함과 절대적인 힘이 깃들어 있었다. 정제된 아름다움을 뿜어내는 할아버지의 움직임은 보는 이에게서 자연스러운 숭모의 염을 자아냈다. 다음에 이어질 아헌亞獻에서 잔을 올리는 나의 움직임은 과연 할아버지의 저 모습처럼 스스럼없고 진실할 것인지, 늘 자신이 없었다.

초헌을 올린 후 미리 쌓아두었던 육적을 진찬했다. 밑에는 두툼한 쇠고기를 아홉 겹 깔고, 맨 위에는 생갈비 한 짝을 모양내어 얹었다. 제수치레에 욕심이 많은 할아버지 덕분에 서안 조씨 가문의 불천위 제사나 시제 상차림은 늘 화려했다. 사실 사가士家의 육적은 생육生肉을 쓰는 것이 아니지만, 왕실과 문묘에 배향된 18 성현의 제사에는 잡은 지 얼마 안 된 정결한 동물의 생육을 올렸다. 그러므로 혈식군자血食君子라는 말은 피가 듣는 희생을 받는 군자, 즉 왕손이나 이 나라 최고의 문성文聖에게 바쳐지는 영예였다.

우리 집안에도 그와 같은 영예가 있기를 열망했던 할아버지는 육적을 완전히 익히지 않고 불에 살짝 그을려 겉에만 피가 보이지 않게 하되 속은 그대로 날고기가 남아 있도록 해서 제상에 올

렸다. 곱게 저민 전복을 말리고 두드려서 육적 위에 한 마리 진줏
빛 기린으로 날게 한 사람은 불천위제를 앞두고 며칠 밤을 새운
달시룻댁이다. 육적은 모양도 장대하거니와 무게도 만만치 않아
제관 둘이 양쪽에서 마주들었다.

"유維 / 세차 갑신 칠월 계유삭 초삼일 무진歲次 甲申 七月 癸酉朔
初三日 戊辰 / 효손 일우 감소고우孝孫 逸禹 敢昭告于 / 현 십오대조고
절위대장 부군顯 十五代祖考 節偉隊長 府君 / 세서천역 휘일부림 추원
감시 불승영모歲序遷易 諱日復臨 追遠感時 不勝永慕 / 근이청작서수謹以
淸酌庶羞 / 공신전헌 상恭伸奠獻 尙 / 향饗."

아헌을 올리기 위해 내가 제상 앞으로 나섰다. 집사가 불천위
의 잔반을 내려 퇴주한 후 다시 술을 따라주었다. 나는 무릎을 꿇
고 모사기에 조금씩 세 번 술을 따라 붓는 삼제三祭를 행했다. 조
상이 계시기 훨씬 이전부터 우리 삶의 터전이 되어주신 땅의 신
에게 먼저 예의를 베푸는 의식이었다. 술잔에는 맑은 술이 절반
정도 남아 찰랑거렸다. 나는 잔반을 향로 위에 올려 그 향을 그윽
하게 높인 후 집사에게 넘겨주고 재배再拜한 후 물러섰다.

커다란 민어와 조기가 높이 괴어진 어적魚炙이 상에 올랐다. 맨
위에는 돔배기상어 고기 꼬치를 커다랗게 뚜껑처럼 덮고 그 위에 상
품上品 다시마를 곱게 갈아 만든 푸른 가루로 안개 속을 헤엄치
는 거북을 그려 얹었다. 거북이 네 지느러미를 휘젓는 모습이나
모가지를 기다랗게 빼서 비뚜름하게 하늘을 쳐다보는 모습이 마

치 산 짐승을 보는 것 같았다. 요즘은 돔배기가 귀하기도 하거니와 팔더라도 저나나 부치게 조그만 조각으로 나누어놓기 때문에 저렇게 곱고 고른 돔배기를 구하려면 영천까지 장을 보러 나가야 했다.

마지막으로 문장門長인 남구南丘 어른이 종헌終獻을 드리고 치적雉炙을 올렸다. 할아버지가 첨잔을 하고 제상 앞에 병풍을 쳤다. 신혼神魂이 번잡한 이목에서 벗어나 느긋하게 흠향할 수 있는 여유를 드리는 것으로 합문闔門이라 했다. 잠시 후 축관이 병풍 앞에서 헛기침을 하여 혼백께 기척을 고하고 병풍을 치웠다. 이제 혼백은 식사를 마치고 돌아갈 채비를 하고 있었다. 혼백에게 숭늉에 밥을 말아 더 드시라고, 조금이라도 더 머무시라고 붙드는 정성을 표했으나 아무리 마음이 지극한들 생과 사의 엄연한 구분을 넘을 수는 없는 일이었다. 남은 후손들은 아쉬움을 남긴 채 재배하여 사신辭神하는 것으로 불천위 제사는 마무리되었다.

"혼백을 받드는 일을 살아 계신 어른을 받드는 것처럼 해야 한다. 그분은 우리의 몸과 마음에 뿌리가 되시는 분이다."

할아버지는 늘 이렇게 일렀다. 하지만 일 년에 열몇 번씩 되풀이되는 이 행사에서 내 정신과 몸이 하나가 되어 혼백을 살아 있는 어른처럼 반가워하고, 더 계시라고 붙들어본 일이 없었다. 나는 태생의 불완전함에 대해 필요 이상으로 방어의식을 느끼며 살았다. 할아버지가 어린 나를 차종손으로 사당에 고유告由하던 날,

나에게 쏟아지던 해월당 어머니의 서슬 푸른 눈빛을 선연히 기억한다. 나는 적실嫡室의 배를 타고나지 못한 절반의 적자였으며, 그런 불완전한 종손을 향해 조상들이 해월당 어머니처럼 서슬 푸른 눈빛을 보내고 있다고 생각했다. 사방에 살고 있는 조상들은 과연 누구를 적손嫡孫으로 원했을까? 밤마다 사내 없이는 잠을 이루지 못하는 탕녀의 자식을 원하지는 않았을 것이다.

나는 이날, 다른 때보다 유난히 더 집중하지 못하고 방심한 상태로 있었다. 그래서 사신을 마치고 할아버지가 신주를 다시 모실 준비를 하는데도 멍하니 바라보고만 있었다. 할아버지의 눈썹꼬리가 꿈틀 치켜올라가고 누군가의 손이 내 등을 살며시 밀고 나서야 나는 정신을 차리고 죽사를 챙겨 앞으로 나갔다. 사당으로 돌아가 신주를 봉안하여 납주를 마친 다음 할아버지는 찬바람이 일도록 거세게 몸을 돌이켜 나에게 등을 보였다. 나는 말없이 빈 죽사를 들고 할아버지의 뒤를 따랐다.

사랑채 앞마당에서는 음복 준비가 한창이었다. 마당에는 벌겋게 달아오른 참숯더미가 이글거리고 있었고, 안채의 여인들은 제상에 올랐던 생고기를 얇게 썰어 꼬치에 꿰어 왔다. 제관들은 불가에 둥그렇게 모여 앉아 술잔을 기울이며 고기 꼬치들을 숯불에 들이밀어 적당히 구워 먹었다. 제수로 사용되었던 과일이며 생선 모두 먹기 좋게 다듬어져 술안주가 되었다. 해마다 초가을 새벽에 열리는 효계당의 불천위제 음복례는 먹거리가 풍성한 향토 바비큐 파티로 마을의 명성을 얻어, 일가가 아닌 마을 사람들도 그 시각까지 잠들지 않고 기다렸다가 마당 한 귀퉁이를 차지하고 함께 술잔을 기울였다. 시제며 묘사 때마다 효계당에 좋이 소 한 마리씩 팔아먹는 정육점 주인은 통갈비짝을 먹을 만하게 썰어주기 위해 이날만은 정육점 문을 닫지 않고 새벽까지 기다려주었다.

나는 일손을 핑계로 다시 안채를 드나들었다. 정실은 시키는 대로 안마당 수도가에 따개비처럼 단단히 들러붙어 있었다. 걱실걱실한 고성의 강민 아재도 일손을 도우며 안채를 수시로 드나들었는데, 나는 그것이 신경 쓰이다 못해 눈에 핏발이 설 지경이었다. 일을 돕는답시고 안채에 드나드는 모든 사내들이 다 곱지 않게 보였다.

사랑채에 가나 안채에 가나, 나이 든 사람들은 하나같이 내 팔뚝을 붙잡고 혼사 이야기를 꺼냈다. 이제 내 나이 스물셋, 아직 대학도 졸업하지 않았을뿐더러 요즘 풍속으로는 결혼 적령기에 이르렀다고 볼 수 없는 나이였지만, 나는 연로하신 할아버지와 가문의 안위를 위해 하루빨리 생식활동을 시작해야 할 책무를 지고 있었다. 어색한 웃음만 지으며 별다른 대답을 하지 않았지만 자기들끼리 열을 올려 대화하는 데에는 별 지장이 없어 보였다.

"인물 같은 거는 보지 마라. 그거는 사는 데에 중요한 일이 아니거든. 종부는, 그저 속이 깊고 부지런해야 하는 기라. 으른을 잘 모시고. 그거이 으뜸 중요하다."

"아아를 잘 놓야제. 그기 더 중하다."

"아이시더. 요새는 다들 둘만 놓고 끝 아이니껴. 얼라 놓는 그 거는 하늘이 정하는 기제 사람 뜻대로 되지 않니더."

"종부가 아이를 못 놓마는, 그라모 우예 하는공?"

"창선 아재 덕분에 그래도 집안이 이마끔 컸잖니껴. 이제는 십 시일반 보종保宗할 여력도 되고 하이까네, 일가 중에서 양재를 들 이도 되지요."

"양자가 좋아도, 종손 놓는 그 경사에 비할 기가."

"놓으면야 최고 좋지요. 하지만 이제는 못 놓아도, 옛날처럼 그 래 깜깜절벽은 아이다, 이런 말씀이시더."

꿀 먹은 벙어리처럼 숯불만 뒤적이는 나를 가운데 두고 늙은 축과 젊은 축들은 이러쿵저러쿵 공론이 한창이었다. 이제는 종 손이 끊어져도 양자 들일 곳이 많으니 걱정없다고 떠드는 사내 는 김천에서 건재상建材商을 한다는 사십대 강태 아재로, 비평준 화 지역인 그곳의 일류 고교에서 일이 등을 다툰다는 그의 두 아 들 자랑을 은근히 하고 싶어하는 눈치였다. 강태 아재의 별다르 지 않은 말이 가슴을 쿡 찔렀다.

'옛날에, 아직 가세를 일으키지 못했던 이십 년 전에는 마땅히 양자 들일 곳조차 깜깜절벽이었지요. 그래서 서손庶孫이나 다름 없는 아이를 차종손으로 세웠지요. 이십 년이 지난 지금, 그 아이 는 어디로 보나 미숙하고 종손의 재목이 아닌 것이 자명해, 이제

는 종손 어른조차 후회하신다지요.'

할아버지와 몇몇 어른들은 사랑채 대청마루에서 음복상을 받았다. 높직한 사랑채에서 형형한 눈빛으로 마당을 내려다보는 할아버지는 일국의 왕 같았다. 어른들은 문중 장학금이며 회보會報 창간 이야기를 나누며 조용히 담소를 나누었지만 노덕리 기만 할배가 가족 묘원 이야기를 꺼내자 갑자기 어색한 분위기가 감돌았다.

"창선이, 어머이가 백수를 못 채우실 긑애. 황명산에 자리를 봐얄 긴데."

기만 할배가 자리를 봐야 한다는 확정적인 표현을 쓰면서 황명산 입성을 기정사실화하려 한 것과는 달리, 할아버지의 표정은 굳고 차가웠다. 기만 할배는 항렬로 따질 때 할아버지의 아재뻘 되는 사이였지만 할아버지의 응대를 보면 멸시하는 기색이 역력했다. 기만 할배의 어머니는 아흔여덟쯤 되는 쪼그라든 노인네로 오랫동안 뒷방을 지키다 이제 죽을 날만 기다리는 모양이었다.

서안 조씨 가문이 몰락하면서 가문의 성지聖地인 황명산은 남평 문씨 집안에 넘어갔었다. 할아버지가 큰 재산을 모으기로 결심한 직접적인 계기가 바로 황명산 소유권을 되찾기 위함이었다고 해도 과장이 아닐 것이다. 이 지역에서도 손꼽히는 명문이며 그 자손들이 정·재계에 고루 포진하고 있는 남평 문씨 쪽에서는 우리 집안을 그 격에 한참 미치지 못하는 잔반 출신 졸부로 대접했고, 황명산을 매입하고자 하는 할아버지의 면전에서도 당당히

멸시의 뜻을 나타냈다. 할아버지는 그때의 모멸감을 평생 잊지
못했다.

배움이 없는 가난한 사람이었던 기만 할배는 황명산이 문씨네
집안 소유였던 시절에 산지기 노릇을 했다. 오늘날 문씨 일족들
이 서안 조씨들을 '우리 집안 산지기 출신'이라고 낮추어 말하는
분개스러운 사태를 초래한 장본인은 그 일에 대해서 일말의 수치
심을 느끼기는커녕 태연하게 "그 어르신들 덕분에 우리가 에린
시절을 굶어 죽잖고 살아 넘긴 기라" 하는 소리를 했다. 기만 할
배와 그 어머니의 뇌리에서 남평 문씨는 영원한 상전이었다.

"어마이 소원이 황명산에 묻히는 기라. 갑족 양반이나 거기 발
을 디디는 거이까네 어마이한테는 그런 영광이 또 어데 있겠노.
생기내생전 그래 고생도 마이 하싰으이까네 좋은 자리 하나 턱 잡
아놓으마 고마 어마이도 가시는 마음이 참말로 편안할 긴데."

기만 할배나 그의 어머니나, 명가의 근친다운 격식이나 품위하
고는 담을 쌓은 인물들이었다. 할아버지의 덕을 보게 된 늘그막
의 몇 년을 제외하고는 평생 그악스러운 가난 속에서 동네의 천
역賤役이나 도맡아 하며 호구糊口하기에도 급급한 처지였다. 기만
할배의 어머니는 노망이 나고부터 젊은 시절의 기억 속으로 되돌
아가 둥지를 틀고 아이건 어른이건 아무 사람이나 보기만 하면
굽실거리며 "어르신 오셨니껴" 하고 인사를 해댔다. 심지어 수년
전 먼저 세상을 떠난 기만 할배의 동생은 남평 문씨의 씨앗이라

는 좋지 않은 소문조차 있었다.

여든을 바라보는 기만 할배의 간청이 점점 애절해지는 것에도 아랑곳없이, 할아버지의 입은 굳게 닫힌 채 열릴 줄 몰랐다. 함께 있던 어른들도 난처한 듯 두 사람을 외면했다. 잠시 후 할아버지는 대청마루에서 일어나 침소로 들어가버렸고 다른 나이든 축들도 하나둘 잠자리를 찾아들기 시작했다. 어깨가 축 늘어진 기만 할배만 사랑 마당으로 섞여들었다. 음복이 과했는지 기만 할배의 입에서는 듣기 거북한 이야기들도 횡설수설 쏟아져나왔다.

오토바이를 타고 마을로 나갔던 통갈비짝이 얄판하니 먹기 좋은 두께로 곱게 썰어져 커다란 소쿠리에 담겨 돌아왔다. 불가에 쭈그리고 있던 사람들이 엉덩이를 뭉기적거리며 소쿠리가 들어올 길을 터주었다. 꼬치에 꿰어진 갈비가 참숯에 기름을 툭툭 떨구며 익어가는 동안 나는 손에 꼬치 하나를 건성 들고 숯불에 얼굴판만 덥히며 쭈그리고 있었다.

"일만 하지 말고 여 나와서 같이 드이소."

성격 서글서글한 사내 하나가 안채에 모여 있는 여인네들을 사랑 마당으로 초청했다. 이제는 할일이 적어진 여인네들도 하나 둘 음복례에 끼어들었고 일부는 자야겠다며 방을 찾아 들어갔다. 새벽 서너시가 되어서야 음복례는 파장 분위기에 접어들었고 몇몇 사람들은 그대로 밤을 새우기도 했다. 불천위 제사는 명현明賢을 선조로 모신 집안의 길제吉祭로, 언제나 축제 같은 분위기였다.

나는 어두운 영혼의 세계에도, 흥겨운 축제의 세계에도 젖어들지 못하는 반명 반암의 상태로 열없이 숯무더기만 뒤적였다. 곁눈질해 보니 안채에서는 아직도 정실이 죽은 듯 수돗가에 엎뎌 있었다. 졸고 있는지도 몰랐다. 며칠 동안 초인적인 노동을 감당해내고 아직도 막바지 뒤처리에 바빠 이제는 발을 질질 끌 지경이 된 달시룻댁이, 정실의 어깨를 쿡쿡 찌르며 들어가서 자라고 하는 것 같았지만 정실은 움직이지 않았다.

문득 견딜 수 없이 정실이 그리웠다. 불천위 제사를 앞두고 달시룻댁이 밤이나 낮이나 바빴던 탓에, 우리는 열흘 가까이 사랑을 나누지 못했다. 주변을 둘러보니 아직 사람들이 숯불 주위에 여럿 모여 있었지만 다들 제각기 술을 마시고 이야기를 나누느라 분주해 보였다. 나는 슬그머니 안채로 발걸음을 옮겼다. 내가 들어오는 모습을 보고 정실이 고개를 들었다. 나는 조용히 별채를 손가락질하고 돌아섰다.

사랑채를 좀더 어정거리다가 남들의 눈을 피해 살그머니 별채로 갔을 때 정실은 이미 와서 쭈그리고 있었다. 나는 긴 이야기를 나눌 겨를도 없이 다급하게 그녀의 몸속으로 파고들어갔다. 너무 오래 굶주려 있었는지, 따뜻하고 촉촉한 그녀의 안쪽 살이 느껴지자마자 정신없이 사정해버렸다. 두번째로 그녀의 몸속에 들어가서야 나는 정실과 오랫동안 키스하면서 그리웠다고 말하고, 사랑다운 사랑을 나눌 수 있었다.

"진짜가? 니도 내가 보고 저웠나?"

"그럼. 이기 며칠 만이고. 내가 아까 초저녁부터 니를 어떻게든 안아보고 저워서 죽는 줄 알았다."

나는 순순히 진심을 말했다. 부담스러운 행사와 접대로 인해 정신적으로 몹시 지쳐 있었고, 정실의 따뜻한 품안이 더욱더 그리웠다. 더할 나위 없이 포근한데다 거부할 수 없는 쾌락마저 푸짐하게 안겨주는 정실의 몸뚱이야말로 지난 며칠간 내가 원했던 단 한 가지였다.

"거거는 보고 저웠던 거이 아이고 하고 저웠던 거네."

뚱뚱이가 제법 앙탈하는 시늉을 하며 나를 떨어내려 했다. 시늉뿐이라 해도 섭섭할 만큼 나는 외로웠다.

"그라지 말고 내 좀 꼭 안아줘라, 정실아. 구렁이같이 안아줘봐라."

정실이 장난을 얼른 그만두고 거대한 두 다리로 내 허리를 지그시 죄었다. 숨이 막힐 것 같은 압력 속에 파묻히고서야 내 몸의 중심을 잡을 수 있을 것 같은 안락감을 느꼈다.

"정실아, 니는 내를 참말로 좋아하는 기제?"

"그거를 말이라고 하나."

"그래 하지 말고 똑바로 말을 해봐라."

"상룡아, 니는 나중에 맴이 변할지 몰라도, 내는 글치 않다. 내는 고마 죽을 때까지 상룡이 니 하나뿐이다. 니는 내한테 달님 같고 햇님 같고 하느님 같으다."

아늑하게 죄어오는 따뜻한 몸뚱이와, 진심으로 가득차 눈물마
저 젖어드는 정실의 울먹한 목소리 속에서 나는 행복하게 절정에
올랐다.

이미 깊은 새벽이었고 이목도 번잡했으므로 얼른 헤어져야 했
지만, 좀 전에 생략한 애무로 사랑의 뒤끝을 즐기며 조금 더 머물
기로 했다. 딱 십 분만. 나는 정실의 몸 이곳저곳을 정성스럽게
쓰다듬으며 오랜만에 즐거움을 나누었다.

"니도 제사 준비하느라 애 마이 썼제?"

"내가 뭘 했겠노. 고마 울 옴마가 다 했제."

"니도 뭘 좀 할 줄 알아야 안 하나. 달실 아지매가 언제까지 다
할 수 있는 것도 아이고."

나는 이 대목에서 잠시 말을 끊고서 정실에게 깊은 키스를 했
다.

"또 내 각시가 되려면 다 할 줄 알아야 하거든."

농담인지 진담인지 나 스스로도 좀 애매한 말이었지만 정실은
거짓일지언정 기분좋게 받아들였다.

"내도 쪼금은 할 줄 안다."

"모 할 줄 아는데?"

"내가 니한테만 갈카주께. 그거, 육포 만들어가 꽃무늬 붙이고,
육적에다 기린 오려 붙이고 하는 거, 이쁘게 만든 거는 다 내가

한 기다."

나는 깜짝 놀라서 몸을 벌떡 일으켰다.

"참말이가?"

"남자들은 암것도 모린다 아이가. 해월당 마님 기실 때부텀 다 내가 했던 기라."

"니가 오데 그런 걸 다 할 줄 아노?"

"내가 원래 주질러 앉아서 손가락만 꼬물락거리는 거로 좋아하거든. 고마 이뻐겠다 싶어가 만들어봤더니 마님도 암 말 안 하시데. 으른은 당연히 좋아하시고. 그래가 열두 살 때부텀 내가 밤에 다 만들었다 아이가."

"니 그거 거짓말이제?"

"내가 와 니한테 거짓말을 하겠노. 낼 당장 오징어포 갖다가 보여줄 수도 있다. 깨소금 곱게 갈아가 그림 그리고, 전복포 뚜디리가 이쁜 거 만들고. 내는 그런 거 만드는 거이 세상에서 젤로 재미있더라."

캄캄한 어둠 속에서 어렴풋이 보이는 정실의 넙데데한 얼굴이 더할 나위 없이 사랑스러웠다. 귀여운 것. 종부로서의 자질이 충분하지 않은가. 다리병신만 아니라면, 부엌데기만 아니면, 못생기지만 않았다면, 다른 것 다 그만두고라도 아이만 낳을 수 있다면.

정실의 몸을 더듬던 손끝에 나도 모르게 힘이 들어가면서, 우리는 슬그머니 다시 몸을 비비기 시작했다. 정실도 "얼른 해라"고

토를 달았지만 어쨌든 뜨거운 숨결을 내뱉으며 순순히 다리를 벌려 주었다. 이미 내가 두 번이나 뿜어냈기 때문에 정실의 아랫도리는 온통 끈적끈적했다. 돌아갈 시간이었지만 한번 더 하건 덜하건 큰 상관은 없을 것 같았다.

이마에 끈적한 땀이 배어 나오고 허리에 매달리는 정실이 다시 자지러지는 한숨을 토해낼 무렵, 문득 별당 밖에서 나직한 목소리가 들렸다. 똑바로 정신을 차리고 있었다면 이미 멀리서부터 들리는 인기척을 눈치챌 수 있었겠지만 세번째 절정의 고지를 향해 막무가내로 질주하던 우리는 방문이 열리기 일보 직전에야 그 소리를 들을 수 있었다.

"이라지 마이소. 안 되니더."

"아, 얼른 들어가라니까."

우리 둘이 합친 몸을 뗄 겨를도 없이 방문이 벌컥 열리고 뜨겁게 얽힌 두 사람이 쏟아지듯 들어왔다. 컴컴한 어둠 속에서 그쪽이나 이쪽이나 놀라긴 마찬가지였지만 반 벌거숭이로 포개져 뒹굴고 있던 우리 쪽이 더 덴겁했다. 우리가 있지 않았다면 별당에서 우리와 똑같은 일을 벌일 계획이었던 두 사람은 낮은 외마디 소리와 함께 몸을 돌이켜 도망치듯 별당을 나갔다. 황망한 눈이었지만 여자가 동네의 중년 과수댁이라는 것은 곧 알아볼 수 있었다. 우리가 황급히 몸을 풀고 옷을 여미느라 부산을 떨고 있을 때 닫힌 문 밖에서 강민 아재의 낮은 목소리가 들렸다.

"상룡아, 우리 서로 모르는 체하기다."

한마님 전 상살이

곡읍곡읍하오며

성붕지통城崩之痛을 당하였사오니 사랑 낙명落命당할 시에 한 가지로 죽기가 무엇 어려우리오만 죄 많은 태중에 천금 같은 생명이 자라옵기 졸곡卒哭이 지나도록 하종下從*치 못하옵고 구구한 붓을 들어 한마님께 문안 여짜옵내다.

종손으로서 계후繼後할 혈육 남기지 못한 죄 막중타 할지나 마지막 떠나는 자리조차 그리 초라함이 인정에 가한 것이온지, 이 몸 아직도 이치를 깨닫지 못하여 마음의 죄업만 천 길 높아질 따름이옵내다. 천하에 다시 없을 불효를 보오신 존구고께옵서는 내당과 큰사랑에서 한 걸음도 나서지 않으셨다 하오며, 조선께 씻지 못할 죄를 한 번 나서 두 번이나 지은 이 몸은 큰마당에 자리를 깔고 엎디어 있었을 따름이오니 사랑의 마지막 가는 길을 지킨 것은 의관과 일가 어른들뿐이었다 하옵내다.

거둘이 전하는 말로는 거막巨瘼 두어 해에 고혈苦歇을 거듭하여 뼈만 남은 환자가 물기 없는 누런 눈알로 힘겹게 방문만 바라보다 유말酉末경에 숨을 거두었다 하오니, 가쁜 숨결 속에서

---

* 하종 : 죽은 남편의 뒤를 따라 자결함.

그 방문이 열리어 들어와주기를 기다렸던 이 뉘였사올지 짐작할 길 없사옵내다. 소손녀는 까시러운 맷방석에 이마를 대고 있다가 뉘 손에 머리를 풀리었는지, 사랑에서 규소叫騷하는 소리에 허뜻 정신을 놓은 것인지, 그 일을 어찌 치러냈는지 도시 아무것도 기억나지 않사옵내다.

졸곡을 닷새 앞두었던 초사흗날 존구께옵서 이 몸을 부르셨으니 사랑 종세한 이후 아밧님을 마주한 것은 이날이 처음이었사옵내다. 소손녀 조문曹門에 발을 디딘 후 금옥 같은 조손曹孫을 둘이나 잃으셨으니 연전 자애하시던 음성 간 곳이 없사오며 나티*보다 사나운 험상險相하신 것이 차라리 당연타 하리이다.

"비사칠* 것 없이 말하리라. 일문에 천앙天殃이 내렸으니 이는 종부 부덕한 탓이라. 하상何嘗* 태중에 준몽의 씨 들지 않았다면 네 오늘까지 존명存命할 염치없었으리라. 딸을 낳거든 그길로 자진하여 마지막 열행烈行을 삼도록 할지라. 오늘 이 말은 허갈虛喝이 아님을 명심하여라."

엎드려 조아린 정수리에 빙뢰氷雷 같은 하냥다짐 떨어지니 옴나위없이 듣자오되 언하言下에 눈물 후드득 가로세로 흐르는 것이, 아직도 몸안에 남은 물기 있었던가 이상터이다.

---

* 나티 : 짐승의 모습을 한 귀신의 일종.
* 비사칠 : 말을 에둘러 은근히 알아듣게 할.
* 하상 : 따지고 보면.

제 몸의 죽고 사는 것에 연연함은 하우下愚한 축생의 소견이요, 조훈祖訓을 계습繼襲할 큰일에 한몸을 던짐은 사람의 도리이어니 천세 만대를 이어갈 소목昭穆의 도 앞에서 천구賤軀의 죽고 삶이 무슨 큰일이 되오리까. 정문頂門에 송곳으로 침을 놓듯 혼암昏闇을 깨치어 축생의 소견을 버리고 사람의 도리를 취함이 당연한 길이올진대 존구 하냥다짐에 이냥 현연泫然*하며 졸경卒更*한 것은 업원業冤이 길기만 한 이생에 아직도 한 가닥 미련이 남음인가 하옵내다.

　몸 풀 날이 머지않았사옵내다. 아비 죽은 줄도 모르고 옆구리로 발뻗는 어린것이 아들일지 딸일지 모르옵내다. 천지신명께서 무심치 아니하시오면 가엾은 어린것에게 여신女身 입히지는 아니하시리이다. 존구께옵서 산아래 도린곁*에 초막을 마련해두시었다 하오니 내일이면 겹겹 흉사 계착係着하는 이 집 도장방*을 떠날까 하옵내다. 요즘처럼 어두운 나날에 소산으로 향하는 인편도 있을 리 만무하며 집안의 일을 사가査家로 퍼나르는 행실을 거니채오시면* 크게 초책誚責하실 것이로되 사위

---

* 현연 : 눈앞이 캄캄함.
* 졸경 : 밤새 잠을 이루지 못함.
* 도린곁 : 인적이 드문 외진 곳.
* 도장방 : 여인들이 거처하는 방. 규방.
* 거니채오시면 : 눈치채시면.

가 막막하니 향몽鄕夢만 간절하여 도람드릴* 뿐이옵내다. 이 몸이 한마님 곁에 살아 돌아간다 한들 가문에 누폐累弊 망극할 따름이오니 한마님께옵서는 부터 자애慈愛를 거두시어 이 몸의 살고 죽는 일에 연연치 마시옵소서.

다따가* 노신勞神케 하옵는 큰 죄 면할 길 없사오나 천현지친天顯之親께 향왕向往 또한 막을 길 없사오며 읍수행하泣水行下, 건정乾淨 축수祝手 천만 배 올리옵내다.

초추初秋* 초여드렛날 손녀 살이.

어은이 보아라.

거둘이 바쁜 걸음에 순부順付*하려니 긴 말 어려우나 일지성심一支誠心을 잃지 말 것이며 계집아해 낳더라도 자진하지 말지라. 소산 팔십 칸 집 어느 그늘에 네 모녀 쉴 자리 없으랴. 계집아해 낳거든 밤을 도와 기별하면 내 아모제나* 업을아비 보내리니 자진하지 말지라. 애고 내 아해야, 자진하지 말지라.

할미 씀.

---

* 도람드릴 : 하소연할.
* 다따가 : 난데없이.
* 초추 : 음력 7월의 다른 이름.
* 순부 : 돌아오는 인편에 부침.
* 아모제나 : 아무때나.

푸른 관冠의 어머니

  복학한 후 나는 비교적 얌전히 학교에 다녔다. 인간을 해독하는 작업도 계속되었다. 나는 대개 순종적이고 신중한 모습으로 지냈으므로 할아버지와의 관계도 부드러운 편이었다. 형편이 닿는 대로, 정실과는 일주일에 두어 번 관계를 가졌다. 늘 그랬듯이, 정실은 무엇을 가지고 안달복달하는 일이 없었다. 우리의 불확실한 미래에 대해서도 아무런 불안감이 없는 것 같았다. 그저 현재가 만족스러우니 다 좋다는 식이었다. 정실과의 관계가 알려져서 큰일이 나는 것은 아닐까 두려워하는 것은 오히려 나였다.

  정실은 꿈꾸는 연체동물 같았다. 그녀를 안으면 어디쯤에 골격이 있는지 도무지 짐작할 수 없을 정도로 끝없는 부드러움만 가득했다. 꿈도 꾸지 않았던 행복을 누려서 그런지 정실의 눈빛 속에서는 점점 더 현실감이 흐려졌다. 한마디 단단한 구석도 없고,

한끝 뾰족한 구석도 없이 그녀는 마냥 둥글고 부드러워지기만 했다. 물침대같이 아득하게 출렁이는 그녀의 배 위에서 텀블링을 즐기는 나로서는 싫지 않은 일이었지만, 정실이 이렇게 물정 모르고 행복해하기만 해서 이 험한 세상을 어떻게 헤쳐나가나 걱정이 되지 않는 것은 아니었다.

정실에게 조금이라도 현실감각을 일깨워주기 위해 돈을 조금 쥐여주기도 했다. 물론 내가 할아버지에게 얻어 쓰는 용돈도 극히 박했으므로 정실에게 줄 수 있는 돈이래 봤자 애들 세뱃돈만큼도 안 되었다. 하지만 정실이 돈을 쓰는 맛을 알게 되면 세속적인 욕망에도 눈을 뜰 것이고, 그러면 좀더 단단하고 야무진 구석도 생길 것이라고 기대했다.

하지만 정실은 처음엔 왜 네가 나에게 돈을 주느냐고 펄쩍 뛰다가, 어느 날부터 군소리 없이 받아넣더니 그걸로 끝이었다. 머리핀이나 화장품 하나도 사지 않는 것 같았다. 돈이 적어서 우습게 보는 거냐고, 그 돈으로 무얼 했냐고 캐물었더니 하나도 쓰지 않고 모아둔다고 했다.

"옴마도 가끔 돈을 주거든. 내가 고마 방구석에다 잘 모아두고 있는데, 상룡이 니 언제 돈 필요하그든 내한테 말해라. 니 다 주게."

"얼마나 되는데?"

"사십육만원."

"니는 돈 씰 줄도 모리나?"

"내는 돈 씰 데가 없다."

정실은 돈 이야기를 재미없어했다. 그녀가 좋아하는 것은 뒷 밭, 약초, 연애, 드라마, 요리 이야기였다. 그리고 그녀가 알고 있는 그 좁다란 세상을 그럴듯하게 뒤범벅해서 꽤 들을 만한 이야 기들을 만들어냈다. 나는 어린 시절 정실에게 들었던 생모 이야 기가 모두 지어낸 것이었음을 이제야 알았다.

"그라모 울 엄마 이야기도 다 지어낸 거였단 말이가."

"그럼 니는 그걸 다 믿었나. 바보 아이가."

"달실 아지매가 이야기 해줬담서."

"울 옴마가 돌았나. 사람들이 느그 옴마 바람둥이다 불여시다 카이까네 내가 혼차서 지어낸 이야기제."

"그라모 울 엄마가 즈그 서방 꼬치를 쪽쪽 빨고 그런 이야기도 마카 다 그짓말이네."

"느그 옴마가 꼬치를 빼는 동 삼뿌렝이인삼 뿌리를 빼는 동 내가 우예 알긋노."

"그런 말을 와 지어냈는데."

"재밌잖나. 니 팔팔 뛰쌓는 것도 재밌고."

생모의 실제 생활이라 해봤자 정실이 지어낸 말들과 크게 다 르지 않을 테니 생모의 명예를 훼손했다는 혐의는 성립되지 않았 다. 진심으로 화가 나는 것은 아니었지만 나는 약간 성질을 부렸

다. 지금이야 괜찮지만 그 시절에는 정실의 뭉클뭉클한 살덩어리
를 보는 것만 해도 얼마나 고역이었는지 모른다. 생모 이야기를
듣는답시고 정실과 얼굴을 마주하며 역겨움을 참던 날들이 갑자
기 억울하게 느껴졌다. 요즘 들어 몹시 고분고분해진 정실은 순
순히 사과했다.

"니 얼굴 볼라꼬 그랬제. 니 얼굴 보고 저워서."

그 대답은 마음에 들었으므로 나는 더이상 화내지 않았다.

날이 추워지면서 사랑을 나눌 수 있는 장소는, 위험하나마 내
방으로 한정되었다. 정실은 캄캄한 밤중에 신발을 주워들고 내 방
으로 숨어들었다. 눈이라도 내리기 시작하면 그나마 발자국을 숨
기기도 어려워질 것 같아서 나는 늘 걱정이었다. 만사태평인 정실
만은 날이 추워지든 눈이 쏟아지든 아무 걱정이 없어 보였다.

한없이 부드럽게 출렁거리며 나에게 우주 유영의 기쁨을 맛보
게 해주는 정실에게서 무언가 둥글고 탄탄한 바가지 같은 존재를
감지해낸 것도 나였다. 얇고 거대한 비닐봉지에 순두부를 가득
담아놓은 것처럼 끝없이 부드럽고 물렁물렁하기만 하던 정실의
몸속에, 그만한 탄력을 지닌 뭔가가 감추어져 있었다는 사실이
신기해 나는 그녀의 아랫배를 여러 번 쓰다듬어보았다. 그러다가
문득 고개를 돌리면 낯설고 푸르고 차가운, 산발의 얼굴이 눈에
띌 것 같아 고개조차 돌리지 못하던, 어린 시절 혼자 잠들던 밤의
느낌이 갑자기 찾아오면서 몸이 굳어졌다.

"정실아, 이기 머꼬?"

"머 말인데?"

우리는 마루 하나를 사이에 둔 할아버지가 깰까봐 최대한 조그만 목소리로 이야기했다. 내가 손을 끌어 제 아랫배에 얹어주었으나 정실은 여전히 멀뚱한 표정이었다.

"내 배에 멋이 있드나?"

"그런 것…… 같다."

"암것도 없는데?"

"니…… 마지막으로 멘스 한 게 언제드노?"

"내는 그런 거 안 한다 카이까네."

"니 혹시, 속이 울렁울렁하거나 그런 일 없나?"

"그런 거 없다."

두려움에 사로잡힌 나는 필사적으로 중고등학교 때 배운 성교육의 지식을 떠올리려 노력했다. 젊은 남자와 여자가 피임을 하지 않고 오랫동안 성관계를 즐기면 당연히 임신을 하게 된다는 것이 상식이었다. 하지만 여자가 임신을 하려면 배란이라는 과정이 필요했고, 그 배란이 정상적으로 이루어진다는 눈에 보이는 증거가 월경 아니던가. 정실처럼 한 번도 월경을 하지 않은 여자도 임신을 할 수 있는 것인지, 나는 자신이 없었다.

정실은 주섬주섬 옷을 챙겨 입으며 방으로 돌아갈 준비를 했다. 나는 다시 한 번 정실에게 다그쳐 물었다.

"니 요새 뭐 다른 거는 없었나? 신 거가 먹고 싶다든지, 김치 냄새를 못 맡는다든지."

"그런 거 없었는데……"

"그라모 이거는 머꼬? 니 뱃속에 이거 땡땡한 거는 머꼬?"

정실이 그제야 관심을 보이며 표정이 진지해졌다.

"니가 자꼬 그라이까네 멋이 있는 긑기도 하다. 멋이 꼬물꼬물 움직는 긑기도 하고……"

"움직여?"

"그런 긑기도 하고…… 아닌 긑기도 하고……"

아무래도 심상치 않아, 임신 진단 시약을 사와서 테스트해보자고 했다. 정실은 자신이 한 번도 월경을 하지 않았고 불임일 것이 확실하다고 믿었기 때문에 오히려 별일 아닐 거라며 나를 위로하고 돌아갔다. 나 역시 정실의 뱃속에서 꼬물거린 것은 이날 내가 두 번이나 뿜어낸 정자였을 것이라고 스스로를 위로하며 잠을 청했다.

다음날, 학교에 가자마자 약국을 찾았지만 학생들이 바글거리는 그곳에서 임신 진단 시약을 달라는 말이 차마 입에서 나오지 않아 그대로 돌아서고 말았다. 나는 버스를 타고 먼 곳까지 가서 낯모르는 약국을 찾아 헤맨 끝에 원하던 한적한 약국을 찾아냈다. 삼십대 중반으로 보이는 여자 약사는 잡지를 읽다가 나를 보고 반가워하며 일어났다.

기어들어가는 소리로 임신 진단 시약을 달라고 하자 약사는 흠칫했다가 최대한 신속한 동작으로 약을 꺼냈다. 주눅 들고 부끄러워하는 잘생긴 청년의 모습이 그녀에게 동정심을 자아냈다는 사실을 깨닫고 용기를 짜내서 도움을 청하기로 했다.

"저기예, 월경을 전혀 안 하던 사람이 갑자기 임신을 할 수도 있시니껴?"

"그럼요. 있지예."

약사의 대답은 너무도 신속하고 확고하여 나를 더욱 두렵게 했다.

"여자분 나이가…… 아주 어린가예?"

"스물세 살쯤 됐실 긴데……"

"근데도 한 번도 월경을 안 했대예? 어머, 이상타…… 아무튼지 간에 월경을 안 해도 임신할 가능성이 있어예. 얼른 테스트해 보이소."

"한 가지만 더…… 임신하면 뱃속에서 진짜로 뭐가 움직이니껴?"

약사의 얼굴에 경악의 빛이 떠올랐다. 나는 동아줄에 매달리는 어린 오라비의 심정으로 그녀의 눈빛에 매달렸다.

"태동을 느낀다 하면…… 벌써 임신 중반이란 소린데예. 배도 마이 안 나오든가예?"

나는 고개를 숙이고 황급히 약값을 지불했다. 거스름돈도 받지 않고 돌아서는 등뒤로 약사의 목소리가 따라붙었다.

"얼른 부모님한테 말씀드리이소. 시간이 마이 지난 것 같애도…… 우예 알아보면 방법이 안 있겠스요. 그래 놔두면 후제 참말로 큰일납니데이."

정실은 내 방에서 임신 테스트를 했다. 캄캄한 어둠 속에 쭈그리고 앉아 소변을 받는 정실을 보면서, 나는 부끄럽다거나 우스꽝스럽다는 생각은 전혀 하지 않았다. 그저 머리가 마비된 듯 아무 생각도 들지 않았다. 임신이든 아니든 빨리 결과를 알고 싶었다.

"했다."

정실이 소변을 떨어뜨린 테스터를 내밀었다. 어두워서 잘 보이지 않았다. 나는 가로등 불빛이 스며드는 창가로 달려가서 필사적으로 비추어 보았다. 테스터에 소변이 스미자 임신이면 선이 나타날 것이라던 그 부분에 이르기도 전에 먹처럼 검은 그림자가 생겨났다. 내 눈앞에 나타난 것은 아예 선이 아니었다. 선이라기보다는 마구 눌러 찍은 손도장같이 두껍고 진한 얼룩이었다. 뱃속에서 움직임이 느껴질 지경이면 임신 중기일 거라는 약사의 말이 다시 떠올랐다. 온몸의 피가 모두 머리로 솟구치면서, 나는 그대로 털썩 주저앉았다.

"어카제, 상룡아."

"가만있어봐라."

언제나 태평이던 뚱뚱이는 사시나무 떨듯 했다. 그녀를 위로할

여지도 없을 만큼 나도 공포에 질려 있었다.

"상룡아, 내 도망가까?"

"가만 좀 있어봐라."

정실이 그만 엎어져 흐느끼기 시작했다. 임신 중반이어도 아이를 지울 수 있는 곳이 있을까 궁리하고 있던 나는 짜증이 솟구쳤다. 대청마루 건너에서 잠자고 있는 할아버지가 아니었다면 고함이라도 버럭 질렀을 것이다.

"시끄럽다. 할배 깨면 니 우얄 기고? 입 좀 닫아라."

정실은 간신히 흐느낌을 억누르며 그대로 엎어져 있었다. 비껴드는 달빛으로 부옇게 들뜬 서쪽 창문을 노려보며 나는 손바닥에 손톱을 깊이 박아넣었다. 분명 정실을 사랑한다고 믿었는데, 지금 내 속에 갈마드는 감정은 분노와 짜증뿐이었다. 나는 불임이라는 전제하에서만 그녀를 사랑할 수 있었던 것일까? 그렇다면 그것에 사랑이라는 이름을 붙일 수 있을까?

나는 투레질하는 소처럼 거세게 고개를 내저었다. 머릿속으로 사랑이라는 단어를 생각하는 것조차 고역이었다. 지금 생각하고 싶은 것은 나에게 떨어진 지독한 불운이었다. 스물세 살이 되도록 월경조차 해본 일 없다고 나를 안심시켰던 여자가 덜컥 임신을 해버린 것, 한 번도 월경을 하지 않았기 때문에 임신을 하고서도 아무런 징후를 느낄 수 없었던 것, 곧 잡아먹어도 시원찮게 뒤룩뒤룩 살이나 쪄서 임신 중기에 이르도록 그 살더미 속에서 아이가 솟아오르는 기색도 몰랐던 것. 하나도 빼지 않고 그 모든 것이 치가 떨릴 정도로 정실의 탓이었다.

이미 그녀의 배를 거쳐간 사내가 한둘이 아니었거늘, 하필 내 씨를 받아 임신을 하다니. 부인할 수 없도록 나와의 관계가 집중되었던 이 시기에 임신을 하다니. 도무지 발뺌할 구석이 없다는 것이 가장 절망적이었다.

"일단 니 방으로 가라. 낼 생각하자."

순순히 돌아가려는 듯 무거운 엉덩이를 들어올리던 정실이 문득 나직한 소리로 오금을 박았다.

"머라 해도, 얼라는 내 끼다."

그 말을 듣는 순간, 나는 기다렸다는 듯이 그녀에게 달려들어 수세미같이 쑤석쑤석한 머리통을 한 대 쥐어박았다. 정실이 방바닥에 나동그라지는 쿵 소리가 할아버지를 깨울 것처럼 울리지만 않았다면 몇 대 더 때려줬을지도 모를 일이었다.

"주디이 닥치고 고마 가라 했다, 문디 가스나야."

내 말 한 마디, 한 마디에 맺힌 오달진 악의가 제대로 전달되었는지 정실은 두말 않고 방을 나섰다. 나는 그대로 벌렁 누워서 천장만 노려보다가 금세 잠들어버렸다. 그 짧은 시간 동안 내 머릿속은, 돼지 같은 가스나가 대책도 없으면서 방송극 흉내낸다는 것과 지난여름부터 지금까지 정실이 다른 사내를 알았을 가능성은 없었을까 하는 생각만으로 가득찼다.

아침이 밝았지만 정실은 부엌에 틀어박혀서 안마당으로는 코빼기도 내비치지 않았다. 조반상을 들이는 달시룻댁의 얼굴은 언제나처럼 부숭부숭했을 뿐, 별다른 기색을 찾을 수 없었다. 할아버지께는 존숭을, 나에게는 애정을 가득 담아 각자의 무릎 앞에 상을 놓았을 뿐이다. 나는 할아버지와 기역자로 비껴 앉아 말없이 식사를 했고, 마치자마자 급히 학교로 도망쳐버렸다. 수업을 열심히 듣고 도서관에서 과제물까지 작성한 뒤 늦게야 돌아와보니, 여전히 정실은 코빼기도 비치지 않았고 효계당에는 불안정한 평화만 감돌고 있었다. 나는 그 평화를 깰 생각이 조금도 없었으므로 얼른 그 속으로 끼어들었다.

며칠 동안, 평소와 다름없이 학교에 다니고 밥을 먹었다. 달라진 일이 있다면 정실에게 눈짓으로 신호를 보내어 내 방으로 불러들이지 않게 되었다는 것뿐이었다. 정실 쪽에서도 뒷밭에 엎드려, 죽어라 하고 모습을 드러내지 않았다. 어쩌다 마주치는 정실은 다시 꿈속에 빠진 연체동물로 완전히 돌아가 있어, 나를 보아도 알아보는 것 같지 않았고, 오후의 고양이처럼 한없이 나른하고 몽롱해 보였다. 나는 될 대로 되라는 심정으로, 아무도 나에게 책임을 묻지 않는 것에만 안도하며 하루하루를 보냈다.

하지만 시간은 내 편이 아니었다. 나는 하루에도 몇 번이나 치솟는 아드레날린을 감당하지 못해 미친 듯 청량음료를 들이켰다. 정실을 생각할 때마다 울근불근한 화병에 가슴을 쳤다. 한동안 태우지 않았던 담배에 다시 손이 갔다. 정실이 알아서 처리해주면 좋을 텐데. 조용히, 내 손이 갈 필요 없이 말끔히 처리해주면 정말 좋을 텐데. 요즘 여자애들처럼, 소진처럼, 내가 어떻게 해야 할지 고민할 틈도 없이. 내가 죄책감을 느낄 새도 없이.

그냥 모른 체하고 대책 없이 시간이 흐르도록 내버려두면 어떻게 될까? 어느 날, 사방 없이 평퍼짐한 정실의 몸에서 어느 문 하나가 열리고 난데없이 아이가 튀어나올 것이다. 그 아이의 아버지가 누군지는 과연 규명될까? 행실 나쁜 뒷방것 하나가 여러 사내의 씨를 뒤섞어 후레자식을 낳은 것으로 끝나주지 않을까? 달시릇댁 모녀와 아이는 어디론가 쫓겨나고, 나는 평화로운 효계당에서 언제나처럼 고요한 삶을 살 수 있지 않을까?

하지만 이것은 답이 아니었다. 달시릇댁과 정실이 없는 효계당. 나는 그것을 상상하기만 해도 눈물이 쏟아졌다. 대책 없는 정실에게 화가 나기는 해도 만정이 다 떨어진 것은 아니었다. 나는 주책없게도 이렇게 위태로운 상황에서조차 정실의 보드랍고 매끄럽고 만질만질한 속살이 그리웠다. 내가 그녀에게 쏟아부은 그 많은 호르몬과 단백질의 복합체, 다 합치면 커다란 물통 하나를 채우고도 남을 것 같은 그 뜨겁고 끈적끈적했던 거품들이 결국은 그녀의 말라붙은 자궁을 치료하는 영약이 되었는지도 모른다.

그냥 내버려두면 정실 쪽에서 아무런 해결책도 마련하지 않을 것이 분명했으므로, 나는 어쩔 수 없이 대책을 강구하기 시작했다. 정실이 아이를 낳으면, 그 아이가 내 아이인 것으로 판명된다면…… 제일 좋은 경우라면 할아버지가 울며 겨자 먹기로 정실과 나를 혼인시켜주는 것일 게다. 하지만 제일 좋은 경우라고 스스로 생각하면서도 문득 내 가슴 한편에서는 알 수 없는 모멸감이 피어올랐다. 뚱뚱이 다리병신 정실과 나란히 예식장에 들어서는 그 일을, 할아버지는 그만두고라도 내가 감내할 수 있을까. 사람들의 얼굴마다 똑같이 어려 있는 조소의 표정들을 내가 모른 체할 수 있을까.

그렇다면 정실과 결혼하는 건 좀더 생각해보기로 하고, 정실이 아이만 낳는다면, 할아버지가 정실과 아이에게 한평생 먹고 살 만한 방과 돈을 대주지 않을까. 나는 다른 여자와 결혼하고 어쩌다 한 번쯤 정실을 찾아보면서 살게 되겠지. 하지만 그것도 별로 좋은 끝은 아닌 것 같았다. 나는 정실과 헤어지고 싶은 마음도 없었다.

그렇다면 제일 좋은 길은, 이미 임신 중기에 접어들었다고 하나 뱃속의 아이를 없던 일로 만들어버리는 것일 터였다. 엄연한 생명이라고 하지만, 그 아이는 아직 제 어미의 두꺼운 살가죽 속에 파묻혀서 생명의 자취조차 드러내지 못한 상태였으니까, 오로지 소변 속의 진한 호르몬으로만 확인될 수 있는 존재였으니까, 그 아이만 없어져준다면 나는 이전처럼 안락한 생활 속으로 되돌아갈 수 있을 것이다. 여름엔 하늘을 이불 삼아 뒷밭에서 열정을 불태우고, 겨울엔 도둑고양이처럼 조심조심 내 방을 찾아드는 지금의 이 생활도 나쁠 것은 없지 않은가. 물론 다시 정실과 관계를 가질 때는 피임에 단단히 신경을 써야할 것이다.

어설프게나마 이렇게 마음을 정리하고 나니 훨씬 홀가분했다. 물론, 실행력이 높지 않은 나로서는 아이를 지우도록 정실을 설득하는 일뿐 아니라 아이를 없앨 수 있는 방도를 알아내는 일도 몹시 힘들었다. 어떤 병원에서 그런 일을 해주는지, 늘 효계당에만 처박혀 있는 정실을 어떻게 남의 눈에 띄지 않게 병원으로 데려갈 수 있는지, 모든 단계 하나하나가 산처럼 높은 난관이었다.

망설임 속에서 좋이 열흘은 흘려보내고, 달시룻댁이 장 보러 간 어느 날, 나는 드디어 정실과 마주앉았다. 시간이 넉넉지 않아 내 표정과 말투는 자연 조급하고 긴장되었다. 게다가 나는, 이야기가 쉽게 정리되면 남은 짬에 얼른 섹스도 한번 하고 헤어질 생각으로 더 부지런을 떨었다.

"정실아, 얼른 이야기하자. 니 생각 좀 해봤나."

"몬 생각."

"시간이 없다. 얼른얼른 결정을 내려야 한다."

정실이 내 눈을 들여다보았다. 연체동물은 여전히 꿈만 꾸고 있었다. 이야기를 쉽게 풀어가기 위해 나는 얼른 키스를 하고 그녀의 치마 속으로 손을 집어넣었다. 여전히 그녀를 사랑하고 있다는 것을 보여주고, 내가 내리는 잔인한 결정이 우리의 사랑을 지속해나가기 위한 고심에 찬 결심임을 확인시키는 데 있어서는 이 방법이 효과적일 것 같았다. 게다가, 지난 열흘 동안 고민만 하느라 육체적인 갈증은 전혀 풀지 못하고 살았더랬다. 정실은 스르르 드러누워 순순히 몸뚱이를 열어주었다. 밀고 당길 줄 모르는 이런 식의 담백한 영접이 늘 기분 좋았다. 얼른 정실을 타고 엎져 허리를 움직이면서 그녀를 차근차근 설득하기 시작했다.

"니도 걱정 마이 했제. 내도 그랬다. 니 걱정 마이 했다. 사실 이 일은, 내보다도 니한테 더 큰일이 난 기다. 할배가 아신다 해 봐라. 일이 우예 돌아가겠노. 하지만 걱정하지 마라. 내가 같이 있으이까네 니 혼차서 욕보거로 냅두지는 않으께. 알아보면 다 수가 있다. 내가 알아보고 있으이까네, 니는 걱정 말고 쫌만 기달리라. 맘속으로 준비를 딱 하고 있다가, 내가 나오라 하거든 얼른 나와가…… 다 해준다 하더라…… 그래만 하면…… 다아…… 걱정 말고…… 다아…… 되이까네…… 내가 니를…… 얼매나…… 사랑하고…… 알제?…… 내만…… 믿고……"

점점 더 말을 잇기가 어려웠다. 여자가 임신을 하면 다 그런 것인지 정실의 몸은 이전보다 더 매끄럽고 윤택했다. 알 수 없는 최음의 향기마저 감도는 것 같았다. 나는 정실의 살더미에 행복하게 파묻혀 절정을 향해 치오르기 시작했다. 내가 낮은 신음과 함께 파열할 때까지 정실은 행복한 연체동물답게 내 등을 가만가만 쓰다듬어주었다.

방사 후의 노곤함을 음미할 틈도 없이 나는 후닥닥 일어나서 옷을 추슬렀다. 정실의 손을 꼭 잡으며 굳건한 미소로 믿음을 주는 것도 잊지 않았다. 육체의 긴장이 해소되어 그런지, 갑자기 만사가 모두 뜻하는 대로 순조로이 풀려나갈 것이라는 낙관 또한 생겼다. 정실이 비스듬히 몸을 굴려 버둥거리며 입을 열었다.

"상룡아, 고맙다."

"고맙기는. 당연한 기제."

"내는 어떻게 되든동 상관없다. 아아만 있시모 나는 고마 되는 기라."

나는 움직임을 딱 멈추고 정실을 노려보았다. 정실은 주섬주섬 팬티를 끌어올리고 있었다.

"니 그라모 그 아아를 낳겠다 그 말이가?"

"니가 여태 니만 믿어라 그카지 않았나?"

나는 심한 피로와 짜증을 다시금 느꼈다.

"정신 좀 똑바로 차리라, 가스나야. 니랑 내랑 그 아아를 낳아서 우짤 기고? 키울 능력이나 되나?"

"내 혼차서라도 키울 수 있다. 걱정 마라."

정실은 실망하지도, 화가 나지도 않는 것 같았다. 나는 가슴을 쳤다.

"빙시야. 니 그래 대책 없는 소리 좀 하지 마라. 내가 속이 다 썩어 문드러진다, 가스나야."

"니가 모라 하든…… 내는 니한테 고맙다…… 니한테 더 짐 되는 짓은 안 할 테이까네…… 걱정 마라, 상룡아."

"고맙긴 모가 고맙다고 이 지랄이고. 지금. 니 와 이라는데? 니 지금 내한테 공갈하는 기가?"

"공갈이 다 뭐고…… 내는 니한테 참말로 고맙어서 이란 다…… 니 씨가 원캉 좋으이까네 내 뱃속에도 아아가 크는 거 아 이겠나…… 옴마가 내를 데리고 한약방에도 가봤는데 내는 아아 를 못 난다고 다 그래 했거든……"

정실의 얼굴에 살포시 떠오른 수줍음을 보고 나는 기가 막혀 입이 다물어지지 않았다.

"고마 그기 쉽잖은 거거든…… 내처럼 후진 밭에서도 크는 씨 가 어디 흔하겠나…… 내 눈에는 고마 니가 하느님 같아 보인 다."

척박한 밭에서도 어떻게든 싹을 틔우는 강력한 씨앗의 생산자 로, 순식간에 하느님 같은 존재로까지 비약되어버린 나는 울어야 할지 웃어야 할지 종잡을 수 없었다.

"그라모 니는…… 니 뱃속에서 아아만 만들모…… 고마 평지 상회 김씨도 하느님이고, 어뜬 개새끼도 하느님이고…… 다 그 란 거겠네."

"아무도 그렇게 못했다 아이가."

정실은 터무니없이 감동에 겨워했다. 그녀의 머릿속에서는, 그

동안 그녀의 몸속에 씨를 뿌렸으되 한 번도 열매를 맺지 못했던 다른 조무래기 사내들의 기다란 목록 끝에, 척박한 밭에서도 알 찬 열매를 맺어낸 강력한 씨앗의 생산자, 하느님같이 빛나는 위 대한 내 얼굴이 거대하게 부각되고 있었다. 나하고는 영판 다른 세상에서 살고 있는 이 엉뚱스러운 뚱뚱이를 도무지 감당할 수 없다는 느낌이 들었다.

"그라모…… 그 아아를 우예 키울 긴데……"

"아아를 우예 키울지는…… 걱정하지 마라…… 다 길이 있 을 기라…… 굶어 죽기야 하겠노. 어데 시설에라도 들가가 살든 지…… 어데 가서 몸띠이 꿈지럭거리면 밥은 못 벌어먹겠나."

"니 그라모 여기를 떠나서 살 기가?"

"……그래야 하모……"

"말해봐라. 그 아아가 그키나 중한 기가. 달실 아지매하고 내하 고 다 합친 것보다 더 중한 기가."

정실의 눈에 눈물이 가득 고였다. 아마도 병들고 지친 달시롯 댁의 얼굴이 떠올랐을 것이다. 하지만 눈물과 함께, 정실의 가장 아름답고 고운 꿈도 부풀어올랐다. 그 꿈은 정실의 좁은 눈가에 서 한참 동안 어룽거리다가 툭 터져 흘러내렸다.

"옴마도 중하고…… 니도 중하고…… 우예 그거를 말로 다 할 기고. 하지만 내가 태어나가, 내 몸띠이가 쓸모 있어 본 일이 이번 한 분뿐이라. 이 아아는 내 뱃속에서 자라고, 나서는 내 젖

묵고 자랄 기고…… 내 빙신 몸띠이가 그보다 더 장한 일을 언제 또 해볼 기고. 니는 그거를 잘 모린다. 내 몸띠이가 이래 장해 보기는 나서 처음인 기라…… 게다가 이 아아가 어데 보통 아아가. 니가 준 씨를 받아가 만든 아아다. 하늘 겉은 아아다. 내 뱃속에 우예 이런 보물이 들왔을꼬. 우예 이런 보물을 주셨을꼬. 니매로 옥돌멩이 깎아논 그런 아아가 내 뱃속에서 나올 기라. 이기이 꿈이가 생시가. 내는 이 아아를 위해서라면 못할 일이 없다. 죽는 일이라 캐도 겁이 안 난다. 니가 머라 캐도 이 아아는 내 기다. 아무도 못 뺏어갈 기다……"

정실의 말들은 어느덧 동어반복으로 접어들고 있었다. 정실이 계속 울어 얼굴이 부으면 장에서 돌아온 달식룻댁이 이상하게 생각할 것이기 때문에 나는 더이상 아무 말도 못하고 방을 나왔다. 내 방의 어둑시근한 그늘 한구석으로 말없이 숨어들자, 화도 아니고 짜증도 아닌, 알 수 없는 감정이 내 목줄기를 죄어왔다. 정실의 뱃속에서 아이를 지우는 것이 불가능한 일임을 깨달았지만 전처럼 답답해서 팔팔 뛸 것 같은 기분은 아니었다.

나는 어딘지 모를 따뜻한 곳으로 한없이 파고들고 싶었고, 아늑하게 죄어드는 기분 좋은 압력 속에서 행복하게 잠들고 싶었다. 따뜻한 팔뚝이 내 몸뚱이를 안고 알맞게 흔들어주기까지 한다면 나는 행복에 차올라 까르르 웃음을 터뜨릴 것 같았다. 웃으며 바라보는 멀지 않은 하늘에, 아름답고 갸름한 얼굴이 떠 있지 아니한가. 나를 내려다보며 마주 웃음짓는 저 행복한 입술은 방금 내 이마에 나비처럼 살포시 내려앉지 않았던가.

여인의 옷자락에서 풍기는 한없이 달콤하고 아련한 향기. 이불 자락처럼 붙들어 온몸에 휘감고 싶은 알싸한 초콜릿 향기. 나는 두 손바닥에 얼굴을 묻었다. 여인의 미소도 향기도 흩어져갔다. 사라지는 그것들을 찾아, 무턱대고 두 손을 앞으로 뻗으며 바닥에 이마를 짓찧고 뒹굴었다. 채신없는 울음이 쏟아질 것 같아, 주먹으로 입을 틀어막았다.

그날부터 나는 또다시 깊고 깊은 고민에 빠져들었다. 병원에 한 번도 가보지 않았으므로 과연 임신 몇 개월째인지도 모르는 형편이었다. 인터넷과 관련 서적을 조합해낸 잡다한 지식들을 종합하면, 그녀의 임신기간은 최장 육 개월에 달할 수도 있었다. 저러다 어느 날 뒷밭에서 아이를 낳아 들고 오는 것은 아닐까, 나는 여러 번 공포에 떨었다.

대책이 없는 상태에서 심야의 로맨스는 다시 시작되었다. 임신 중인 여자와 격렬한 섹스를 나누는 것이 별로 좋은 일은 아닌 듯해 육체관계는 최소한 자제했다. 대신 밤에 만나면 가방 속에서 먹을 것들을 꺼내주었다. 용돈을 아껴서 산 치킨, 김밥, 족발, 피자 같은 먹을거리들을 내놓으면 정실은 환장을 하고 덤벼들었다. 먹고 싶은 것이 있어도 어디다 응석 한번 부려보지 못하는 불쌍한 임신부였다.

"아아가 움직인다."

닭다리를 뜯으면서 정실이 조그맣게 말했다. 욕정이 동할까봐
될 수 있는 한 그녀의 몸을 만지지 않으려 했지만 호기심이 동하
여 살그머니 아랫배에 손을 얹어보았다. 정실이 내 손을 고쳐 잡
아 옆구리 쪽에 얹었다. 손바닥에는 아무런 움직임도 느껴지지
않았고, 나는 슬그머니 그녀의 젖무더기 쪽으로 손을 옮겨 주물
럭거리기 시작했다.

잠시 후 정실이 내 손을 잡아끌어 아랫배 쪽에 얹어주었다. 서
서히 거세지려던 내 입김이 딱 멈추면서, 손바닥에 둥둥 울리는
작은 북소리 같은 미세한 파동이 전해졌다. 나는 얼어붙은 듯 꼼
짝도 하지 못했다. 작은 파동으로 존재를 알린 그 생명체는 다시
조용히 자취를 감추고 숨어들었다. 입이 미어지도록 음식을 밀어
넣는 정실의 등짝을 쓸어주면서, 나는 콧날이 시큰한 감동에 목
이 메었다.

밤중에 먹은 별식이 도움이 되었던 모양인지, 내 눈에는 정실
의 몸뚱이가 이전보다 더 부풀어올라 보였다. 나름대로 영양섭취
에 신경을 쓰는지, 대낮에도 틈틈이 고구마를 삶아서 입에 우걱
우걱 쑤셔넣는 모습을 자주 볼 수 있었다. 정실의 얼굴은 더욱 뽀
오얗게 피어올랐다. 아이는 기세 좋게 자라는 모양이었다. 하지
만 원체 뚱뚱하고 둔한 몸뚱이라서 별로 표가 나지 않았고 아무
도 관심을 보이지 않았다. 나 혼자서만 발가락을 오그라뜨리며

조바심하는 와중에, 정실의 얼굴이 날로 조금씩 예뻐지는 것 같
다고 속으로 감탄하곤 했다.

날은 점점 추워지고 있었다. 이대로 내버려두면 머지않아 정
실은 뒷밭에서 양수를 쏟아내며 짐승처럼 해산하고 말 것이었다.
스모 선수 같은 우악스러운 살덩이들이 임신의 징후들을 감쪽같
이 은폐해준다고 하지만 이제는 더이상 머뭇거릴 수가 없었다.
정실은 여전히 천하태평이었다.

"내는 오래 틀 것도 없이 곧바로 놓을 긑다. 아아가 작잖아. 배
도 별로 안 나왔잖아. 그러이까네 힘 한 분만 팍 씨며는 대번 나
올 긑다."

호두과자를 콩알같이 주워먹으며 터무니없이 의기양양한 정실
을 눈앞에 두고, 나는 할아버지의 목침에 맞아 죽을지언정 이제
는 입을 열어야 한다고 스스로를 채근했다. 이렇게 시간만 흘러
가도록 내버려둘 수는 없는 일이었다. 정실이 방으로 돌아간 후,
나는 밤하늘이 맑고 은하수가 총총한 것으로 보아 길일일 것이라
믿고, 드디어 할아버지에게 말씀을 올리기로 했다.

다음날 저녁 식사를 마치고 상을 물린 뒤, 나는 할아버지께 내
간을 옮긴 노트를 올렸다. 언간은 갑술년 7월의 것으로, 해석되지
않은 마지막 한 통만 남겨놓고 있었다. 할아버지의 소망대로 언
간의 문화적 가치가 높고 그 내용이 진실하다면 서안 조씨 가문
은 불천위조를 배출한 이래 또다른 영광을 누리며 세간을 떠들썩

하게 할 것이었다. 이장과정에서 부장품이 발견된 몇몇 가문들은 세간의 관심을 모았으며 이후로도 지속적으로 고문서 연구자들과 민속학자, 관광객 들이 드나드는 명소가 되었다.

연전에도 안동에서 택지 조성공사를 하다가 이응태라는 사람의 묘에서 몇 통의 언간이 발견되었는데, 그 편지에서 나타난 절절한 부부간의 사랑이 여러 날 신문지상을 장식한 일이 있었다. 소산 할매의 편지는 오랜 세월에 걸쳐 친정 할머니와 주고받은 것일 뿐 아니라 그 사연이 비장하고 극적이어서 공개된다면 더 큰 주목을 받을 것이 분명했다.

"소중한 것이다."

할아버지는 언간 원본을 보자기 속에 조심스레 집어넣고서 마지막 한 통을 꺼내들었다.

"소중한 것이, 삿된 수작에 농락되어선 안 된다."

언간을 어루만지고 바라보는 할아버지의 눈빛은 진지하고 뜨거웠다. 나는 문득, 할아버지가 아직도 참 잘생겼다는 생각이 들었다. 일흔을 넘겨 팔순을 바라보는 연세에도 옥돌로 깎은 듯 준수했고 흐트러짐이 없었다. 그의 일생은 서안 조씨 가문을 재건하기 위한 열정으로 가득차 있었다. 그에게도 열정을 느낀 여인이 있었을까. 종통과 가문의 명예를 모두 내던져버리고 싶을 만큼 소중하고 뜨겁게 생각했던 여인이 있었을까. 이성을 향한 번민과 욕정으로 잠 못 이룬 밤들이 있었다면, 내가 하려는 이야기를 좀더 잘 이해해주실지도 모르는데. 나는 몇 번이나 연습한 말머리를 입속에서 굴렸다. 입안이 바짝 말라들었다.

"마지막 언간이다. 가장 중요한 것이다. 무엇이 진실인지는 네가 판단할 수 있을 것이다. 모든 것이 네 손에 달려 있다."

할아버지는 마지막 언간을 목반木盤에 담아 내밀었다. 목반을 받아들고, 나는 무릎을 꿇어 자세를 바로잡았다. 인사를 올리고 나갈 것이라고 생각했던 할아버지는 무슨 일이냐는 눈빛으로 나를 내려다보았다.

"할아버지, 드릴 말씀이 있습니다."

"무엇이냐."

"저…… 결혼하고 싶습니다. 허락해주십시오."

잠시 숨막히는 침묵이 흘렀다. 할아버지는 움직임을 멈추고 나를 쏘아보았다. 손바닥에 밴 땀이 청바지에 스며드는 것 같았다.

"죄송합니다, 할아버지. 제가 실수를 하였습니다. 이제는 돌이킬 수 없는 형편이 되었습니다. 허락해주십시오."

내 목소리는 파들파들 떨렸다. 내리깐 시선에 할아버지의 잔뜩 그러쥔 주먹이 들어왔다.

"돌이킬 수 없는 형편이라."

할아버지의 칼칼한 목소리가 정수리를 내리쳤다.

"어린놈이 잘도 지껄이는구나. 네 아비와 생긴 것은 다르되 한 인물이나 다름없다. 그래, 결혼하겠다는 상대는 누구냐."

"정실입니다."

잠시 할아버지는 누구인지 모르는 듯한 표정을 지었다가 곧 경악으로 얼굴이 굳어졌다. 부르쥔 할아버지의 손이 부르르 떨렸다.

"달시룻댁의…… 딸아이…… 말이냐."

그 짧은 말에서 두 가지 어감이 스쳐지나갔다. 할아버지의 입에서 달시룻댁이라는 호칭이 나온 일은 거의 없었다. 나에게 그네를 지칭한 일이 거의 없다는 것을 지금에야 깨달았다. 할아버지를 통해 처음 들어본 달시룻댁의 호칭은 뜻밖에도 따뜻하고 깊었다. 하지만 그 뒤를 이은 딸아이라는 말에는 지독한 혐오와 경멸이 치덕치덕 짓발라져 있었다.

"더이상 듣기 싫다. 당장 네 방으로 돌아가라."

"할아버지, 모두 제 잘못입니다. 정실이는 벌써 임신한 지 오래입니다. 아마도 산달이 머지않은 것 같습니다. 이제는 돌이킬 수 없습니다. 제발 저희를 받아들여주십시오."

나는 방바닥에 엎디어 애원했다. 그러나 할아버지의 대답은 차갑기만 했다.

"아이 같은 것은 중요하지 않다. 더이상 꼴 보기 싫다. 네 방으로 돌아가라."

마지막으로 애원하려고 눈물이 흥건한 얼굴을 들어 할아버지를 마주보았을 때, 나는 온몸이 얼어붙는 줄 알았다. 할아버지의 눈에는 서슬 퍼런 분노와 함께, 살모사가 또아리를 튼 것 같은 독기 어린 증오가 선연하게 넘실거리고 있었다. 입술이 추하게 뒤틀려 있었고 두 손은 내 목을 죄기라도 할 듯 허공에서 덜덜 떨리고 있었다.

나는 황급히 눈물을 닦고 얼른 방을 빠져나왔다. 할아버지는 증오에 넘쳐 이글이글 불타는 눈빛으로 나를 노려보고 있었지만, 어느 한구석만은 방심한 것처럼, 마비된 듯 이상한 상태였다. 그동안 내가 할아버지와 공유하고 있던 묘한 예감으로 봤을 때 분명 그러했다. 목반에 얹힌 언간을 챙겨 품속에 넣는 것을 보고도 무어라 말하지 않았다.

달시룻댁 모녀가 사랑채에서 무슨 일이 일어났는지 기척조차 채지 못할 만큼 조용하고 짧은 대화였다. 나는 아무 일 없는 듯 방으로 돌아와 이제 어떻게 대처해야 할 것인지 고민했다. 정말로 막노동이라도 해서 정실과 아이를 먹여살려야 할지도 모른다고 생각하니 막막했다. 할아버지가 당분간 분노를 삭인 다음, 좀더 우호적인 해결 방안을 제시해주는 쪽에 실낱같은 희망을 걸어보았다. 할아버지의 서슬 퍼런 기세에 눌린 나는 모든 자신감을 잃었다. 할아버지가 정실에게 한 재산을 주어 어디론가 멀리 가서 살게 한다면 그거라도 감지덕지 받아들여야 하는 것이 아닌가 하는 생각이 들었다.

나는 이십삼 년 전에 나와 똑같은 상황을 맞이했을 아버지의 고뇌를 떠올렸다. 아버지와 할아버지는 극한 대립구도를 선택했고 가장 불행한 결말을 맞이했다. 하지만 지금 이 순간은 아버지가 부럽다는 생각뿐이었다. 아버지는 어떻게 해서든 자신의 의지를 관철시킬 만한 능력이 있었다. 그는 서울에 가서 취직을 했고, 나의 생모도 생계를 이을 만한 능력이 있는 사람이었다. 그들의 신접살림은, 할아버지의 분노를 뒤에 업어 두려웠을지언정 당당하고 굳건했을 것이다. 하지만 나는 무일푼이었고 취직할 자신도 없었다. 그러한 나의 무능력함이 치가 떨리도록 싫었다.

내가 근거 없는 낙관과 비관 사이를 오락가락하며 의미 없는 하룻밤을 보낸 것과 달리, 할아버지는 시간을 낭비하지 않았다. 아침이 채 밝기도 전에 효계당에는 지금껏 이 마을에서 한 번도 본 적이 없는 검은 승합차가 들이닥쳤다. 덩치 좋은 사내 서넛이 승합차에서 쏟아져나왔고 효계당의 내부를 훤히 아는 듯 거침없이 안채로 들이닥쳤다. 비명조차 지르지 못하고 주저앉은 달시룻댁과, 러닝셔츠 바람으로 달려나온 내 눈앞에서 정실은 개처럼 끌려나왔다. 행복한 연체동물처럼 늘 꿈만 꾸던 정실은 갑작스레 들이닥친 맹렬한 현실 앞에서 어쩔 줄을 몰라 했다. 초등학교 때 그랬던 것처럼 '상룡아, 살리도고, 내 좀 살리도고'라고 소리조차 지르지 못했다.

사내들은 정실의 입을 더러운 수건으로 틀어막았다. 정실이 있는 힘을 다해 저항하자 인정사정없이 발길질을 했다. 발길질을 날릴 때마다 푹푹 파묻히는 어마어마한 살더미가 몹시 불쾌하다는 듯, 사내들은 그악스럽게 정실의 배를 걷어찼다. 덩치 좋은 사내 하나가 견제하려는 듯이 내 앞에 버티고 서 있었지만 기실 나는 그 아비규환 속으로 달려들 엄두조차 내지 못했다. 군대에 다녀온 후 아침운동을 통해 꾸준히 단련해온 나의 체력은 중요한 순간에 아무 쓸모도 없었다. 나는 그 오욕의 구렁텅이 속으로 뛰어들 용기가 없었다.

개처럼 두들겨맞으며 질질 끌려 중문을 넘어가던 정실이 딱 한 번, 재갈을 뱉어낸 순간이 있었다. 반쯤 까무러친 듯했던 정실이 마지막 힘을 다해 비명을 질렀다.

"어르신, 살려주이소, 잘못했니더, 어르신, 살려주이소!"

사내들은 땅에 뒹굴어 짓밟힌 재갈을 신속하게 주워 정실의 입을 다시 틀어막았다. 애처로운 허우적거림은 거친 팔 비틀기로 응수했다. 입이 틀어막혀 비명마저 지르지 못하는 정실은 나와 눈길조차 마주치지 못했다. 내가 본 것은 공포에 질린 짐승의 희번덕거리는 눈알뿐이었다. 사지가 우악스럽게 얽매인 채, 정실은 솟을대문 밖으로 끌려나가 검은 자동차에 처넣어졌다. 사내들은 인사조차 없이 승합차를 타고 사라졌다. 중문까지 기어나가 가슴을 쥐어뜯으며 헉헉거리는 달시룻댁과, 댓돌에 자지러져 흐느껴 울고 있는 나와, 사랑채의 대청마루에 꼿꼿하게 서 있다가 서릿발처럼 들어가버린 할아버지만 효계당에 남았다. 한 사람인지 두 사람인지 알 수 없었던 그 두루뭉술한 살덩어리는, 초겨울 아침에 채 떨쳐내지 못한 악몽처럼 그렇게 자취 없이 사라져버렸다.

달시룻댁은 할아버지와 잠시 이야기를 나눈 후, 노인처럼 고부라진 허리로 두 개의 가방을 챙겨 효계당을 나갔다. 나는 두 사람의 이야기를 엿들으려 툇마루에 바싹 들어앉았다. 비에 젖은 수채화처럼 달시룻댁의 목소리는 경계가 없었다. 이어졌다가는 곧 끊어지고, 짙어졌다가는 곧 잦아들었다. 흐느낌과 넋두리가 뒤섞여 알아듣기 힘든 그녀의 이야기 속에서, 달시룻댁이 나와 정실의 연사戀事를 어렴풋이 눈치채고 있었다는 것은 알 수 있었다.

달시룻댁은 우리를 몇 번이나 말리려 했지만 정실이 사람대접을 받고 사람의 감정을 알고 사람처럼 행복해하는 모습을 보고 차마 말리지 못했다고 했다. 그 망설임이 어미로서 해야 할 일을 다하지 못한 것이고 결과적으로는 효계당의 명예를 더럽힌 일이 되었다는 것을 인정했지만, 이십 년간 한마음으로 봉사한 집안에서 이렇듯 참혹한 내침을 받은 것에 대해 격한 감정을 토로했다.

달시룻댁의 떨리는 목소리에 비해, 담담하고 차가워 알아듣기 한결 쉬운 할아버지의 목소리도 종종 섞여들었다. 할아버지도 달시룻댁이 보낸 지난 이십 년의 세월에 대해서는 고마운 마음뿐이라고 했다. 하지만 그녀의 맹랑한 딸이 저지른 일은 결코 용납할 수 없다고 못박았다. 딸이 있는 곳을 알려달라는 달시룻댁의 요청도 단호하게 거절했다. 내가 확실하게 마음을 잡기 전까지는 정실을 잠시 조용한 곳에 두어야겠다고 했다. 달시룻댁이 애절하게 매달리고 몇 마디 공갈협박 비슷한 말을 해보기도 했으나 할아버지에게 맞서기에는 역부족이었다.

사랑방을 나서는 달시룻댁의 얼굴은 기백이 다 사라진 모습이었다. 허리는 굽어질 대로 굽어져서, 거의 기어나오는 형상이었다. 가방을 들어주겠다고 해도 손을 내두르기만 했다. 두 개의 가방과 엎치락뒤치락하며 간신히 솟을대문을 넘고서, 그녀는 그대로 주저앉고 말았다. 눈물이 말라붙어 허연 더께가 앉은 눈가에 또다시 축축한 물기가 번졌다. 우리는 대문 옆, 맨드라미 꽃대가 말라 죽어가는 한길가에 나란히 쭈그려 앉았다.

"아지매요, 이래 가시면 안 되니더. 정실이를 찾아올 길이 있을 기니더. 제가 몬 수를 써서라도 찾아올 기니까요. 일단 들가이소. 몇 발짝 가다 못 하고 고마 쓰러지겠니더."

"상룡아, 니가 몬 수로 가아를 찾아올 긴데. 아서라. 고마 다 틀린 일이다."

누런색 오버코트 속에서 비어져나온 후줄근한 남방 깃을 여미며 달시룻댁은 애써 일어서려 했다.

"이래 가시모, 아지매는 몬 수로 정실이를 찾니껴. 제가 할배 서안을 뒤져서라도, 정실이 찾아낼 깁니더. 아지매야말로 이래 가뿌리모 정실이랑 영영 이별인 기라요."

"내사 에미니까는…… 찾다가 흙을 물고 죽어도 하는 수 없제…… 하지만 상룡이 니는, 그래 하지 마라. 집안에 더 분란 나

는 그거는, 내가 바라는 거이 아이다. 고마 우리 모녀가 여거를
떠나는 것이, 피차에 모양새가 좋은 기라."

"이래 대책 없이 나서모, 어데 가가 잘 방이나 있시니껴. 돈도
한 푼 없음서로."

"돈? 거거는 내 많다."

달시룻댁이 두 손 안에 건성 들고 있던 작은 손가방을 불쑥 내
밀었다. 가방 속에는 빳빳한 지폐와 수표가 미어져나올 정도로
가득 들어 있는 두툼한 봉투가 있었고 대여섯 개의 통장과 도장
도 들어 있었다. 나는 통장을 꺼내 펼쳐보았다. 달시룻댁의 이름
으로 된 그 통장들은 1980년대 중반부터 입금이 시작되었고 최
근 몇 년 동안은 매월 빠짐없이 이백만원이 입금되어 온 것으로
기록돼 있었다. 통장에는 할아버지의 필적으로 '칠순 포상', '상
룡이 대입 포상' 등의 글귀가 중간중간 적혀 있었고 일정액의 금
일봉도 입금되어 있었다. 수십 년간 누적된 이자까지 더해져 마
지막 페이지에 적힌 합계는 깜짝 놀랄 만한 거액이었다. 달시룻
댁은 텅 빈 눈빛으로 통장과 돈을 멀거니 바라보았다.

"어르신이…… 맘이 악한 분은 아닌 게라…… 상룡이 니도 그
걸 알아야 한다. 그 어른이 젊어서부터 마음고생이 많았다. 일가
에 안 좋은 일은 좀 많았나. 모든 문제를 혼자서 다 풀어가야 하
이까네, 참말로 적적하게 한세상을 사시는 분이라. 니도 어른한
테 맺힌 마음이 있을 기고, 눈 번연히 뜨고서 딸년 빼앗긴 내는

또 와 섭섭한 거이 없겠노. 하지만 고마 내는 어르신이 불쌍커로 생각이 된다. 둘러봐라, 아드님 며느님 다 일찍 보내고 세상천지에 일 점 혈육이 니 하나다. 얼마나 애중코 귀하겠노. 어른한테는 니하고 이 집안이, 그기 세상 전부라. 그걸 지킨다꼬 당신 일생도 고마 내떤져뿐 거라. 그란데 니가 할배한테 자꾸 엇나가고, 그래 맘에 문을 닫아버리모, 어른 살아온 일생이 너무나 불쌍타. 내는 나아를 무서 그란지 어른이 자꾸 불쌍타. 그래가 내 어른한테도 할말 다 못 하고 고마 일어섰다 아이가. 정실이를 생각하모, 어른께 머라고 할말이 많지마는, 고마 꿀꺽 삼키고 돌아섰다 아이가. 어른 말씀도, 니가 정신만 곧바로 차리면은 정실이를 곱게 내보내주신다 카더라. 그때까지 내가 기달리는 수배끼 더 있겠나. 니가 얼른 정실이를 포기하고, 어르신 맘에 차는 규수를 만나는 거이 우리 다한테 모개로 좋은 길이다. 상룡아, 상룡아, 옥돌겉이 고운 우리 상룡아. 니 마음이 우예 이래 비단결 겉노. 두억시니 겉은 내 딸년 생각해가 이래 울어주는 사나가 니 말고 또 어데 있겠노. 내라도 니 옆에 있어줘야 할 긴데, 내도 이레 가뿔만 우리 상룡이가 우예 지낼꼬. 그래도, 아지매랑 정실이랑 깨끗이 다 잊아뿔고, 애초부터 없은 드끼 잘 지내야 한다. 꼭 그래 해야 한다. 아이고 내 새끼야, 내 새끼들아. 내가 내 새끼들을 다 잃아뿌리고 어델 가가 우예 살 기고, 아이고오⋯⋯"

나는 달시룻댁의 품에 고개를 묻었다. 정갈하고 파삭파삭한 그녀만의 체취가 따뜻한 품이었다. 달시룻댁은 내 등을 보듬으며 뜨겁게 통곡했다. 그러나 사람들의 이목을 의식해서인지 그녀는 허겁지겁 몸을 일으켰다. 가방을 나누어 들고 버스 정류장까지 가는 동안 그녀는 정신 나간 사람처럼 계속 웅얼거렸는데, 대부분 내가 정신을 차리고 할아버지의 뜻에 맞는 참한 규수를 얻어야 한다는 말이었다. 이제 쉰을 갓 넘긴 그녀는 마치 칠순 노인처럼 구부정하고 초라했다. 가방을 버스에 올려주고 자리에 앉아 눈가를 누르고 있는 달시룻댁을 배웅하고 난 뒤, 나는 머리가 멍해진 채로 효계당에 돌아왔다. 하루아침에 어머니와 누이와 아내와 아이를 빼앗긴 나는 아무 생각도 할 수 없었다. 수돗물을 한 바가지 퍼서 타는 듯한 목구멍에 들이부었을 뿐, 나는 밥도 먹지 않고 학교도 가지 않고 그대로 방에만 들어박혀 있었다.

비겁한 놈, 무능한 놈. 네 자식을 밴 여자가 개처럼 두들겨맞고 어디론가 끌려갔단 말이다. 한마디 말도 못 하고 자지러진 네가, 그래도 사내냐? 그 사내들이 정실의 배를 으지직으지직 짓밟는 것을 네 눈으로 보았지? 아이는 성치 못할 것이다. 정실도 성치 못할 것이다. 너는 병신이다.

마음속에서 그런 목소리가 왕왕 울릴 때만 아니면, 그럭저럭 견딜 만했다. 내면의 울림이 진통처럼 몰려와 온몸을 터뜨릴 기세로 팽창될 때면, 마치 옆구리를 걷어챈 것처럼 숨쉬기가 어려워지고 육체적인 아픔마저 몰려왔다. 나는 거칠어지는 호흡을 가

다듬으며 천장 벽지에 그려진 꽃다발들을 헤아렸다. 고통이 물러간다 싶으면 마당에 나가서 수돗물을 들이켰다. 할아버지와 마주앉았을 때 조리 있게 말하려면 나름대로 준비를 해두어야겠다고 생각했지만, 머릿속은 온통 조각난 스티로폼으로 가득찬 것처럼 건조하고 부석부석하고 메말랐다.

할아버지는 늦은 저녁에야 나를 불렀다. 늘 바윗장처럼 차갑고 단단하고 빈틈을 찾을 수 없는 할아버지였지만, 오늘만은 조금 다른 기색을 읽을 수 있었다. 할아버지는 나를 앞에 두고서도 선뜻 말을 꺼내지 않고 시간을 끌었다. 가끔 한숨처럼 호흡이 길어지기도 했다. 할아버지도 고뇌하고 있다는 것을 느끼며 나는 약간의 친근감과 기대를 품어보았다.

"오늘의 일이 갑작스러웠으니 많이 놀랐을 것이다. 잘 생각해보았느냐?"

"꼭 이렇게까지 하셨어야 했습니까."

"모두 너의 사려 깊지 못한 행동 때문이다. 앞으로 두고두고 집안에 풍파를 일으킬 만한 갈등의 씨앗은 미리부터 없애는 것이 좋다."

목이 콱 막혔다. 앞으로 두고두고 집안에 분란을 일으킬 갈등의 씨앗. 정실의 뱃속에서 이미 형체를 갖추고 움직이고 있었던 내 자식. 그것은 나 자신이기도 했다. 할아버지가 일찍이 생모의 뱃속에서 제거하지 못했던 갈등의 씨앗, 나 조상룡은 집안에 이런 식으로 그치지 않는 풍파를 만들고 있는 셈이었다.

"갈등의 씨앗이라는 말씀은 과하십니다. 저의 자식이며 할아버지의 증손 아닙니까."

"못난 놈. 아직도 여자 같은 감상에서 헤매고 있구나. 네가 한 집안을 이어갈 종손이라면, 가문을 번성케 할 큰 책임은 둘째 치더라도 당장 네 씨앗이 깃들일 곳은 옳게 골라야 할 것이다. 정실이가 어떤 아이냐. 제 아비에게도 버림받아 남의집살이를 하는 천한 계집아이다. 육신이나 온전하냐? 종부로서 갖춰야 할 품격의 그림자나 따를 수 있는 재목이냐? 네가 저지른 경솔한 망동을 반성할 줄은 모르고 나를 무정타 질책하는 것이냐?"

"종부로서 갖추어야 할 품격이 무엇입니까? 정실이의 육신이 온전치 못하고 아비에게 버림받은 것이 정실이의 잘못입니까? 정실이는 오랫동안 효계당의 살림을 거들어왔고 우리 집안이 필요로 하는 많은 일들을 담당해왔습니다. 게다가, 게다가 저의 아이를 가졌고요. 정실이에게 부족한 덕목이 과연 무엇입니까?"

이렇듯 격렬하게 대립할 생각은 아니었다. 나는 할아버지에게 엎드려 빌어서라도 정실과 아이를 구해내고 싶었다. 다시는 만나지 못하게 되더라도, 어딘가에서 행복하고 건강하게 살게 해달라고 애원하고 싶었다. 그럴 생각이었다. 하지만 잘못된 갈등의 씨앗이라는 말을 듣는 순간 내 가슴 저 밑바닥에서 뜨거운 것이 울컥 치밀어올랐고 그대로 일을 다 그르쳐버리고 말았다.

할아버지도 마찬가지였으리라. 이야기를 시작할 때 할아버지의 목소리는 고뇌에 차 있었고 이전에 느끼지 못했던 따뜻함마저 배어나왔다. 하지만 내가 불씨를 댕김으로써 할아버지의 입매는 다시 강퍅하게 다물어졌고 이내 쳇소리가 되었다.

"집안일을 많이 한다고 종부가 되는 것이냐? 종부는 하늘이 내는 것이다. 일개 사가私家에서도 며느리를 들이는 일은 큰일이다. 들어오는 사람에 따라서 집안이 좌우되기 때문이다. 하물며 한 가문의 뿌리가 되는 종가에서 종부를 맞이함에야. 종부는 사람이 고르는 것이 아니다. 조상께서 맺어주시는 것이다. 조상들의 가르침을 따라 신중에 신중을 더하여, 기도하는 심정으로 맞이하는 것이다. 사람의 격을 만드는 데에는 여러 가지 요인이 있다. 먼저, 타고나는 핏줄이 절반을 결정한다. 어린 자손은 제 삶이 그저 우주에 떨어진 흙이나 모래알인 듯 가벼이 여기겠지만 조상은 그렇지 않다. 조상들께서는 이생을 떠나시고서도 가문과 후손에 대해 염려와 보살핌을 그치지 아니하신다. 누대에 걸친 조상의 덕업이 쌓이고 그분들의 염원이 모여서 제대로 된 후손 하나가 탄생하는 것이다. 그렇게 정기를 받고 태어난 고귀한 자손과, 뿌리를 알지 못하고 아무 밭에서나 자란 천한 자손은 근본부터 같지 않다. 사람이 태어나 처음 터뜨리는 울음은 똑같을지언정 그가 태어나기 이전의 역사, 그 사람이 태어나기까지 조상들이 쌓은 업적과 교훈은 그 무게와 두께가 모두 다르다. 사람이 태어나 배우고 자라는 과정도 모두 다른 것이다. 사람은 핏줄의 격이 같지 아니하고, 또한 배움의 격도 같지 아니하다. 고귀한 집안에서 어른의 가르침을 중히 받들며 공순히 자란 사람과 천둥벌거숭이처럼 마구 내굴려 키운 사람은 그 격이 같을 수 없다. 사오 세까지는 어미의 젖을 먹고 자라지만 세상의 이치를 깨닫게 하는 것은 아비의 가르침이다. 그 아비가 어떤 자인가, 어떤 가문에서 어떤 가르침으로 양육되었는가 하는 것은 사람의 격을 결정짓는 두번째 중요한 요소이다. 그러니 어떻게, 사람이 모두 평등하며 똑같이 존엄하다고 말할 수 있겠느냐? 너는 지금 정실이가 제사 일을 많이 도왔으니까 종부의 자격이 된다고 감히 말하는 것이냐? 아서라, 상룡아. 그릇을 닦고 음식을 차리는 것은 오가는 아낙의 손으로도 되는 일이다. 하지만 그 행위와 형식에 깃드는 정신을 갖추는 것은 촌부의 능력으로 되는 일이 아니다."

나는 모멸감과 패배감에 울었다. 담벼락처럼 견고한 할아버지의 전 인식세계를, 나의 정서와 논리로는 도저히 설득할 수 없다는 사실이 너무나 아득했다. 할아버지는 생모가 풍부하게 남겨준 그 오욕의 추문들이 일평생 얼마나 옥죄이는 생래적인 굴레로 작용했는지 조금도 인식하지 않는 것 같았다. 정실을 폄하하는 그 모든 수사들은 있는 그대로 나에게 투사되었다.

"할아버지, 제발 부탁드립니다. 정실이에게 하신 처사는 너무 가혹하십니다. 뱃속의 아이는 엄연한 제 핏줄입니다. 제가 이렇게 약속드리겠습니다. 다시는 정실이를 만나지 않겠습니다. 제 아이도 돌아보지 않겠습니다. 이렇게 엎드려 눈물로 부탁드립니다. 정실이를 그곳에 계속 가두어두지는 말아주십시오. 불쌍한 달시룻댁과 정실이 모녀가 아이를 키우며 조용히 함께 살 수 있도록 해주십시오. 정실이에게 뱃속의 아이는 생명이나 다름없습니다. 그것을 빼앗아버린다면 정실이는 더이상 살지 못할 것입니다. 이렇게 애원합니다, 할아버지."

"뻔한 일을 이렇듯 장황하게 설명하는 것이 차라리 우습구나. 상룡아, 정실이는 결코 네 배필이 되지 못할 것이다. 그 아이가 네 씨앗을 잉태했다는 것도 가당찮은 일이다. 그릇된 생명이 세상의 빛을 보기 전에 내가 알았으니 다행이다. 너는 미련을 버리도록 해라. 그 아이가 세상의 빛을 보게 된다면 이 집안에는 또다시 씻을 수 없는 어두운 그림자가 드리워지게 된다. 네 마음속에 죄책감이 자리잡고 있다면 그것도 내려놓도록 해라. 그것은 내 몫이다. 뱃속의 아이를 없애는 일이 법률로 죄가 되든 도덕으로 악이 되든 모두 내가 한 일이다. 내 유일한 핏줄인 네가 나를 증오하게 되더라도 그것마저 나의 운명으로 받아들이겠다. 나는 이미 늙었고 온몸은 이미 먹점과 흠집으로 가득하기 때문에 더이상의 오욕을 지게 된들 아무 두려움이 없다. 하지만 이 집안의 미래를 지고 가야 할 너에게는 한 점 흠결이 남아서는 안 된다. 너를 지키기 위해서라면 나는 어떤 악업도 달게 지을 것이며 그 결과도 기꺼이 감당할 것이다."

할아버지는 오연하게 말을 마쳤다. 굳게 다물린 입매는 더이상 어떤 토론도 웅변도 무의미함을 말해주고 있었다. 머릿속이 하얗게 비어가는 듯한 느낌이 들었다. 아무런 생각도 들지 않았고 영혼이 육신을 이탈한 듯 나를 둘러싸고 있는 이 상황이 멀리서 보이는, 가치 없는 일인 것처럼 여겨졌다. 어쩌면 할아버지의 말씀대로 세상은 나를 욕하지 않을지도 모른다. 내가 최선을 다했지만 할아버지의 폭압으로 정실과 아이를 잃었다고, 오히려 나를 동정할지도 모른다.

의사 결정의 권한을 모두 거세당한 자의 평안함이 밀물처럼 몰려왔다. 나는 그러한 안락함 속에 빠져들고 싶은 강렬한 유혹을 느꼈다. 나에게 지워져야 할 오명까지도 당신이 대신 짊어지겠다고 하지 않았던가. 걷잡을 수 없이 밀려오는 것은 차라리 피로였다. 나는 조아리고 있던 머리를 힘겹게 들어올렸다. 창호로 푸른 달빛이 스미고 있었다. 시릴 듯한 그 푸르름이라니. 초겨울로 접어드는 날씨가 밤이 되면 이미 칼끝처럼 서슬을 세운다지만 그래도 바깥이 저렇게나 푸를까.

나는 그대로 푸른빛에 감전되었다. 목을 옥죄는 듯한 답답한 현실과, 눈을 반쯤 감은 채 당신의 우주만을 떠돌고 있는 할아버지의 앞을 떠나 저 푸르고 암암한 심연 속으로 뛰어들고 싶었다. 나는 죽어가는 물고기처럼 멍한 눈빛으로 할아버지께 하직 인사를 고하고 창밖의 푸른빛을 따라 사랑방을 나섰다.

지붕 위의 인광은 녹아내린 듯 흘러내려 안마방과 뒷밭까지, 넓은 효계당을 온통 뒤덮고 있었다. 추위 속에서 푸르게 빛나는 효계당은 얼음 궁전 같았다. 낯익은 푸르스름한 기운을 보면서 문득 해월당 어머니의 푸른 이마를 연상했다. 아름다운 해월당 어머니의 반듯한 이마를 푸르게 물들였던 그것이, 효계당의 지붕에서 늘 희미하게 일렁이는 푸른 인광과 같은 성분의 물질이었음을 그제야 깨달았다.

인적 없는 안채의 대청마루는 초겨울의 황량한 바람만을 머금었다 토해내며 동굴같이 컴컴한 그늘을 품고 있었다. 그 컴컴한 그늘 너머, 부귀와 다산을 기원하고자 천 명의 동자상을 한 땀 한 땀 수놓아 만든 여덟 폭 병풍 뒤에, 한 여인이 살고 있었다. 초겨울의 어둑신한 그늘빛조차 자신을 닮은 푸르스름함으로 온통 물들여놓은 한 많은 해월당이 숨어 있었다.

자신을 사랑하지도 않았던 남자의 집에서 죽은 지 십 년이 넘도록 안방을 고수하고 있는 여인. 효계당에 드리워진 음습한 그림자를 한 겹 한 겹 벗겨내어 마지막에야 찾을 수 있는 악의와 조롱의 푸른 고갱이. 그녀는 오늘 개처럼 끌려가는 정실을 보면서 푸르게 웃었을까. 나는 도무지 떨칠 길 없는 몽롱함 속에서 안방문을 열었다. 인적 없는 안방에서 냉기가 훅 뿜어나왔다.

그녀에게 묻고 싶었다. 그녀처럼 모든 의지를 포기하고 운명의 손아귀가 흔드는 대로 한몸을 내맡기고 살아내면 훗날 나의 이마에도 그녀처럼 푸른 관이 씌워지는 것이냐고. 죽은 뒤에도 효계당을 떠나지 않고 밤마다 효계당의 어둔 하늘을 푸르게 물들일 수있는 것이냐고. 천 명의 동자가 춤추는 병풍을 젖힐 때, 나에게는 아무런 폭력적인 의사도 없었다. 그저 묻고 싶을 따름이었다.

하지만 병풍이 치워지자 해월당 어머니는 하늘을 가리려는 듯 두 손을 넓게 펴서 휘둘렀다. 눈물로 젖은 얼굴조차 감추지 못했다. 아버지가 세상을 떠났을 때에도 두 눈을 부릅뜬 채 의례적인 호곡 말고는 내밀한 비탄 한 자락도 내비치지 않았다는 얼음의 여인 해월당이 흐느끼고 있었다.

요즈음 나에게 일어난 일들은 모두 감당하기 어렵고 해석하기도 힘든 것뿐이었다. 해월당의 눈물 역시 당혹스러웠다. 죽은 귀신 해월당조차 아직 풀지 못한 숙제가 남아 이렇듯 눈물을 흘리고 있는 것이라면 아직 산 육신의 고뇌조차 해결하지 못한 나로서는 절망적일 수밖에 없었다. 죽음조차도 해답이 아니더란 말인가.

—왜 우세요, 어머니.

—아이를…… 아이를 빼앗겼어.

—어머니에겐 아이가 없어요.

—정실이한테 내 배를 주었어. 그 뱃속에 아이가 들었는데.

피로감은 더욱 짙어지기만 했다. 나는 울고 있는 해월당의 곁에 망연히 주저앉아 고개를 휘휘 내저었다.

―왜 그런 일을 하셨어요. 어머니 때문에 모든 일이 엉망이 되어버렸어요. 나에게 아무것도 기대하지 마요. 나는 아무것도 할 수 없어요. 미안해요.

해월당 역시 나처럼 무능한 자에게서 무슨 해원의 비책을 기대했던 것은 아니었던 듯, 고개를 주억거리며 치마폭에 머리를 묻고 억눌렀던 울음만 토해내었다. 그녀를 너무 몰아세운 듯하여 미안한 마음이 들었다.

―죄송해요, 어머니. 울지 마세요. 모두 어머니 잘못은 아니에요. 하지만 돌아가신 지 오래되었으면서, 왜 아이 욕심을 내셨어요.

―어릴 때, 네가 너무 예뻤어. 영혼을 앗아갈 정도로 얼마나 예뻤는지, 너는 모를 거다. 그렇게 예쁜 아이를 가지고 싶었어.

―그렇게 예뻤으면, 좀 따뜻하게 대해주시지 그랬어요.

―어떻게 해야 하는지 알 수 없었어. 너는 누구에게나 항상 차가웠어.

그랬을까. 사람들은 늘 마음과는 다르게 어긋나며 살아가는 걸까. 할아버지도 영혼을 앗기도록 나를 사랑하고 있을지 모르고, 나 또한 할아버지를 그렇게 사랑하는지도 모른다. 하지만 이생에서는 한 번도 그것을 내색하지 못하고, 죽어 귀신으로 마주앉아서야 이렇게 이야기를 나눌 수 있을지 모르겠다. 죽고 나서 이야기를 한다는 것은, 다 부질없는 일이었다.

나는 연민 어린 시선으로 해월당 어머니를 바라보았다. 그녀에게 덧씌웠던 악의적인 오해가 제풀에 벗겨졌다. 효계당을 물들인 푸른빛과 해월당 어머니의 푸른 이마는 분명 일맥상통하는 것이었지만, 그 푸른빛의 근원이 해월당 어머니라고는 할 수 없었다. 그녀는 그 푸른빛의 한쪽 끝자락에 불과했다. 효계당을 가득 채우고 일렁이는 저 두꺼운 푸른 기운은 해월당 어머니가 이곳에 오기 전부터, 아니 그녀가 태어나지도 않았을 때부터 이어져온 것이 분명했다. 그녀를 악의적으로 오해했던 것이 미안했지만, 입 밖으로 꺼내지는 않았다.

해월당 어머니는 이제 울음을 그쳤지만 입끝은 아직도 바르르 떨렸다. 아름다운 해월당 어머니의 머리에는 너무나 무거운 푸른 관이 씌워져 있어, 여윈 어깨와 목덜미가 이지러진 듯 보였다. 나는 그것을 벗겨주고 싶었지만 그조차 할 수 없었다.

나는 말없이 병풍을 접어 한쪽 벽에 세워놓았다. 이승도 저승도 아닌 작은 세계를 울타리 치고 있던 병풍이 걷히자 해월당 어머니는 옷이라도 벗겨진 듯 몸을 떨었다. 나는 벽장문을 열어 해월당 어머니의 정결한 이불을 끌어내렸다. 이불에는 정실과 사랑한 흔적이 남아 있었다.

나는 옷을 벗고 이불에 반듯이 누웠다. 차가운 공기 때문에 발가벗은 알몸에 오스스 소름이 돋았다. 안방이라고 하지만 입김이 허옇게 뿜어질 만큼 추웠다. 정실과 함께할 때에는 그렇게 늠름하고 헌헌했던 나의 뿌리도 추위에 조그맣게 오그라들었다. 나는 최대한 사지를 붙이고 몸의 온기를 빼앗기지 않으려 노력했다. 똑바로 천장만 쳐다보며 덜덜 떨고 누워 있는 내 곁에서 해월당 어머니는 오랫동안 돌아앉아 있었다. 해월당 어머니가 마침내 몸을 돌려 무릎걸음으로 다가와 내 머리맡에 앉았을 때, 동태가 되어버린 나는 귀신의 온기나마 반가울 지경이었다.

냉랭했던 나의 아버지는 진실로 해월당 어머니의 옷고름도 만지지 않았을까? 한 해를 채우지 못한 짧은 결혼생활 동안 그녀의 몸속에서 지옥불처럼 타올랐던 뜨거운 정념을 내내 외면만 했을까? 발가벗고 누운 젊은 남자의 몸을 눈앞에 두고 해월당 어머니는 한참 동안 어찌할 바를 몰라 했다. 처음엔 내 가슴께에 손을 얹었다가 얼른 거두어들이더니, 다시 배 쪽으로 손을 내밀었다가 다시 움츠러들었다.

그녀는 추위에 떠는 내가 안쓰러운 듯 어미새처럼 활개를 펴서 품어주기도 하고 내 뺨에 얼굴을 비비기도 했다. 귀신의 몸이라 하나 차갑지도 무섭지도 않았다. 이가 딱딱 부딪치고 온몸의 말단부가 오그라드는 추위 속에서는 해월당 어머니의 초열지옥조차 아랫목처럼 그리웠다.

마침내 해월당 어머니가 내 몸뚱이 위에 너울처럼 내려앉았다. 무게와 온기가 느껴지지 않는 여인을 몸 위에 얹고, 나는 어떻게 해서든 몸에 불을 지피려 애썼다. 밤안개처럼 나를 덮은 해월당 어머니가 나의 몸을 취해서 어떤 감각을 느끼든, 그것이 쾌락이든 패륜이든 복수든 몽환이든 그 무엇이든, 그 모든 것들이 합쳐져 희망의 알갱이로 빚어지는 일은 결코 일어나지 않을 것이었다. 희망으로 열매 맺힐 가능성이 전혀 없기 때문에 내가 쏘아올릴 거품에 대해 아무런 두려움도 없었다.

벌컥 안방문이 열리고 할아버지가 들어섰다. 나는 누운 자세 그대로, 사마귀처럼 고개만 조금 돌려 할아버지와 눈을 마주쳤다. 발가벗고 반듯이 누워 고추만 곧게 세워올린 내 모습을 본 할아버지는 한동안 말문을 열지 못했다. 한참 만에야 쇳소리 섞인 노성이 효계당을 뒤흔들었다.

"이 버러지만도 못한 놈아!"

비가 오려는지 날 밝은 지 오래언만 창호가 어둡사옵내다. 밤새 옆방에서 거둘이 울더니 설핏 잠이 들었는가보오이다. 어미의 내장을 촌촌이 끊으며 애처로이 바르작거리던 가여운 어린것도 이제는 잠잠하니 한 품 거리도 안 되는 강보 안에는 이제 혼이 떠나고 몸만 남았는가 하오이다.

손녀에게는 이제 눈물도 정기精氣도 남아 있지 아니하니 남은 것은 수치스러운 여천餘喘*을 줄이고 하종下從할 일뿐이옵내다. 길지도 않았던 한살이가 어찌 그리 고달팠던지 이생에 한

---

*여천 : 아직 죽지 않고 부지하는 목숨.

점 미련도 없사오나 오로지 숙덕 정전하옵신 한마님께 향하는 그리움만은 지울 길이 없사온지라 이리 청승으로 앉아 한마님께 닿지도 못할 편지를 쓰옵내다.

달 없던 밤에 부른 배를 안고 이 초막에 온 것이 이레 전이옵내다. 지금 생각하오면 초막에서 몸 풀라 하실 때 이미 존구께옵서는 이리 되어갈 형편을 심산하셨던 것이 낙짜 없이* 사개가 맞사오니다만* 이제 와서 그런 일들을 헤아려본들 무슨 쓰임이 있사오리까.

만 하루를 비릇고 계명축시鷄鳴丑時에 몸을 풀었사오나 정성이 하늘에 닿지 아니하였던지 아무 쓸모없는 딸을 낳고 말았사오니다. 그리도 간절히 아들을 소원하였건만 맥이 탁 풀리고 허확虛廓한 심사를 어찌 다 아뢸 수 있사오리까. 그래도 어미인지라 거두고 씻기어 젖을 물리니 어린것의 젖 빠는 힘이 자못 암팡졌사옵내다. 거둘이 "아씨, 산후에 눈물 보이시면 안력眼力을 잃는다 하와요. 눈물 거두시와요" 하고 달래었으나 세상에 났으되 아비의 얼굴조차 보지 못하고 아무도 반겨주는 이 없는 딸아이의 생이 가련하여 눈물이 그치지 않더니이다. 딸을 낳거든 자진하라 이르신 아밧님 엄성嚴聲이 귀에 쟁쟁하여 눈물이 그치지 않더니이다. 지금은 어느 산기슭 진달래 꽃밭으로 피어

---

* 낙짜 없이 : 꼭 들어맞게.
* 사개가 맞사오니다만 : 일의 앞뒤가 들어맞습니다만.

낳을 민재의 얼굴도, 코가 두터워 온후하고 신의가 깊었던 사랑의 얼굴도 어린 딸에게서 찾아지니 신기하여 눈물이 그치지 않더니이다.

딸을 낳았으니 한시라도 바삐 소산으로 달려가 구명求命을 청하여야 한다고 거둘이 안달하였으나 소손녀는 마음을 정하지 못하고 망설이었나이다. 딸아이가 얼굴도 보지 못한 부형父兄의 이목을 어찌 그리 빼닮았는지, 존구고께옵서 처음엔 서운타 하실지라도 종래엔 혈육을 괴오시지나 아니할까 망설이었나이다.

"아씨는 이리 앉아 목숨을 버리시려나요? 소산 마님께옵서 자진하지 말라고 그리 당부하시었거늘 아씨께옵서는 어찌 그리 목숨을 가벼이 아시나요? 소산 마님께옵서 업을아비를 저 자에 머물게 하신다 하셨으니 내 서슴을 것 없이 후딱 달려가 사람을 청하렵니다."

"거둘아, 내가 내 목숨을 구하고자 소산으로 가면 내 몸뚱이는 친정에 누가 될 것이며 어린것은 뒷방살이 불쌍한 처지가 될 것이니 어찌 한목숨만 중히 여기랴?"

"뒷방이라니요. 소산 어른께옵서 아씨와 아기씨를 베왈으실* 리 없사와요. 소산 마님의 당부를 저버리고 아씨께서 젊은 목

---

* 베왈으실 : 물리치실.

숨을 버리신다면 그 또한 씻지 못할 불효 되리이다."

"아니다. 명경어홍모命輕於鴻毛라 하였으니, 큰 도리 앞에서 목숨이란 기러기 털처럼 가벼울 따름이니라. 내 죽더라도 아이에게는 떳떳한 어미가 되어야 하거늘. 나는 여기 앉아 아밧님의 처분을 기다림이 도리에 가하다."

"아씨께옵서는 참 딱하기도 합지요. 어찌 도리만 아시고 세상 돌아가는 인심을 그리 모르시나요? 어르신네들께옵서는 도리를 중히 아시지만 저희 아랫것들은 살고 죽는 일을 중히 아옵지요. 제 귀에 들려오는 풍설을 아씨께서 아신다면 이리 앉아 기다리시지만은 아니하실 것입니다요. 아씨께서 목숨을 버리시는 그 순간 새로 나신 아기씨도 위태에 처하실 것이 틀림없습니다요."

"그 무슨 말이냐? 비록 계집아이라 하나 조씨 문중의 핏줄이 틀림없거늘."

"나으리께옵서 아씨께 자진하라 하시는 뜻이 어디에 있는지 아십니까? 아랫것들이 속삭이는 말로는, 이미 나으리께서는 탐탁한 사내아이 하나를 알아두셨다 하더이다. 아씨께서 딸을 낳으시면 아씨를 자진케 한 후 아기씨와 그 사내아이를 바꿔치실 것이어요. 그러니 아씨께서 목숨을 버리시면 아기씨인들 온전히 생을 부지하시겠어요?"

거둘이의 말을 듣자 숯이 닿은 듯 입술이 타들어가고 손끝에서 찬 땀방울이 듣으니 참최斬衰* 입고 해산한 기구한 몸으로 듣기에도 너무나 흉참한 말이었음이옵내다.

"아씨께옵서는 기진한 몸이더라도 한시바삐 떠날 채비를 하시와요. 불쌍한 아기씨의 생명을 구하려면 날이 밝기 전에 떠나는 길뿐이오니다. 산파는 태胎를 묻는다고 나간 길로 사라졌으니 효계당엔 이미 계집아이 낳은 일이 전해졌을 것이어요. 더이상 지체할 것 없이 제가 득수 아비를 불러오렵니다."

거둘이 밝지 않은 새벽길로 총총히 사라진 후 소손녀는 어린 것을 끌어안고 창호만을 우두망찰하였나이다. 들은 말이 하 흉완凶頑하니 온몸이 사시나무 떨리듯, 어린것의 목숨을 구하려면 족불리지足不履地, 시간을 다투어 피신하리라 하다가도, 달리 생각하면 아밧님께옵서 핏줄에게 그리 모진 마음을 먹으시랴, 천한 것들의 가벼운 입놀림만 듣고 감히 아밧님께 욕된 생각을 품는가, 두 생각이 갈마들었나이다. 천 갈래 만 갈래 갈라지는 생각을 어찌 한길로 모으지 못하고 문밖의 기척에만 귀를 기울이다가 산로産勞가 몰려들었는지 잠시 정신을 놓치고 말았나이다.

문고리 뒤흔드는 박탁* 소리에 문득 눈을 떠 몽중인 듯 겨를 없이 문을 열으니 태산 같으신 아밧님이 비바람처럼 초막에 들

---

* 참최 : 아비, 남편, 장자 등 가장 가까운 가족의 상을 당해 입는 제일 중한 상복.
* 박탁 : 문을 열라고 두드림.

이치셨사옵내다. 황망히 일어나 절을 올리려 하였으나 아밧님께옵서는 손을 내젓고 고개를 두르시니 인사조차 받지 않으시려는 매정이 빙뢰氷瀨같았나이다.

"내 너에게 혈후歇后하게 듣지 말라 이른 말이 있거늘 어찌 천연遷延되고 이리 베갈기는고?*"

"아밧님. 이르신 말씀은 흉억胸臆에 송곳으로 새기었으니 지은 죄 많은 이 몸, 살게 해달라 비라리* 칠 염치도 없나이다. 하오나 돌아간 민재 아비의 일 점 혈육만은 거두어주시옵소서."

아밧님 전에 어린 딸을 내어놓고 몸을 던져 통곡하니 고양이 같은 울음소리만 내는 어린것은 영문도 모르고 배냇짓을 하였나이다. 하오나 아밧님께옵서는 빗겨 앉으신 자리를 더욱 틀어 어린것에게는 눈길조차 주지 않으시니 거둘이 지껄인 말이 혹여 사실인가 두려워 이 몸의 애간장이 그대로 끊어질 듯하였나이다.

"아밧님, 아이를 거두어주시마고 한 말씀만 주시옵소서. 죽기 전에 마지막 소원이옵내다."

"듣기 싫다. 네 죽은 다음의 일은 네가 염려할 바가 아니다."

아밧님의 냉엄한 말씀을 듣자 눈앞이 백범白帆*같이 바래오

---

* 베갈기는고 : 당연히 갈 길을 가지 않고.
* 비라리 : 구구하게 매달려 사정하는 일.
* 백범 : 흰 돛.

고 정신을 수습할 길 없었사옵내다. 이 몸의 죽고 사는 일은 아무 생각 들지 않고 오로지 딸아이를 살려야 하겠다는 한마음뿐이었사옵내다. 아밧님의 발치에 엎어져 통곡하니 가마안히 마음이 맑아져오는 것이, 거둘이와 득수 아비 올 때까지만 목숨을 부지하면 아이는 살릴 수 있으리니 내 되는 대로 거레*를 하리라 하였나이다. 이 몸은 조문에 죄지은 바 많으니 아밧님 엄명대로 자진함이 옳다 하나 불쌍한 어린것은 소산에서 업둥이로나마 살게 하고 싶었나이다.

하야, 소손녀는 눈물을 거두고 아밧님의 뜻을 따르겠노라 수굿이 말씀 올리었으니 그제야 아밧님의 얼굴에 덕색德色*이나마 돌아왔사옵내다.

"반가의 여식으로서 한 점 부끄러움 없이 처신해야 할 것이라. 네 완약婉弱한 아해인 줄만 알았더니 이악히* 도섭질*을 하는 통에 조반 전부터 악청*을 내었으니 목이 피곤하구나. 얼른 나가서 물이나 한잔 떠 오너라."

소손녀, 혹여 거둘이가 오는가 하여 아밧님 말씀이 떨어지자

---

* 거레 : 까닭 없이 어정거려 일을 늘어지게 하는 것.
* 덕색 : 남에게 조금 베풀고 생색내는 말이나 얼굴빛.
* 이악히 : 검질기고 끈덕지게.
* 도섭질 : 능청맞고 수선스럽게 변덕을 부리는 일.
* 악청 : 악을 내어 지르는 목청.

마자 다급히 밖으로 달려나왔사옵내다. 희부여니 동천이 밝아오는 어둔 숲에는 이른 잠을 깬 지빠귀가 나직이 우지질 뿐 거둘이나 득수 아비 오는 기색은 아니 보이더이다. 조민한 마음을 달래며 반병두리에 물을 담아 들어가려는 찰나, 그 소리가 들리었나이다.

처음엔 시호豺狐가 캥캥거리는 줄 알았사옵내다. 한마님, 손이 떨려 글씨가 고르지 못함을 용서하시옵소서. 그러다가 문득 등허리의 솜털이 꼿꼿이 일어서면서 소손녀는 그대로 쟁반을 내던지고 방으로 내달았사옵내다. 아밧님은 장승같이 우뚝 일어서 있다가 제가 달려드는 것을 보고 열린 방문으로 사라지시었습니다. 한순간 굳어진 방안의 풍경은 언뜻 보아서는 무엇이 잘못되었는지 알기 힘들 만큼 고요하고 이전과 다름이 없었사오나 어미의 마음만은 큰일이 난 것을 짐작하고 천 길 나락으로 떨어져내렸사옵내다.

방바닥에 누운 아이를 들어올리는 순간 아이는 어미의 손길조차 고통에 겨운 듯 한 팔을 바르작거리었으나 다른 몸뚱이는 움직임이 없었으며 이미 얼굴이 퍼렇게 실색되고 있었사옵내다. 황급히 배냇저고리를 풀어헤치자 여린 가슴팍과 옆구리가 짐승 같은 억센 발길에 짓밟혔는지 장마철 논둑처럼 내려앉은 모습이 눈에 들어왔으니, 한마님, 한마님, 겨우 하룻밤이나마 어미와 자식으로 만났던 정리를 생각하면 살이 에이고 뼈가 사라지는 듯 어떠하다 형언할 길이 없삽내다.

　소손녀가 겪은 일이 사람의 일인지 짐승의 일인지 알지 못하
옵고 강보 속의 어린것만 부둥켜안고 있었사옵내다. 군불을 넉
넉히 둔 방에 해산한 몸으로 앉아 있으니 백해구통百骸俱痛, 뼈
마디가 내려앉을 듯, 몸 아래가 무너질 듯하였으나 어린 자식
의 마지막 가는 허덕임이나마 이 가슴에 고이 새겨두고자 부둥
켜안은 팔에 힘을 풀지 않았사옵내다.

　세상의 일은 시시로 사람의 도를 잃고 짐승의 흉포를 따르나
니 그 모진 장단에 맞추어서는 숨쉬고 살아가기조차 다못 대근
할* 따름이옵내다. 길지도 않은 한평생에 망극지통罔極之痛* 성
붕지통城崩之通* 비도산고悲悼酸苦* 빠지지 않고 겪었으니 차라
리 이생 짧음이 다행이옵내다. 오로지 한마님 무릎에 얼굴 묻
고 통곡통곡 이 몸이 다 녹아 없어지도록 통곡통곡하고 싶으나
소불여의少不如意, 한마님 계신 곳 고운 향기 실려오는 북녘 하
늘만 바라옵내다.

　자애 깊으신 한마님, 천하에 둘도 없을 불효를 용서하시옵
소서. 천도天道가 그토록 무지하실사 한마님의 자애 아래에서

---

* 대근할 : 견디기 힘들고 만만치 않을.
* 망극지통 : 임금이나 부모의 상사를 겪는 고통.
* 성붕지통 : 자기를 지켜 주던 성이 무너지는 슬픔, 즉 남편의 상사를 겪는 고통.
* 비도산고 : 손아랫사람의 죽음을 당하는 슬픔.

나마 남은 생을 이어갈 용기를 잃었나이다. 앞으로 팔만 팔천 번 윤회하더라도 나무나 돌로 다시 태어날지언정 비잠주복飛潛走伏* 무엇이든지 암수 나뉘고 어미가 새끼 낳는 것으로는 다시 나지 않고자 하나이다. 자비하신 석가세존께옵서 이생 이리 떠나는 불쌍한 모녀에게 다시 여자의 몸을 입히시지는 아니하시오리다.

마지막 떠나는 길에 오로지 옷곳하신* 한마님 전에 향배向拜 천만이옵나이다. 엎드려 비옵건대 불효 망물의 일은 씻은 듯이 맑은 마음에서 지우시옵고 부디 강녕하시며 세세년년 천복을 누리시옵소서.

---

* 비잠주복 : 새, 물고기, 짐승, 벌레의 통칭. 모든 동물.
* 옷곳하신 : 향기로운.

제단에 오르다

마지막 언간에는 답장이 덧붙여지지 않았다. 이 편지는 애타게 소식을 기다리던 친정 할미에게 전달되지 못했을 것이다. 이 끔찍한 편지들이 어찌 소각의 운명을 피해 내 손에까지 이르렀을까? 언간이 발견되었던 초라한 무덤의 임자는 아마도 거둘이였을 것이다. 참혹하게 세상을 떠난 주인아씨를 애도하며, 서슬이 시퍼런 일가친척의 눈을 피해 금단의 언간들을 품어 챙기는 영특한 몸종 거둘이의 재바른 몸짓이 눈에 보이듯 선했다. 그녀의 원한 맺힌 집념이 수백 년의 세월을 이기고 오늘날 나와 할아버지 앞에 이 당혹스러운 언간들을 펼쳐 벼락같이 내동댕이쳤다.

나는 언간에 매몰되었다. 나와 내 핏줄의 몸뚱이를 짓밟는 거대한 짐승의 발길, 아무런 저항 없이 바스라지며 여린 골격이 내뱉는 파쇄음, 뭉그러진 달팽이의 잔해를 지켜보아야만 하는 무력한 자의 공포. 그 모든 감각들은 의심할 수 없을 정도로 생생했다. 타들어가는 입술을 물어뜯으며 무릎 사이에 이마를 쑤셔박고 웅크려 앉아 있으면, 어느새 나를 둘러싸고 있는 효계당의 흙담 벼락도 나와 똑같이 밭은 숨을 내쉬고 식은땀을 흘렸다. 때로 내가 발 딛고 있는 땅은 자신을 투명하게 만들어 눈에 보이지 않던 많은 것들을 보여주기도 했다. 나는 이글이글 불타오르는 대초열 지옥의 실체를 말없이 응시했다. 효계당은 저주와 신음을 토해내는 점점 더 위험스러운 생명체로 변해가고 있었다. 아아아아. 오오오오. 효계당의 땅 밑, 저 깊은 곳에서 솟구쳐오르는 불길한 땅울음에 여러 번 가위눌리며 나는 잇새로 비명을 깨물었다.

내 좁은 몸속을 가득 채운 악몽과 저주는 고치를 뚫으려는 나방이처럼 그 출구를 찾아 미치광이 같은 발버둥질을 시작했다. 나는 더이상의 고통을 강요받지 않은 채 껍질이 찢겨져 속엣것들을 남김없이 쏟아놓을 수 있기를 소망했다. 나는 이미 생명체가 아니었다. 자아를 분실한 가죽 자루에 불과했다. 나는 내가 아니었다. 할아버지도 할아버지가 아니었다. 우리는 근원을 알 수 없는 우주의 미아였다.

누대 수백 년 동안 우리 집안에 왜 그토록 집요하고 참악한 불운이 거듭되었는지 나는 깨달을 수 있었다. 우리는 이곳의 임자가 될 수 없는 존재들이었다. 역겨운 기생충을 참아내듯 우리 조상을 참아 왔던 효계당의 인내가 이제 그 끝에 다다른 것이었다.

효계당은 이제 우리를 토해내려 하고 있었다. 격렬하게 꿀렁이며 경련하는 창자와 그 속에 불타오르는 무간의 초열이 우리의 몫이었다.

돌아가야 한다고 나는 생각했다. 하지만 과연 어디로 갈 것인가. 우리가 있었던 곳이 어디인지 알 수 없었다. 아무도 알지 못할 비천하고 추미醜微한 곳이었음에 틀림없었다. 그곳이 우리의 자리였으니 돌아가야 했다. 알지 못할 고향을 찾아가는 귀향을 상상하면서 나는 모종의 행복감을 느꼈다. 몸에 맞는 옷을 찾은 것 같은 느낌이었다. 비천한 여인들을 막무가내로 사랑했던 아버지와 나의 열정도 어쩌면 유유상종의 원리로서 진정 이해받을 수 있을지 모른다.

효계당에는 온통 강풍만이 몰아치고 있었다. 할아버지와 나는 며칠간 직접적인 만남을 피해왔으나 할아버지가 눈에 띄게 쇠약해진 것만은 먼발치에서도 금방 알아볼 수 있었다. 할아버지는 조금씩 조금씩 투명해지는 것 같았고 당장에라도 강풍에 휩쓸릴 듯 위태로워 보였다. 빳빳한 어깨와 꼿꼿한 등허리는 여전했으나 이제는 조금도 굳건해 보이지 않았다.

나는 마지막 언간을 품안에 넣고 큰사랑방으로 갔다. 가까이에서 본 할아버지는 더 야위고 투명했다. 나는 말없이 언간을 해석한 노트를 내밀었다. 할아버지는 조용히 편지를 읽었다. 세상의 모든 소리가 억겁의 시간 저 너머로 물러간 듯 사위가 괴괴했다.

편지를 다 읽고 나서 할아버지는 노트를 덮었다. 아무 말도 없었다. 숨결소리조차 들리지 않았다.

할아버지의 모습을 보면서 문득 목울대가 뜨거워졌다. 모든 것을 잃는다 해도 할아버지의 고귀함만은 끝까지 지켜주고 싶었다. 근원을 알 수 없는 우리 집안의 비천한 핏줄기 속에서 할아버지만은 본지정계本支正係 만세귀골萬世貴骨의 풍모가 우뚝하지 않았던가. 효계당의 주인이자 이 집안의 계승자로 살기 위해 한평생을 바친 사람에게, 아무리 진실이라 한들 이토록 가혹한 결말을 강요하는 것은 진정 부당한 일임에 틀림없었다.

"그래서, 네 생각은 어떠하냐."

"진실이 추악합니다."

"진실이라."

할아버지는 이를 악물고 지그시 눈을 감았다. 나는 현기증을 느꼈다. 일평생 수면 위로 떠오른 일 없는 할아버지에 대한 애정이 몸안에서 격동했다. 이 모든 불운 속에서 할아버지만은 예외로 하고 싶었다. 내가 원하는 것은 할아버지를 꺾는 것이 아니라 정실을 구하는 것이었다.

"언간은 공개하지 않음이 옳겠습니다. 아무도 감당할 수 없을 것입니다. 우리는 오랜 세월 동안 효계당과 우리 조상에 대한 경모의 의무를 다해왔습니다. 이제까지 살아온 그대로, 변할 것은 없습니다. 앞으로도 그렇게 살아가면 됩니다."

할아버지의 볼이 떨리고 눈썹이 용틀임하듯 꿈틀거렸다. 노려
보는 눈빛에는 작두처럼 푸른빛이 감돌았다.

"네놈은 정녕 이 언간이 진실이라 믿는단 말이더냐?"

"진실입니다. 이것을 거짓이라 할 수는 없습니다."

"어리석은 놈! 이것은 진실이 아니다!"

나는 말문이 막혔다. 할아버지는 언간을 믿지 않았다. 수백 년
땅속에서 묵어 군데군데 벌레에게 갉히고 변색된 이 기록들을 믿
지 않는 것이었다. 눈앞에 있는 실체였건만 할아버지에게는 아무
것도 아니었다. 날조이거나 무고에 불과했다. 누가 날조하고 누
가 무고했든, 행위의 주체 따위는 아무 상관 없었다. 할아버지에
게는 이 모든 것이 거짓이며 아무 의미 없는 것에 불과하다는 믿
음만이 중요했다.

"손바닥으로 하늘을 가리는 것입니다. 우리 집안에 해악이 되
는 내용이라 하더라도 이것은 진실입니다. 그건 절대로 부인할
수 없는 일입니다. 언간의 존재는 아무도 알지 못할 것입니다. 모
든 의무를 다하며 조용히 살겠습니다. 정실이만 꺼내주십시오.
다시는 돌아보지 않겠습니다. 먼 곳에서 그 어미와 조용히 살 수
있도록 해주십시오. 그렇게만 해주시면 저는 더이상 아무것도 바
라지 않겠습니다. 할아버지, 제발 부탁입니다."

"너는 더이상 이 집의 종손이 아니다."

빙산처럼 차갑게 가라앉은 목소리였다.

"결국 너는 이 언간을 미끼로 나에게 그 아이를 내놓으라고 수작을 부리는 것이 아니냐? 천근같이 무겁고 중한 것을 희생하여 가장 해롭고 비천한 것을 얻으려 하는 네놈은 더이상 이 집안의 종손이 아니다. 이 집안은 허황된 무고로 힘없이 넘어질 집안이 아니다."

할아버지는 가볍게 몸을 일으켜 벽에 걸린 백세포를 걸치고 치포관을 머리에 얹었다.

"이 집의 불행이라면, 너와 같이 사악한 자를 자손으로 받아들인 나의 허물뿐."

살기를 내뿜는 나지막한 말소리는 내 머릿속을 하얗게 비우며 독하게 스며들었다. 몸이 마비된 듯 굳어졌고 누군가 목을 조르는 듯 숨이 막혀왔다. 이미 수십 년 전부터 할아버지의 심중에 있었을지언정 구체화되어 입 밖으로 나온 일이 없었던 그 유예된 선고는 결국 이것이었다. 나는 종손이 될 자격이 없었고 나의 존재는 이 집안에 닥친 불운의 총 결정체였다. 할아버지는 서안에서 언간들을 모아 집어들었다. 손안에 있는 라이터가 차가운 금속성의 빛을 발했다.

"안 됩니다!"

짐승처럼 달려드는 나를 피해 할아버지는 불붙은 언간을 멀리 던져버렸다. 미친 듯이 짓밟아 불을 끄는 동안 두번째 언간이 불붙어 날아갔다. 할아버지는 차례로 언간에 불을 붙여 각기 다른 곳으로 집어던졌다. 소산 할매의 일생을 기록한 피울음들은 몇 줄기 흰 연기로 순식간에 사그라졌다. 나는 할아버지를 막기 위해 달려들어 몸싸움을 했다. 청년과 노인의 싸움은 옥신각신할 필요도 없이 일방적으로 끝났다. 꺼풀처럼 가벼운 할아버지는 금세 두 손목을 억압당했다. 육신은 허약하게 굴복했을지언정 나를 향한 눈빛만은 서슬 푸른 살기로 영영했다.

"미쳤어, 당신은!"

"너는 전생에 무엇이었느냐. 악귀가 아니었느냐."

"내가 악귀라면! 그럼 당신은 무언데? 당신이야말로!"

나는 할아버지의 멱살을 틀어쥐고 흔들기 시작했다. 폭력을 능숙하게 휘두를 수 있는 나의 젊은 몸뚱이가 늙고 병든 할아버지의 몸뚱이에 얼마큼 위해를 가할 수 있을지, 그것을 가늠해볼 만한 이성은 이미 남아 있지 않았다. 할아버지의 머리는 힘없이 건들건들 흔들렸다. 할아버지의 목에 매달린 치포관도 검은 조등弔燈처럼 함께 흔들렸다.

창호에 불티가 옮겨 문살을 사르면서 눈앞이 대낮같이 환해졌다. 나는 그제야 할아버지의 옷깃을 놓고 허겁지겁 방문을 열었다. 망연자실한 내 눈앞에서, 화귀火鬼는 이미 사랑채 기둥을 타고 올랐다. 강풍을 탄 불씨들은 할아버지가 검은 기름을 먹여 가꾼 효계당의 기둥들을 하나둘씩 불기둥으로 바꾸었다. 바야흐로 효계당은 그 기나긴 인내를 끝마치고 거대한 초열의 아가리를 벌리려 하는 모습이었다.

"불이 났어요, 나가야 해요!"

죽은 듯 미동조차 없던 할아버지의 눈가에서 한줄기 눈물이 흘러내렸다. 그는 벽 쪽으로 고개를 돌리며 손을 내저었다. 할아버지의 육신은 깃털처럼 가벼웠지만 이대로 생을 마감하고자 하는 그 심중만은 태산처럼 무거웠다. 팔다리에 힘이 빠지면서 나는 그 자리에 주저앉았다. 억겁처럼 느껴지는 찰나가 지난 후, 할아버지의 손끝이 다시 문을 가리키며 움직였던가? 나는 가위눌림에서 깨어나듯 비명을 지르며 사랑채를 뛰쳐나왔다. 뒤돌아본 사랑채는 이미 불구덩이었다. 할아버지는 내가 아무렇게나 내려놓은 모습 그대로 보료에 비스듬히 누워 있었다.

악귀 같은 놈. 할아버지의 쉰 목소리가 귀에 울렸다. 유언이나 다름없는 말씀이었다. 목이 메어왔다. 할아버지가 꿈꾸던 것들은 그 무엇도 이루어지지 못했다. 사당을 이어받을 종손과 종부. 당신의 떨리는 목소리로 조상께 고유告由하고 싶었던 18대 종손의 탄생. 명절이면 황명산에 올라 할아버지 당신의 무덤 앞에 넙죽넙죽 엎드릴 작은 아이들. 전통문화가 절멸되고 이 땅에 제사라는 의식이 모두 사라진 뒤라도 효계당에서만은 피어오르기를 소원했던 한 줄기 은은한 향연香煙. 할아버지가 꿈꾸었던 예학禮學의 교教에 일생을 바칠 사제로 만 삼 세에 조상께 고유되었던 나, 조상룡은 모든 것을 짓밟은 패륜의 난마로 전락했고 조상의 비원으로 수백 년 이어진 유서 깊은 가문은 하루아침에 문을 닫게 되었다.

꾸역꾸역 솟아오르는 연기 너머로 효계당의 솟을대문이 보였다. 내게로 달려오면 살 수 있다, 내게로 달려오면 너는 살 수 있다고 넓게 열린 솟을대문은 강렬하게 속삭였다. 폐부를 생가시로 휘젓는 듯한 통증을 느끼며 모든 것을 집어삼키는 화마火魔 속에서서 나는 메마른 비명을 토했다.

정실아. 어데 있노.

효계당 용마루의 높은 바래기 기와는 만월滿月을 깊이 찌르고 솟아 있었다. 화염이 뿜어내는 검은 연기 사이로 하늘엔 창백한 월흔月痕이 드리웠고, 효계당 어두운 지붕 위에는 시리도록 푸른 빛이 가득했다. 푸른 불길이, 달까지 이어진 거대한 푸른 불길이 효계당의 지붕을 너울너울 뒤덮고 있었다. 해월당 어머니의 호곡하는 소리가 하늘을 찢었다. 들리는가? 거대한 문이 그러닫히는 저 통곡 같은 외침.

정실아. 어데 있노.

백겁을 환생하여도 씻지 못할 죄와 업으로 전 몸을 지붕 위의 푸른 귀린鬼燐으로 씻을 수 있을까. 그 푸른 불꽃에 몸뚱이를 태우면 나의 사랑하는 정실을 다시 만날 수 있을까. 나는 몽매간인 것처럼 사다리를 세워 기왓고랑에 걸쳤다. 거센 바람이 사다리를 뒤흔들었다. 나는 오르기를 멈추고 울면서 사다리에 매달렸다.

불길에 그을고 바람에 흔들리는 몸뚱이는 수시로 현기에 휩쓸렸지만 지붕 위의 푸른 여인들은 애타는 비명으로 풍백風伯을 쫓으며 섬섬옥수를 내밀었다.

정실아. 어데 있노.

효계당 검은 지붕 위에 몸을 걸치려는 찰나, 날뛰던 바람이 내 발 밑에 있던 사다리를 그예 채뜨려갔다. 굴러떨어지려던 내 손을 마주잡은 것은 강보에 싸인 갓난이를 안은 어린 새댁이며, 반듯한 이마의 해월당 어머니이며, 나의 눈물 어린 연인 정실이다.

얼어붙은 기와 몇 장이 발밑의 불길 속으로 떨어져 산산이 부서졌다. 해일처럼 일렁이는 효계당의 검은 지붕 위에서 죽은 여인들과 아직 살아 있는 나는 두 손을 맞잡은 채 잠시 머물렀다. 그녀들을 감싸고 넘실거리던 인광이 내 팔뚝을 타고 흘렀다. 푸르게 불타오르는 느낌. 온몸의 알갱이 하나하나가 미세한 유리 조각처럼 산산이 부서지며 메마른 대기 속으로 퍼져나가는.

붉은 화염은 이미 동편 지붕 모서리를 널름거렸다. 푸른 도깨비불은 따뜻한 공기처럼 두둥실 떠올라 한쪽 끝부터 만월 속으로 빨려들기 시작했다. 그녀들을 끌어당기는 달의 강한 흡인력 앞에서, 안타깝게 마주잡은 두 손은 조금씩 풀려 갔다.

상룡아, 상룡아, 손을 꼭 잡아라.

여인들은 눈물 젖은 얼굴로 안타깝게 외쳤다. 그녀들에게 웃어 보이고 싶었지만, 나는 더이상 버틸 수 없는 극심한 피로감에 휩

싸였다. 내 발목에 천 근의 추처럼 강하게 매달린 거대한 업보의 무게에 더이상 저항할 힘이 없었다. 내가 속할 곳은 둥글게 하늘을 덮은 그들의 달이 아니라 저 발밑에 이글이글 불타오르는 곳, 나의 누대 조상들이 그 뼈를 묻은 곳, 잔인하고 파렴치한 옛 기억조차 깨끗이 불태워 없애버리려는 저 거대한 초열의 아가리인 듯했다.

자옥한 검은 연기를 찢고, 효계당의 원혼들은 한줄기 푸른 기둥으로 길게 뻗어올라 달 속으로 스며들었다. 그녀들의 손을 놓치는 순간 효계당의 검은 지붕이 내려앉았다. 도깨비불에 실린 내 몸뚱이는 매운 연기와 불길 넘실거리는 땅속으로 푸른 별똥별처럼 내리꽂혔다.

한 덩이 불지옥이 되어버린 효계당을 끌어안고, 삭풍이 마른 몸을 뒤치며 통곡한다.

초판 작가의 말

서른 고개를 넘는 일이 힘겨워서였을까? 한 권의 소설을 다 읽고 나서도 감정의 파문이 일어나지 않게 된 것은.

새내기 작가로서 부끄러운 고백이지만, 최근 몇 년간 나의 독서량은 그다지 많지 않았다. 독서는커녕 영화나 텔레비전 드라마 한 편 보지 않고 지냈다. 나는 내 알껍데기 속에서 일어나는 폭풍들을 처리해나가는 일만 해도 힘에 겨웠다. 문화생활에 오래 굶주린 자답게 상당한 열정과 의욕을 가지고 다시 책을 손에 들었을 때, 나는 예상치 못한 당혹에 빠졌다. 몇 권의 최신 소설을 읽어냈건만 도무지 감수성의 한 줄도 당겨지지 않는 기이한 현상을 접하여, 나는 육아에 지친 나머지 정서적으로 조로早老하고 말았노라고 애통해했다.

쿨하게, 가슴은 뜨겁게. 어차피 한 번 왔다 가는 세상 쿨하게.

귀에 거슬리지 않는 대중가요 한 자락을 마주쳤다. 내가 대학교에 다니던 시절까지만 해도 분명 '쿨하다'는 표현은 흔치 않았다. 그건 영어 회화에나 나오는 말이었다. 쿨한 사람, 쿨한 관계, 쿨한 소설, 쿨한 영화들이 이 세상을 휩쓸어버린 것이 어느 시점부터였는지 잘 모르겠다. 아마도 내가 아이를 낳고 키우느라 세상과의 소통을 잠시 소홀히 한 그 몇 년 사이에 일어난 일인 것 같다고 짐작만 해본다.

하지만 경쾌하고 은근한 노랫자락에 얹어서 똑같이 쿨하다고 착각해버리기에는 너무나 쿨하지 못한 우리네 인생. 아무래도 사는 건 구차하고 남루하다. 인연은 거미줄처럼 얼기설기 이어졌고, 생의 흔적은 먹고 내버린 파리 껍질처럼 여기저기 주렁주렁 매달려 있다. 그 속에서 나는 한 마리 호랑거미처럼 조심조심 발 디딜 자리를 찾는다. 그런데 이건 뭐야. 내가 살아가는 이 덥고 끈적끈적한 세상을 한없이 쿨하게 냉소하는 너희는 누구야. 나는 일본인이 썼는지 한국인이 썼는지 분간되지 않는 몇몇 쿨한 소설들에서 느꼈던 불편한 감정이 일말의 모욕감이었음을 뒤늦게 깨달았다.

뜨겁게. 여한 없이 뜨겁게. 어차피 한 번 왔다 가는 세상 뜨겁게.

가슴의 뜨거움조차 잊어버린 쿨한 세상의 냉기에 질려버렸다. 맹렬히 불타오르고 재조차 넘지 않도록 사그라짐을 영광으로 여기는 옛날식의 정열을 다시 만나고 싶다. 그것이 요즘 유행하고는 한참 동떨어진 것이라 해도. 아직 젊은 사람이 지레 늙어버렸느냐고 핀잔을 받더라도. 이 소설 속에 혹시라도 독자에게 불쾌감을 줄 수 있는 무리하고 과장된 일면이 있다면, 그 역시 내가 절실하게 추구했던 뜨거움의 일부로 용서받고 싶다.

유례가 없다는 출판계의 오랜 불황 속에서도 신인 작가의 무모한 패기를 높이 사주신 문이당 출판사에 깊이 감사드린다. 두번째 소설을 세상에 내놓는 기쁨과 떨림은 항상 사랑으로 곁을 지켜주는 남편과, 나의 에너지가 온전히 작품에 녹아날 수 있도록 만 가지로 헌신하신 어머니의 몫으로 돌리고 싶다.

2004년 5월
심윤경

개정판 작가의 말

십여 년 전 『달의 제단』을 쓰겠다고 처음 결심했을 때는 내가 앞으로 쓰고자 하는 이 소설이 얼마나 내 능력에 버거운 과업이 될지 아무런 예감이 없었다. 세 권의 국어사전을 뒤져 아름다운 어휘들을 주워 모으며, 바닷가에서 예쁜 조개껍질을 줍는 어린아이처럼 마냥 신나고 흥겨웠다.

이 소설에 복원된 언간의 예스러우면서도 화려한 문체는 한무숙 선생님의 단편 「이사종의 아내」에 실린 언간들을 기본 뼈대로 했다. 지금 사람의 눈으로 보면 '외계어'처럼 느껴지는 언간의 머리말과 맺음말은 이미 한무숙 선생님이 완벽하게 복원하신 바를 그대로 빌려 왔다.

손녀가 보내는 길고 정성스러운 언간에 친정 할머니가 '댓글'이나 다름없는 짤막한 문장으로 답을 하는 형식은 영조대왕이 하가한 딸들과 주고받았던 언간의 예를 따랐다. 딸이 보낸 편지의 사방 테두리 여백에 빙 둘러 몇 마디 따뜻한 관심의 말을 적었던 영조대왕의 편지들을 사진 자료로라도 싣고 싶은 마음이 간절했다.

추사 김정희가 유배지에서 부인과 주고받은 소박하고도 아름다운 언간들을 접하고 압도된 나머지 나는 한동안 글을 쓸 엄두를 낼 수 없었다. 그분의 위대한 학식과 필력 등 모든 계급장을 다 떼고, 단순히 그분이 옛날 사람의 삶에 나보다 해박했기 때문에 그렇게 잘 쓸 수 있었던 거라는 치졸한 자기 위로를 찾아내고서야 글쓰기를 재개할 수 있었다.

이 소설로 많은 분들께 분에 넘치는 칭찬과 사랑을 받았다. 모든 미숙함을 뜨거움 하나로 용서받겠노라 당당하게 선언했던 옛 '작가의 말'을 다시 보니 몹시 쑥스럽다. 이제 그런 말은 부끄러워서 다시 못할 것 같지만, 지난 십 년의 세월 어딘가에서 내가 놓쳐버린 미덕이 이 소설 속에 살아 있다. 이 소설의 개정판을 내게 되다니 서툴고 조급했던 내 젊음의 어깨를 어떤 따뜻한 손이 두드려주는 느낌이라서, 마음이 울컥한다.

2014년 9월
심윤경

문학동네 장편소설
달의 제단
ⓒ 심윤경 2014

1판 1쇄 2014년 10월 6일
1판 2쇄 2022년 7월 5일

지은이 심윤경
책임편집 이경록 | 편집 곽유경
디자인 김이정 유현아
마케팅 정민호 이숙재 박치우 한민아 김혜연 박지영 안남영 김수현 정경주
브랜딩 함유지 함근아 김희숙 안나연 박민재 박진희 정승민
제작 강신은 김동욱 임현식 | 제작처 (인쇄)한영문화사 (제본)신안제책사

펴낸곳 (주)문학동네 | 펴낸이 김소영
출판등록 1993년 10월 22일 제2003-000045호
주소 10881 경기도 파주시 회동길 210
전자우편 editor@munhak.com | 대표전화 031) 955-8888 | 팩스 031) 955-8855
문의전화 031) 955-3578(마케팅) 031) 955-2678(편집)
문학동네카페 http://cafe.naver.com/mhdn
인스타그램 @munhakdongne | 트위터 @munhakdongne
북클럽문학동네 http://bookclubmunhak.com

ISBN 978-89-546-2585-2 03810
* 이 책의 판권은 지은이와 문학동네에 있습니다.
  이 책 내용의 전부 또는 일부를 재사용하려면 반드시 양측의 서면 동의를 받아야 합니다.
* 이 도서의 국립중앙도서관 출판시도서목록(CIP)은 서지정보유통지원시스템 홈페이지
  (http://seoji.nl.go.kr)와 국가자료공동목록시스템(http://www.nl.go.kr/kolisnet)에서
  이용하실 수 있습니다.(CIP 제어번호 : 2014026080)

www.munhak.com